Richard Hey

Engelmacher & Co.

Serie Piper
Band 5559

Zu diesem Buch

Ort der Handlung ist West-Berlin, die Hausbesetzer-Szene. Darüber hinaus geht es um Abtreiber, Baupleiten, Spekulationen und Waffengeschäfte. Der Mordfall, eine verpfuschte Abtreibung, mit dem es die Kommissarin Katharina Ledermacher, bekannt aus der »Tatort«-Serie, zu tun hat, kann aufgeklärt werden, aber ein viel gravierender Konflikt wird sichtbar und bleibt ungelöst: Wie die Mächtigen die Machtlosen kaufen, wie die Ahnungslosen untergehen und wie ungefährdet die großen Hintermänner durchs Netz schlüpfen.

»Eine vordergründig spannende und hintergründig reißerische Geschichte.« Walter Jens

Richard Hey, geboren 1926 in Bonn, einer der besten deutschsprachigen Krimiautoren, lebt in Berlin. Seine Kriminalromane um die Berliner Kommissarin Katharina Ledermacher werden in der Serie Piper Spannung vollständig erscheinen.

Engelma

Roman

Piper
München Zürich

PIPER
ANNUNG
geben von Friedrich Kur

Von Richard Hey liegt
Serie Piper Spannung außerdem vor:
Ein Mord am Lietzensee (5558)

ISBN 3-492-15559-6
April 1990

Umschlag: Federico Luci,
unter Verwendung einer Zeichnung von Beate Brömse
Photo Umschlagrückseite: Peter Peitsch
Satz: Elsnerdruck, Berlin
Druck und Bindung: Clausen & Bosse, Leck
Printed in Germany

1

Fünf Stunden nachdem das tote Mädchen in einem Kellerraum der verwüsteten Villa am Wannsee gefunden worden war, begann Katharina Ledermacher ihren Urlaub.

Es war halb sieben Uhr früh, draußen noch dunkel, ein milder Morgen Ende Februar. In der Halle des Tempelhofer Flughafengebäudes warteten die ersten Passagiere vor den Schaltern. Zufrieden sah Katharina zu, wie ihr Gepäck gewogen wurde, und ging dann, die Umhängetasche schlenkernd, hinüber zur Paßkontrolle.

Sie fröstelte. Sie war übermüdet, und sie hatte eine schwere Darmgrippe noch nicht überstanden. Obwohl es in der Halle warm war, schlug sie den Kragen ihres abgewetzten braunen Lammfellmantels hoch. »Den brauchst du da doch nicht«, hatte Robert eben noch gemurmelt, nackt, verschlafen, während unten das Taxi kurz hupte. Und Kathinka, in Laken und Kissen gewickelt, hatte widerwillig ein Auge aufgeklappt, als Katharina die Tür öffnete und sich über sie beugte, um sie zum Abschied zu küssen. »Gott, Mami«, hatte Kathinka gesagt und das Auge wieder geschlossen, »mach bloß im Flur das Licht aus.«

Katharina kramte gerade in der Umhängetasche nach ihrem Paß, als sie schräg hinter sich eine knarrende Baßstimme rufen hörte: »Ledermacherin.«

Sie wandte sich halb um.

Gerfried kam durch die Halle eilig auf sie zu. Dabei bemühte er sich, den düsteren Ausdruck seines faltigen Gesichts aufzuhellen und die Stimme zu dämpfen. »Gut, daß ich Sie noch erreiche.«

Gerfried und Katharina hatten sich vor drei Stunden am demolierten Gartentor der Wannseevilla verabschiedet, während der Leichnam des Mädchens an ihnen vorbei über die Straße getragen wurde, der Kollege von der Spurensicherung seine Plastikbeutel und Folien im Licht der Scheinwerfer der Einsatzwagen sortierte und der Fotograf, mürrisch wie immer, die Kamera auf den Rücksitz seines Autos warf. Gerfried hatte in den von langsam ziehenden Wolken halb verdeckten Mond geblickt und ihr einen guten Urlaub gewünscht.

»Gerfried.« Katharina versuchte zu lächeln, aber sie merkte, daß es ihr nicht gelang. »Wenn der Chef Sie geschickt hat, sagen Sie ihm ...«

Gerfrieds beträchtlicher Adamsapfel unter dem hellseidenen Rollkragenpullover bewegte sich auf und nieder. »Die Handtasche«, flüsterte er.

In der Handtasche des Mädchens hatte sich außer kosmetischem Kleinkram und einem Notizbuch mit vielen Adressen ein sorgfältig verschnürtes Päckchen befunden, dessen Einwickelpapier die Aufschrift trug: REINHARD-Spielwaren, Basel.

»Da war eine Handgranate drin«, flüsterte Gerfried so deutlich, daß sich einige Leute umdrehten. »Eine ältere britische«, setzte er bedeutungsvoll, aber leiser hinzu, als seien ältere britische Handgranaten besonders gefährliche Explosivkörper.

»Besprechen Sie's mit Doris und Zobel«, sagte Katharina und legte dem Beamten, der Gerfried mißtrauisch musterte, ihren Paß vor. Der Beamte blätterte sofort im Fahndungsbuch.

»Aber der Chef«, flüsterte Gerfried wieder lauter, »der Chef bittet Sie, in Anbetracht dieses Umstands ...«

»Grüßen Sie ihn«, sagte Katharina, griff nach dem Paß, den der Beamte ihr enttäuscht entgegenschob, und ging zur Kabine, in der die Fluggäste nach Waffen abgetastet wurden. Nach drei Schritten drehte sie sich plötzlich um. Sie sah, was sie erwartet hatte: das erleichterte Gesicht Gerfrieds. Ihre Weigerung, wegen einer älteren britischen Handgranate auf den Urlaub zu verzichten, bedeutete, daß der Referatsleiter die Aufklärung dieses Falls Gerfried übertragen würde. Sie nickte ihm zu. Sie mochte ihn, trotz seiner betulichen, altväterlichen Art und obwohl er gelegentlich andeutete, daß er Frauen als Vorgesetzte von Männern grundsätzlich mißbilligte.

»Sie werden das schon hinkriegen mit der Handtasche, Gerfried«, sagte sie.

Zwanzig Minuten später sah sie von oben die Lichter des West-Berliner Funkturms und die des Ost-Berliner Fernsehturms am Alexanderplatz. Nach anderthalb Stunden hetzte sie in Düsseldorf zum Abflugschalter der Chartermaschine, entschlossen, jede Lautsprecherdurchsage zu überhören, die Frau Ledermacher aus Berlin dringend ans Telefon riefe. Es kam keine Lautsprecherdurchsage. Aber ein blondes Mädchen hinter dem Counter, das Bordkarten verteilte, sagte, ohne aufzublicken: »Sie sind doch aus Berlin, wissen Sie schon, da haben sie eben einen Politiker entführt.« Welchen Politiker, wußte das Mädchen nicht mehr.

Als letzte, vor Erschöpfung zitternd, erreichte Katharina die vollbesetzte Maschine, von hundertachtzig Passagieren mißbilligend betrachtet, und setzte sich möglichst unauffällig auf den ihr zugewiesenen Platz neben einem voluminösen Ehepaar.

Unmittelbar nach dem Start fing das Ehepaar an, sich gegenseitig mit Keksen zu füttern. Bald umhüllte Katharina der Zigarettenqualm ihrer Nachbarn. Wohlig betäubt vom Fluglärm und vom munteren Geplauder der anderen dachte sie an die Handgranate in der Handtasche und an Politiker in West-Berlin, die für eine Entführung in Frage kommen konnten. Dann schlief sie ein.

2

Noch vor drei Wochen, gequält von hohem Fieber, Brechanfällen und Darmkrämpfen, hatte sie sich geweigert, an Urlaub zu denken. Vom vorigen Jahr standen ihr zwar noch fünf Urlaubstage zu, aber die wollte sie benutzen, um mit Robert über Ostern nach Prag zu fahren. Kathinka würde dann bei ihrem Vater in der Schweiz sein. Als jedoch Katharinas Chef, seinen Kahlkopf bedachtsam massierend, nahezu dienstlich anordnete, sie habe auf der Stelle vierzehn Tage Urlaub »irgendwo im Süden« zu nehmen, und als auch Dr. Martin, der Polizeiarzt, und ihre Mitarbeiter Gerfried, Zobel, Doris Wingert auf sie einredeten, vor allem aber, als

Robert und Kathinka sie bedrängten, mochte sie Prag nicht mehr erwähnen und stimmte schließlich, ermüdet, allen zu.

Robert hatte sich in den Kopf gesetzt, es müßten die Kanarischen Inseln sein.

Aber sämtliche Flüge zu den Kanarischen Inseln waren ausgebucht gewesen. Robert war zwei Nachmittage durch die Reisebüros von Charlottenburg gerannt, während sie am Küchentisch, ihrem Lieblingsplatz, Akten aufarbeitete und dünnen schwarzen Tee trank. Oder, Pfefferminztee trinkend, im Schaukelstuhl in Roberts Arbeitszimmer saß und aus dem Fenster über die von Winter zu Winter schütterer werdenden Akazienwipfel auf den Turm der Trinitatiskirche gegenüber sah, Chet Bakers Comeback-Platte aus Kathinkas Zimmer hörte und ruhig schaukelnd darüber nachdachte, ob der Automobilverkäufer Friedrich Löboldt wirklich bloß aus Eifersucht die Prokuristin Helga Engelhard und den Arbeiter Rudi Wankum erschossen hatte. Und wieso vier Kriminalbeamte drei Jahre gebraucht hatten, um das herauszukriegen.

Robert hatte schließlich um die Ecke bei Hertie den letzten Platz in der Maschine von Düsseldorf nach Lanzarote buchen können. »Das Problem«, hatte er Katharina erklärt, »besteht darin hinzukommen. Freie Hotelzimmer gibt's genug. Aber seit der Kerosinpreiserhöhung lassen die Gesellschaften weniger Chartermaschinen fliegen. Und mit Linienmaschinen kostet's zuviel und dauert mit dreimal Umsteigen auch viel länger. Im übrigen habe ich dir ein sehr gutes Hotel ausgesucht.«

Katharina hatte überrascht festgestellt, daß sie über sich verfügen ließ. Während der Woche, die noch bis zum Abflug verging, hatte sie sich allerdings wieder ein bißchen erholt. Sie hatte sogar die achtstündige Vernehmung einer Frau durchgestanden, die abwechselnd zugab und leugnete, drei Männer getötet zu haben. Danach hatte sie es eigentlich überflüssig gefunden, Urlaub machen zu sollen. Aber wenig später merkte sie doch, wie wenig sie sich zumuten konnte. Sie schaffte es kaum, ihrer heftig protestierenden Tochter den gelben gefütterten Wachstuchmantel zu entreißen, den Kathinka sich letzten Sommer von ihr ausgeliehen hatte, weil sie am verbilligten Wochenendflug einer Jugendgruppe nach Moskau teilnehmen wollte. Der Mantel war, wie selbstverständlich, anschließend in Kathinkas Kleiderschrank geblieben. Dabei war Kathinka mit ihren siebzehn Jahren vier Zentimeter größer und in den Schultern viel breiter als ihre Mutter. Sie mußte wie eine gelbe Wurst durch Moskau gelaufen sein.

Während des Flugs wachte Katharina gelegentlich auf, sah Wolken in der Ferne stehen und hörte die Knabbergeräusche der schon wieder oder immer noch Keks kauenden Nachbarn. Einmal bot die Frau freundlich lächelnd auch Katharina einen Keks an. Katharina mochte ihn nicht ablehnen. Der Mann zeigte aus dem Fenster: unten war das Mittelmeer. Katharina hielt den Keks in der Hand und schloß die Augen, um nicht reden zu müssen.

Das Mittelmeer hatte sie zuletzt vor zwei Jahren gesehen. Da war sie nach Mallorca geflogen, auf den Spuren einer Altenheim-Bande. Die rüstigen Alten hatten, maskiert und unter dem Namen OZEL, Organisation zur Erhöhung des Lebensgefühls, mehrere Banken überfallen und sich mit dem erbeuteten Geld auf Mallorca zur Ruhe gesetzt. Juristisch wohl beraten, lebten sie noch heute unangefochten in hübschen komfortablen Villen am Meer.

Katharina beschloß, nicht mehr an Vergangenes zu denken, sondern leicht und heiter, wie es sich gehört, in den Urlaub zu fliegen.

Sie dachte an eine Fahnenstange.

Die Fahnenstange war morsch, abgebrochen und lag über dem Kopf des toten Mädchens. Sie wurde beleuchtet von einer Taschenlampe, die Gerfried in der Hand hielt. Sie lag etwas zu dekorativ, zu absichtlich über dem Kopf. Der Kopf wies keine äußeren Verletzungen auf, keine Schwellung, keinen Bluterguß. Der Kellerraum war eng, mit Schutt, vermoderten Liegestühlen und faulenden, rostenden Bootszubehörteilen gefüllt. Schwer vorstellbar, daß da jemand in der Lage gewesen sein sollte, einen immerhin noch fast drei Meter langen Fahnenstangenrest zu schwenken, um ihn dem Mädchen über den Kopf zu schlagen.

Wahrscheinlich hatte das Mädchen woanders sterben müssen.

Aber wo? Und wie?

Das Mädchen war nach einer Prügelei zwischen Hausbesetzern und Polizisten gefunden worden. Es konnte also von herabstürzendem Mauerwerk erschlagen und anschließend von den in Panik geratenen Hausbesetzern in den Keller geschleppt worden sein. Aber dann hätten Katharina und Dr. Martin mindestens Hautabschürfungen entdecken müssen. Und warum sollten sich die Hausbesetzer gerade diesen Raum ausgesucht haben? Er lag unter einer Terrasse auf der Rückseite der Villa, hatte keine Verbindung zum übrigen Keller und war nur von außen, von der Uferseite her, zu betreten.

Oder zwischen den Hausbesetzern und dem Mädchen hatte es, bevor die Polizei kam, Streit gegeben und das Mädchen war dabei getötet worden. Aber wozu dann diese Fahnenstange. Schließlich: die Handgranate. Das Mädchen sah nicht aus wie eine Anarchistin. Aber sehen Anarchisten aus wie Anarchisten? Und verpacken Anarchistinnen, die einen Politiker entführen wollen, Handgranaten als Kinderspielzeug und lassen sich anschließend von Hausbesetzern töten? Das Mädchen war blaß, nicht hübsch, nicht häßlich, etwas zu fleischige Nase, kleiner, nicht sehr geformter Schmollmund, die aschblonden Haare nach *Brigitte* frisiert, schöne lange Wimpern, Leberfleck hinterm rechten Ohr. Im Gesicht ein Ausdruck von Verstörung. Katharina schien es außerdem entstellt, obwohl nicht der geringste Kratzer zu entdecken war. Figur mittel, nicht schlank, nicht dick. Kleidung mittel, nicht modisch, nicht unmodern: Hosen, Pulli, Trenchcoat, Kopftuch.

Katharina öffnete die Augen. Sie hielt den Keks in der Hand. Ihre Nachbarn starrten immer noch nach unten, aufs Mittelmeer. Sie schob den Keks unter den Sitz, beugte sich vor, sah ebenfalls aus dem Fenster. Sie sah nur Wolken. Aufatmend lehnte sie sich zurück, schloß schnell die Augen, bevor die Nachbarn mit ihr reden konnten. In zwei Stunden würde sie landen. Kein Gedanke mehr an Fahnenstangen und tote junge Frauen.

Sie dachte an Kathinka.

Vor zwei Jahren hatte ihre Tochter noch beim Vater in Zürich gelebt. Plötzlich hatte sie unbedingt bei Katharina und Robert wohnen wollen. Das war dann, im Einvernehmen mit allen Beteiligten, bewerkstelligt worden. Und anfangs hatte sich Kathinka auch wohl gefühlt in der Pestalozzistraße. Sicher fand sie es schick, eine Mutter zu haben, die obwohl Kriminalkommissarin, mit einem Lehrer einfach so zusammen lebte. Aber in letzter Zeit hatte sie sich verändert. Sie zog sich häufig mit Freundinnen und Freunden in Katharinas Apartment zurück, das ein paar Minuten von Roberts Wohnung entfernt im achten Stock eines Hochhauses lag. Katharina betrat ihre eigene Wohnung, wenn überhaupt, nur morgens, bevor sie mit der U-Bahn ins Büro fuhr. Sie sah dann nach der Post und aus dem Fenster nach dem Auto, das unbenutzt und verdreckt im Hof stand. Wenn Kathinka am Tag vorher da gewesen war, sah sie außerdem große Mengen von schmutzigem Geschirr in der Küche.

Katharina hätte gelegentlich gern mit ihrer Tochter über diese Freunde und Freundinnen gesprochen. Aber Kathinka, sonst nicht wortkarg, reagierte jedesmal unwillig. Robert schien das alles für normal zu halten. Er hatte sich von Anfang an gut mit Kathinka verstanden. Und zumindest sonntags morgens, wenn sie zu dritt in Roberts Bett saßen, umgeben von zerfledderten Zeitungen, und im Gedröhn der Glocken von St. Trinitatis geröstete Graubrotscheiben mit Marmelade (Robert) oder Salami (die beiden Frauen) verschlangen, zumindest dann gab es nicht die Spur von Problemen.

Kurz bevor sie wieder einschlief, sah Katharina das Gesicht des erschlagenen Mädchens aus der Wannseevilla vor sich. Sie versuchte herauszufinden, warum es entstellt auf sie gewirkt hatte.

3

Busse brachten sie vom Flugplatz der kleinen Stadt zu den verschiedenen Hotels. Katharinas Hotel lag etwa dreißig Kilometer außerhalb des Ortes. Sie sah einen gelblichen Himmel, keinen Baum, keinen Busch. Die Insel bestand aus Geröllhalden von ausgeglühter Lava, an deren Rand sie entlangfuhren. Die übermüdete Reiseleiterin begrüßte sie, das Mikrofon ungeschickt vor den Mund haltend, »auf diesem wunderschönen Fleckchen Erde«. Katharina sah weiterhin nur bimssteinartigen, dunkel-ockerfarbenen oder braunen Schutt. Einstmals, noch in geschichtlicher Zeit, so stand es im Prospekt, hatte es hier Wälder und Wiesen gegeben.

Die Reiseleiterin machte auf ein Gebäude aufmerksam. Katharina sah tausend Meter entfernt in halber Höhe eines Lavaberges eine einsame leuchtend weiße Windmühle mit schwarzen großen Flügeln und schwarzer Haube. An einem querstehenden Flügelblatt baumelte etwas Dunkles. Sie erfuhr, daß die Windmühle von einem Amerikaner gebaut worden war, der sich mit seinen gesamten Ersparnissen aus einigen Jahrzehnten Uhrenhandel hier zur Ruhe gesetzt hatte. Und die Vogelscheuche hätte er wohl angebracht, damit die Vögel nicht seinen neu eingesäten Rasen auf dem mühsam herbeitransportierten Humusboden gefährdeten. Katharina sah ein paar größere Vögel um die Vogelscheuche kreisen. Sie hielt sie für Möwen.

Sie fuhren an Bauplätzen und vereinzelt liegenden weißen Bungalows vorbei. Einige waren von blühenden Sträuchern umgeben, die von kleingewachsenen Männern in ausgeblichenen dunklen Hemden und ausgebeulten geflickten Hosen begossen wurden. Nur wenige Bungalows schienen im Moment bewohnt. Sie gehörten, teilte die Reiseleiterin mit, vor allem Deutschen, Skandinaviern und Amerikanern. Als sie auf das Hotel zurollten, war Katharina schon wieder müde. Dr. Martin hatte sie in seiner umständlichen Art darauf vorbereitet, daß das Klima der Kanarischen Inseln blutdrucksenkend wirke und daher nicht ungefährlich für Leute mit niedrigem Blutdruck sei.

Das Hotel, Imponierbau aus Beton, Glas und Marmor, stand nah am Meer inmitten von Rasenflächen und Blumenrabatten. Der Weg zum Eingangsportal war gesäumt von blühenden Büschen, einigen neugepflanzten Palmen und Bäumen mit roten Blüten. Auch hier die kaum mittelgroßen Männer in den verwaschenen düsteren Hemden, die mit ernsten Gesichtern Wasserschläuche auf Rasen und Blumen richteten.

Über weiche braune Teppiche ging Katharina hinter einem Kellner in dunkelrotem Jackett hinauf in den zweiten Stock. Das Zimmer war gut ausgestattet, ockerfarbene Bettdecken und Vorhänge, Möbel aus Palisanderholz. Aber Fenster gegen Nordwesten. Katharina würde auf ihrem Zimmerbalkon erst am späten Nachmittag, wenn überhaupt, Sonne haben.

Sie hatte es nicht anders erwartet. Kein Hotel überläßt alleinreisenden Frauen gute Zimmer. Sie fühlte sich zu schwach, um gleich zu protestieren. Das hatte Zeit bis morgen. Über Zimmertelefon gab sie ein Telegramm an Robert auf und bestellte dann einen Liter Wein. Der wurde auch sofort gebracht, von einem sehr jungen schüchternen Kellner mit leicht rachitisch gekrümmten Beinen. Seufzend vor Erleichterung schluckte sie einige von Dr. Martins Kreislaufpillen, trank zwei Gläser Wein und schlug die Bettdecke zurück. Anderthalb Stunden Schlaf, und der Urlaub konnte beginnen. Sie hatte die Hosen schon ausgezogen und die Bluse aufgeknöpft, als sie die Zimmertür leise schnappen hörte.

Sie drehte sich um. Vor ihr stand ein älterer Kellner, der sie ausdrucksvoll ansah und sein Jackett auszuziehen begann. Wenn das zum Empfang gehört, dachte sie, ist es jedenfalls übereilt. »Das habe ich nicht bestellt«, sagte sie.

Sie hatte keine Ahnung, ob der Kellner sie verstand. Aber er streifte hastig das Jackett über und verließ das Zimmer.

Abends, im noch leeren Speisesaal, sah sie ihn wieder. Sie saß allein an einem kleinen Tisch, und er näherte sich ihr, um sie nach ihren Wünschen zu fragen. Der Chef de Service persönlich hatte sie beehrt. Er lächelte ihr zu, als seien sie vertraut miteinander. Sie erwiderte das Lächeln nach einigem Zögern und, wie sie hoffte, zurückhaltend und damenhaft. Essen mochte sie plötzlich nichts mehr. Sie trank ein Glas Mineralwasser und ging zurück in ihr Zimmer.

Nachts träumte sie von dem Gesicht des Mädchens aus der Wannseevilla. Berufliches erschien in ihren Träumen nur, wenn ihre Nerven überreizt waren. Gegen Morgen lag sie wach und horchte auf die entfernte Brandung. Und auf das Geräusch des rieselnden und sprühenden Wassers aus den Schläuchen, die schon in aller Frühe von den schweigsamen Männern auf Bäume und Sträucher gerichtet wurden. Darüber schlief sie wieder ein.

Alle Mädchen, die Kindergärtnerinnen werden wollten, standen in der Kapelle und sangen. Neben Katharina sang die Frau, die möglicherweise drei Männer umgebracht hatte. Ein runder Bauch wölbte sich unter ihrem rot-weiß karierten Sommerkleid. Sie war schwanger. »Trotz dem alten Drachen«, sangen die Seminaristinnen mit hellen Stimmen, »trotz dem Todesrachen, trotz der Höll dazu, tobe Welt und ringe, ich steh hier und singe in gar sichrer Ruh.« Katharina hätte gern alle Strophen gesungen, aber die Schwangere neben ihr beunruhigte sie, und sie wachte auf.

Beim Zähneputzen beschloß sie, sich abzulenken und an einem von der Reisegesellschaft veranstalteten Ausflug teilzunehmen.

Während des Frühstücks erfuhr sie, daß die Vogelscheuche an der Mühle des Amerikaners keine Vogelscheuche war, sondern der Amerikaner. Der hatte fast zwei Jahre an seiner Mühle gebaut. Als sie fertig dastand, als jedes Möbelstück, jedes Bild und jedes Whiskyglas, jeder Teppich und jeder Vorgartenstrauch sich am vorgesehenen Platz befanden, als er nur noch einen Hebel umzulegen brauchte, damit der Wind mit Hilfe der Flügel das eingebaute Elektrizitätswerk in Gang setzte, da erhängte er sich an einem der Windmühlenflügel. Das war vor drei Tagen gewesen. Wenn nicht so verdächtig viele Vögel auf den Flügeln der Mühle gesessen hätten, wäre es vermutlich auch jetzt noch keinem aufgefallen.

Diese Neuigkeit war Hauptgesprächsthema der Gäste, während der Bus sie zu den Kamelen fuhr. »Ja«, sagte ein zufrieden nickender Mann, der neben Katharina gefrühstückt und dabei sieben Hörnchen mit Butter und Marmelade verzehrt hatte, »das weiß man ja, Lanzarote ist die Insel der Selbstmörder.«

Später brachten hochmütig blickende Kamele sie hinauf zum Krater. Jedes Kamel trug zwei Gäste, einen links, einen rechts, in Körben, die durch breite Riemen zwischen den Höckern verbunden waren. Katharina wurde übel vom Paßgang der Tiere. Sie betrachtete den tiefbraunen gegerbten Nacken des Kameltreibers, der einen Moment neben ihr ging, hager, klein, eine folkloristische Kappe auf dem Kopf. Gelegentlich rief er den Tieren heisere Worte zu. Das Kamel, das vor Katharina schwankte, hatte Durchfall. Unaufhörlich lief ein dünnes gelbes Rinnsal aus ihm heraus. Sein Fell war stumpf, abgeschabt, und es zitterte beim Gehen unter der Last, die es zu tragen hatte. Um nicht fortwährend den entzündeten Kamelafter vor Augen zu haben, sah Katharina angestrengt seitwärts, die Geröllhalde hinauf. Sie hörte, ein Ei, oben auf die Felsen geworfen, werde augenblicklich zum Spiegelei durch die vulkanische Hitze. Und die Reiseleiterin habe Eier bei sich, um das zu demonstrieren. Und dann solle noch eine Höhle besichtigt werden, die in den herrlichsten Farben schillere, weil Kupferadern hindurchführten.

Katharina interessierte sich für nichts mehr. Sie war froh, als sie wieder im Bett des Hotelzimmers lag. Zum Baden hatte sie noch keine Lust. Sie wartete darauf, daß die Sonne um achtzehn Uhr ihren Balkon erreichen würde.

Die Herren hinter der Glasscheibe der Eingangshalle hatten ihr versprochen, sich ab morgen nach einem anderen Zimmer für sie umzusehen.

Zum Abendessen zog sie sich das lange dunkelgrüne Samtkleid an. Es sah teuer aus. Tatsächlich hatte sie es in einer Boutique am Kurfürstendamm für zweihundertfünfzig Mark im Schaufenster gesehen. Gekauft hatte sie es aber bei C & A, leicht beschädigt, für zwanzig Mark. Aufmerksam betrachtete sie sich im Spiegel. Das Kleid fiel glatt und weich bis zum Boden, so war kaum zu merken, daß ihre Beine etwas zu kurz waren. Die Figur erschien ihr annehmbar. Durch die Krankheit war sie schlanker geworden. Sie hatte wieder, wie als Mädchen, einen fühlbaren Hüftknochen, der sich unter dem Samt abzeichnete. Den brauch ich zum Festhalten, hatte damals Kathinkas Vater gesagt. Während sie Lidschatten auftrug, beobachtete sie die Falte zwischen ihren Augen. Sie war tiefer, als Katharina erwartet hatte. Der Pagenschnitt der sehr dunklen Haare gefiel ihr. Das Gesicht war ihr zu blaß. Die Heimkinder hatten sie »Augi« genannt. Keine Seminaristin hatte so große Augen gehabt. Jetzt fand sie ihre Augen normal.

Bevor sie den Speisesaal betrat, hörte sie Stimmengewirr und Geschirrklirren. Rund fünfzig Leute aßen bereits. Die nahe am Eingang Sitzenden schauten auf, einige der Frauen sofort abschätzend, als fragten sie sich, ob Katharina sich einen ihrer verfetteten sechzigjährigen Ehemänner greifen wollte. Im Hintergrund entdeckte sie das Düsseldorfer Ehepaar. Die beiden winkten ihr fröhlich zu, boten ihr den freien Stuhl am Tisch an, und Katharina setzte sich zu ihnen.

Sie war beeindruckt vom Anblick der bloßen roten Oberarme der Frau. Auch das Gesicht der Frau war rot, gedunsen, ölglänzend. Der Mann sah genauso aus. Beide erzählten zufrieden und im rheinischen Singsang von ihren Erfahrungen. Sie fühlten sich wohl. Katharina stellte sich vor, wie sie den ganzen Tag über unten am Swimming-pool oder am Meer Speckwamme und Bierbauch sorgfältig hin und her gewendet hatten, damit kein Stück Wellfleisch ungerötet bliebe. Aber während sie das dachte, fand sie sich überheblich. Diese beiden genossen bloß ihren Urlaub, sie waren zwar derb, aber friedfertig. Gewöhnlich lernte Katharina solche durch und durch normalen Menschen erst kennen, wenn sie sich in einem unnormalen Zustand befanden: als gewaltsam Getötete oder als plötzlich totschlagende Kurzschlußtäter.

Sie hörte also zu und lächelte verbindlich.

»Enee«, sagte die Frau, »dat die aber auch grade den Dingens, den Lorenz entführt haben.«

»Dat Billa versteht dat nit«, erklärte der Mann Katharina. »Natürlich is dat 'ne sehr jute Einfall von dem CDU-Wahlbüro.« Und er legte seine rote Hand auf den dicken roten

Unterarm seiner Frau und lachte dröhnend. Katharina hätte vor Schmerz geschrien, wenn sich auf ihren sonnenverbrannten Unterarm eine schwere Hand gelegt hätte. Aber die Frau schrie nicht. Sie knuffte ihren Mann und lachte mit.

Erst jetzt bemerkte Katharina, daß der schüchterne junge Kellner schräg hinter ihr stand. Er versuchte ihr mitzuteilen, daß sie am Telefon erwartet wurde. Sie sprang auf, warf ein Glas um, entschuldigte sich.

Einige Gäste sahen hinter ihr her, als sie den Speisesaal verließ. Es war nicht üblich, hier angerufen zu werden.

In der engen, stickigen Kabine neben der Rezeption bekam sie kaum Luft. Sie ließ die Tür geöffnet und wartete ungeduldig, bis zu ihr durchgestellt wurde.

Es war Robert. Seine Stimme nah und voller Wärme. Sofort sah sie ihn vor sich, wie er am Schreibtisch saß, die Ellbogen auf seine Papiere gestützt, in schmuddeligen Cordhosen und rostrotem Pullover. Er zog nie was anderes an. Wenn sie sagte: du brauchst aber wirklich einen Anzug, dann ging er widerstrebend einkaufen und kam mit neuen braunen Cordhosen und einem neuen rostroten Pullover zurück. Natürlich hatte er kein Telegramm bekommen, und er machte sich Sorgen.

»Kein Grund zum Sorgenmachen«, sagte sie.

»Wirklich nicht?« Er kannte ihre Stimme. »Kreislauf?«

»Ein bißchen.«

»Hat dein Zimmer Sonne?«

»Ein bißchen.«

»Mami?« Jetzt war Kathinka am Apparat. »Betrügst du uns auch nicht, da im Ferienparadies?«

»Ich schaff's nicht. Die fetten Weiber hier passen zu sehr auf ihre fetten Männer auf.« Katharina fühlte sich nicht in der Lage, besonders geistreich zu antworten. »Und was gibt's bei euch?«

»Bei uns? Och, eigentlich nichts Besonderes.«

»Nichts was?«

»Besonderes.«

Pause, Knacken.

»Mama«, sagte Kathinka, »du willst ja bloß was über den Lorenz hören.«

»Der Lorenz interessiert mich nicht. Ich will was über die junge Frau in der Wannseevilla hören.«

»Worüber?«

»Was mit der Leiche ist.« Krachen in der Leitung. »Hallo?«

»Mami?«

»Mit der Leiche von dem Mädchen. Da muß doch schon was in der Zeitung stehn.«

»Nun laß doch die Puppe in dem Wannseeschuppen. Mach man lieber Urlaub.«

»Gib mir Robert.«

»Der wird dir dasselbe sagen.«

»Meine Schöne«, sagte Robert, »wirklich, laß mal den Berliner Kram hinter dir.«

»Ich bin aber neugierig.«

Robert seufzte. »Im *Abend* steht, die junge Frau, die ihr da im Keller gefunden habt —«

Pfeifen. Knacken. »Ja?« sagte Katharina. »Ja?«

»Sie ist nicht gestorben, weil sie einen Schlag auf den Kopf erhalten hat. Sie war schon ein paar Stunden vorher tot. Hörst du mich?«

»Sehr gut.«

»Sie ist an einer unsachgemäß vorgenommenen Abtreibung gestorben.«

Die Pigmentstörungen im Gesicht dieses Mädchens. Sie hatten auf die Schwangerschaft hingewiesen.

»Identifiziert?« Katharina fragte, als sei sie gerade dienstlich informiert worden. Robert lachte sein albernes, glucksendes Huhn-im-Sand-Lachen. »Nein, Oberkommissarin.«

»Und die Handgranate? Ist die ...«

Kathinka meldete sich. »Sag mal, Oberkommissarin, glaubst du, eines deiner fetten Weiber würde an einer unsachgemäß vorgenommenen Abtreibung sterben?«

»Unwahrscheinlich.«

»Da siehst du's mal wieder. Nein, laß mich.«

Das galt Robert. »Dein Robert will mir dauernd das Telefon aus der Hand reißen.«

»Du reißt es ihm ja auch dauernd aus der Hand.«

»Das ist was anderes. Ich wollte dir noch sagen, deine Bullen verhören doch jetzt pausenlos die Hausbesetzer. Wie sie die Leiche da reingeschafft haben. Aber ich sag dir, die haben da keine Leiche reingeschafft. Und auch keiner Leiche einen Balken oder so was über den Schädel gehaun. Ich kenn die.«

»Wen?«

»Die Typen, die den Kasten besetzt haben. Die haben mit der Leiche nichts zu tun.«

»Woher kennst du die?«

»Och, nur so. Durch Jungs von der Schule. Wirklich, von denen steht keiner auf Leichen.«

»Stehn deine Typen vielleicht auf Handgranaten?«

Kichern am anderen Ende.

»Mama, willst du den Fall aus fünftausend Kilometer Entfernung lösen? Überlaß das man deinem Gerfried. Werd lieber gesund.«

»Dem schließe ich mich an«, sagte Robert.

»Was machen deine Deutschaufsätze, Schulmeister?« fragte sie schnell. Sie wollte nicht, daß das Gespräch schon aufhörte. Robert bekam häufig Ärger wegen der unüblichen Themen für die Deutschaufsätze der oberen Klassen. Aber er brachte es immer fertig, seine Pläne nicht nur durchzusetzen, sondern hinterher auch noch dafür gelobt zu werden: entweder verbündete er sich mit Schülern und Elternbeirat gegen die peinlich berührte Schulleitung oder mit Schülern und Schulleitung gegen die besorgten Eltern. Diese Taktik hatte er bei der Gewerkschaftsarbeit gelernt. In letzter Zeit allerdings waren seine Mehrheiten mühsamer herzustellen gewesen.

»Na ja«, sagte Robert. »Ein Thomas-Mann-Thema natürlich, eins über Schillers Geschichte des Dreißigjährigen Krieges, eins über Gefangene.«

»Gefangene?«

»Ich weiß noch nicht genau. Was ist und zu welchem Ende betreibt man Strafvollzug? So etwa. Wir diskutieren das gerade. Glaubst du, wir können Doris Wingert bitten, zu dem Thema zu referieren?«

Katharinas Assistentin hatte früher an verschiedenen Vollzugsanstalten gearbeitet. Sie war beliebt gewesen bei Kollegen und sogar bei Inhaftierten. Aber sie hatte es nicht ausgehalten, nur mit Gefangenen und anderen Bewachern

Umgang zu haben. Deshalb hatte sie sich zur Kripo gemeldet. »Weil«, wie Manfred Zobel, Katharinas jüngster Assistent, mit seinem breiten Western-Held-Grinsen gelegentlich erläutert hatte, »jemand, den man verhaftet, ja noch kein Gefangener ist, sondern fast noch frei, und jemand, der einen eben noch Freien am Weglaufen hindert, ist auch fast noch kein Bewacher.« Immer zuverlässig, meistens freundlich, manchmal etwas spitz, etwas altjüngferlich, munter und verwelkt zugleich, ging sie ihrem Dienst nach. Ihre dichten blonden Haare wurden erstaunlicherweise von Jahr zu Jahr prächtiger.

»Frag sie doch«, sagte Katharina. »Sie kommt sicher. Wenn sie Zeit hat«, setzte sie hinzu.

»Schreibst du mal?«

»Mir auch«, rief Kathinka dazwischen.

»Aber ja«, sagte Katharina glücklich. »Natürlich schreibe ich euch.«

»Also tschau, Mami. Bleib sauber.«

»Also mach's gut, meine Schöne. Erhol dich.«

Als sie schwitzend die Kabine verließ, bemerkte sie, wie der Geschäftsführer aus der Rezeption sie nachdenklich betrachtete. Was hat er gehört? dachte sie. Hat er was von Leiche und Handgranate mitgekriegt? Sie nahm sich vor, künftig aufzupassen. Sie wollte nicht, daß man hier ihren Beruf erfuhr. Sie hatte Heimerzieherin angegeben. Das war sie ja vor zehn Jahren auch noch gewesen.

Im Salon standen und saßen Gäste vor dem Fernsehapparat. Bilder von Berlin wurden gezeigt, ein verlassener Mercedes, ein Foto des entführten Oppositionspolitikers, der Bürgermeister. Katharina verstand nicht, was der spanische Kommentator sagte.

In ihrem Zimmer legte sie sich aufs Bett, sah zu, wie der Abendwind die Vorhänge vor der offenen Balkontür blähte, hörte von draußen die Bewässerungsgeräusche.

Sie trank den Rest Wein aus der Flasche, die neben dem Bett stand, und fragte sich, in wessen Interesse es liegen konnte, daß diese tote Frau in diesem Keller der Wannseevilla gefunden wurde. Und ob diejenigen, die sie dort hingebracht und unter die Fahnenstange gelegt hatten, wußten oder nicht wußten, daß in ihrer Handtasche eine Handgranate war. Sie fragte sich, wofür eine Frau, die zu einer Abtreibung geht, eine Handgranate braucht. Oder warum jemand einer Frau, die an einer Abtreibung stirbt, eine Handgranate in die Handtasche steckt. Und woher kannte Kathinka die Hausbesetzer? Plötzlich fielen ihr Gerfrieds Zwillinge ein. Sie hatte sie einmal im Zoo getroffen. Zwei ernsthafte kleine Mädchen mit vom Vater ererbten zu ältlichen Gesichtern, wie sie vor dem Affengehege dem Vater geduldig und gründlich die Mengenlehre erklärten, unter der Bedingung, daß er ihnen anschließend ein paar Details zum Thema Entstehung von Kindern erläuterte.

Ein Foto.

Das Foto mit der hübschen, freundlich lächelnden Frau, das Robert zwischen altem Krempel in seiner Schreibtischschublade aufbewahrt. Wäre Helga mit dem Auto voller Kinder vor vier Jahren langsamer über die Clay-Allee gefahren oder hätte sie schneller gebremst, Robert hätte Katharina in Katastrophen-Schuberts Laden vielleicht angesehen, aber wahrscheinlich gar nicht wahrgenommen, während der sanfte alte Mann mit düsterer Stimme von Schrecknissen und Unheil auf allen Kontinenten berichtete. Und Katharina hätte, zumindest vorübergehend, den Werbungen eines Dramaturgen des Schiller-Theaters nachgegeben.

Ein Laden.

Katastrophen-Schuberts leerer verlassener Laden neben Hertie, die herausgerissenen altmodischen Schilder »Delikatessen« und »ff. Wurstwaren«, seine Stimme, vier Wochen bevor er endgültig aufgab: Sofort sterben ist auch in so einem Fall besser als lange leiden.

Katharina setzte sich aufrecht hin, machte Licht, suchte nach Papier. Ich werde keinen ruhigen Urlaub haben, sagte sie sich, wenn ich mir das alles jetzt nicht klarmache und aufschreibe. Aber sie wußte, wenn sie erst ein paar Antworten auf ihre Fragen gefunden hatte, würde sie erst recht keinen ruhigen Urlaub mehr haben.

Sie schrieb auf: Geweckt gegen zwei Uhr früh.

Widerwillig war sie aus tiefem Schlaf zu sich gekommen. Sie lag eng an Roberts warmen Körper gekuschelt und hörte im Arbeitszimmer das Telefon rasseln und scheppern. Das Läutwerk hatte Schaden genommen, als Kathinka vor einigen Wochen mit ihrem Vater in Zürich telefoniert und dabei den Apparat zu Boden geworfen hatte. Katharina rückte vorsichtig von Robert weg, der ruhig weiterschlief, rollte sich aus dem Bett, tastete sich, ohne Licht zu machen, nach drüben ans Telefon. Gerfried teilte ihr mit, daß er sie gleich abholen werde.

Sie begriff nichts. Sie schaltete Roberts Schreibtischlampe an und sah auf die elektrische Uhr, die Kathinka Robert zum Geburtstag geschenkt hatte. Seit zwei Stunden war sie in Urlaub. Irgend jemand hatte das nicht dort eingetragen, wo es eingetragen werden mußte. Zum Ausgleich waren Zobel und Doris nicht benachrichtigt worden, sondern Kollegen, mit denen Gerfried und Katharina noch nie zusammengearbeitet hatten.

Schweigend waren sie die Avus hinuntergefahren.

Als sie vom Kronprinzessinnenweg zum Wannsee hin abbogen, zur Straße Am Sandwerder, kam ihnen ein dunkelgrauer Volkswagenbus entgegen, langsam, als sei der Fahrer unentschlossen, ob er weiterfahren solle. Die Straße lag im hellen Mondlicht. Vor die Fenster des VW-Busses waren dunkel-hell gewürfelte Vorhänge gezogen. Katharina gähnte und sagte zu Gerfried:

»Solche Vorhänge will ich für die Küche haben.«

Gerfried blickte sie verständnislos an. Der VW-Bus rollte gerade unter einer Straßenlaterne entlang. Katharina konnte den Fahrer nicht erkennen, aber neben dem Fahrer saß eine Frau, die zu ihnen hinüberstarrte. Sie sah nicht aus wie die Frau eines Camping-Freundes, der einen geeigneten Übernachtungsplatz sucht. Die Frau hatte Angst. Plötzlich beschleunigte der Bus mit einem Ruck und verschwand in Richtung Avus.

»Ja«, sagte Katharina, »rot-weiß karierte Vorhänge.«

Sie schrieb auf: VW-Bus mit rot-weiß karierten Vorhängen.

Vor der düsteren, vom Mondlicht heroisch gemachten Ruine Am Sandwerder 19B hielten zwei Einsatzfahrzeuge der Polizei und ein Unfallwagen der Feuerwehr. Die Fenster der Nachbarvillen waren hell erleuchtet, zwischen den am Straßenrand geparkten Privatwagen diskutierten verstörte Anwohner. Drei Streifenbeamte und zwei behelmte Feuerwehrleute standen unschlüssig im trümmerbedeckten, zerstampften Vorgarten. Hinter Gerfrieds Auto hielt ein Taxi, aus dem Dr. Martin stieg. Dr. Martin war von einer Party geholt worden. Als er, Katharina und Gerfried von den Feuerwehrleuten Helme übergestülpt bekamen, wegen der Einsturzgefahr in der Ruine, summte er Wagners Walkürenritt.

»Wer hat die Tote entdeckt?« fragte sie.

»Obermeister Witt«, sagte einer der Streifenbeamten. Katharina gelang es nicht, sein Gesicht zu erkennen. Er trug einen gewaltigen Schnauzbart. Der obere Teil des Gesichts lag im Schatten des Helms.

»Wo ist Obermeister Witt?«

»Die Bereitschaftspolizei wurde nach Beendigung der Aktion abgezogen«, erklärte der Streifenbeamte. Er redete wie ein Nachrichtensprecher im Radio.

»Wann?«

»Vor zehn Minuten.«

»Und die Hausbesetzer?«

»Kassiert«, sagte ein anderer Streifenbeamter. »Zur Feststellung der Personalien.«

»Wie viele waren es?«

»Fünf.«

»Die sind ja bescheuert«, knarrte Gerfried. »Jetzt können wir hinter Witt und den Hausbesetzern herrennen.«

»Ich nicht«, sagte Katharina.

Gerfried blickte rasch zu Katharina hinüber. Erst in diesem Augenblick schien er zu begreifen, daß er diesen Fall verantwortlich zu lösen haben würde.

Katharina stand im Parterre des Hauses auf Schuttbergen. Ein Teil der Decke des ersten Stocks war eingestürzt. Durch die Dachbalken sah sie den Mond. Das Haus hatte wahrscheinlich lange unbewohnt gestanden. Die Mauern waren feucht und das Holz war morsch geworden. Aber das genügte nicht, um die Zerstörung zu erklären.

»Verletzte?«

»Nein.«

»Wie sind die Beamten vorgegangen?«

»Rein defensiv.«

»Keine Äxte, Rammgeräte?«

»Nichts.«

»Aber wirklich«, sagte jetzt der dritte Streifenbeamte, »das sieht hier ja aus, als hätten die mal kurz ein halbes Dutzend Handgranaten husten lassen.«

Sie schrieb: Unverhältnismäßig starke Zerstörung des Hauses Am Sandwerder 19B durch die Hausbesetzer.

Als sie am nächsten Morgen aufwachte, sah sie, daß sie bei Licht geschlafen hatte. Sie steckte den Zettel mit den drei Sätzen in ihre Umhängetasche und beschloß, nicht mehr an Berlin zu denken.

Den Vormittag verbrachte sie am Meer, den frühen Nachmittag am Swimming-pool des Hotels. Sie wendete umsichtig, wie die anderen Gäste, ihr Fleisch unter der Sonne, suchte nach Anzeichen von Zellulitis. Sie waren vorhanden, aber noch nicht alarmierend. Nachmittags, als der Wind zunahm, rannte sie im gelben Mantel, mit hochgeschlagenem Kragen, zwei Stunden am Meer entlang. Drei Fischer, in abgewetzten, zerrissenen Hosen, verblichenen Hemden und großen verdreckten Stiefeln kamen ihr entgegen, grinsten, hoben schnell die geballte Faust zum Gruß. Sie war überrascht, lächelte unschlüssig zurück. Später, in ihrem Zimmer, entdeckte sie an ihrem Mantelkragen ein kleines Abzeichen. Kathinka hatte ihr erzählt, daß ein junger Russe auf dem Moskauer Flugplatz scharf auf ihren Kugelschreiber gewesen war. Dafür hatte er ihr das Aeroflot-Abzeichen geschenkt. Katharina nahm das Abzeichen ab und steckte es in die Manteltasche.

Dann rief sie Gerfried an.

Sie wußte, wie beliebt sich Vorgesetzte machen, die aus dem Urlaub anrufen. Und sie dachte daran, daß sie sich vorgenommen hatte, nicht mehr an Berlin zu denken. Berufliche Leidenschaft machte sie mißtrauisch, eine Sache um ihrer selbst willen zu tun schien ihr bedenklich. Sie würde achtgeben müssen auf sich. Aber jetzt wollte sie Gerfried sprechen.

Sehr weit weg hörte sie seine überraschte, grämliche Stimme.

»Nicht böse sein, Gerfried«, sagte sie sanft. Sie saß auf dem Bett und beobachtete, wie die Sonne langsam das Balkongeländer erreichte. Aus dem Telefon kam etwas wie fernes Meeresrauschen, Maschinengewehrfeuer, Raketenstart.

»Hallo«, sagte sie.

»Ledermacherin?« Gerfrieds Stimme war plötzlich ganz nah und knarrte kaum.

»Erinnern Sie sich, wie ich sagte, solche rot-weiß karierten Vorhänge hätte ich gern in der Küche?«

»Was hätten Sie gern?« Jetzt kam seine Stimme wieder aus weiter Ferne.

»Als wir zur Villa Am Sandwerder fuhren, wie ich da die Vorhänge in diesem VW-Bus sah.«

»Vorhänge?«

»Ja. Rot-weiß kariert.«

»Ich verstehe nicht. Warum wollen Sie rot-weiß karierte Vorhänge haben? Ich weiß nicht, wie ich sie Ihnen schicken soll.«

Es war hoffnungslos.

»Wie läuft die Untersuchung?« schrie Katharina.

»Danke, gut.« Gerfried antwortete, als hätte Katharina sich nach seinem Befinden erkundigt.

»Was ist mit dem Mädchen?«

»Mit welchem Mädchen?«

»Aus der Wannseevilla.«

»Ach so, die. Ja, das weiß ich auch nicht.«

»Was? Wieso wissen Sie nicht...«

»Wie bitte?«

»Aber Sie müssen doch wissen, was mit dem Mädchen ist. Mit der Handgranate.«

»Ich kann Ihnen nichts sagen, Ledermacherin.« Gerfrieds Stimme war wieder sehr nah. Sie klang resigniert.

»Wieso können Sie mir nichts sagen?"

»Das kann ich jetzt nicht erklären.«

»Was ist los, Gerfried?«

»So ziemlich alles, Ledermacherin. Wenn Sie verstehn, was ich meine.«

»Kein Wort.«

Wieder Meeresrauschen, Kettenpanzer, Pfeiftöne. Dann Stille.

»Gerfried?«

Die Verbindung war abgebrochen. Danach erst fiel ihr ein, daß Samstagnachmittag war. Gerfried saß also am Samstagnachmittag im Büro. Das bedeutete normalerweise, daß viel zu tun war. Offensichtlich aber tat er nichts.

Nachts, vor dem Einschlafen, und am nächsten Morgen, am Meer, dachte sie über das Telefongespräch nach. Es gab zwei Möglichkeiten. Erstens, das Mädchen mit der Handgranate in der Handtasche war eine Anarcho-Terroristin. Dann lag der Fall jetzt auf einem anderen Schreibtisch. Dazu paßte allerdings nicht, daß die junge Frau schwanger gewesen sein sollte. Vielleicht aber war das der Öffentlichkeit mitgeteilt worden, um abzulenken. Abzulenken wovon? Daß sie, zweitens, während der Prügelei zwischen Hausbesetzern und Polizei umgekommen war. Daß sie von Polizisten erschlagen worden war. Auch dann lag der Fall nicht mehr auf Gerfrieds Schreibtisch. Es würde schwierig sein herauszufinden, wo er lag. Aber zu dieser Möglichkeit paßte die Handgranate nicht.

Nachmittags rannte sie im gelben Mantel zwischen Meer und Bimsstein über den graubraunen Strand in die nächste Ortschaft, wo es am baufälligen kleinen Hafen, neben den kargen lanzarotischen Häusern und nicht weit von den Bungalows der Fremden, einen Supermarkt gab. Sie kaufte Zeitungen und Wein, der hier billiger war als im Hotel, und setzte sich auf die Terrasse einer kleinen Cafeteria neben dem Supermarkt. Sie blickte zu den alten verrotteten Fischkuttern. Der Wind war so stark, daß sie nicht Zeitung lesen konnte.

Die Fischer kamen vorbei, grüßten, diesmal nicht mit der geballten Faust, kehrten um, setzten sich zu ihr. Einer war kaum Mitte Dreißig, hatte graue Haare und tiefe Falten im Gesicht. Er hatte ein Jahr in Frankfurt als Monteur gearbeitet. Der zweite war Matrose gewesen. Sie redeten ein hartes, mit deutschen und englischen Brocken höflich versetztes Spanisch. Der jüngste, rothaarig, hübsch, sah Katharina nur an und lächelte. Er war fast zahnlos. Sie bestanden darauf, Katharinas Cognac caliente zu zahlen, und luden sie ein, morgen mit ihnen auf Fang zu fahren.

Abends im Speisesaal tuschelten die Leute, als sie zwischen den Tischen hindurchging. Am Tisch der Düsseldorfer fiel ihr auf, daß das Ehepaar ungewöhnlich schweigsam war. Die Gesichtsfarbe der beiden ging nun schon ins Violette, während Katharina langsam rötlich-braun wurde. Über den kaum noch einzuholenden Vorsprung der beiden machte sie eine bewundernde Bemerkung. Aber die mochten anscheinend nicht mit ihr darüber reden. Schon an der Rezeption hatte Katharina den Eindruck gehabt, daß man zwar noch höflich, aber um einige Grade kühler mit ihr umging. Wegen der Weinflasche, hatte sie gedacht, die sie gerade in einem offenen Plastikbeutel an der Rezeption vorbei nach oben in ihr Zimmer trug. Aber auch nach dem Essen, im Salon vor dem Fernsehapparat, als über die Bedingungen berichtet wurde, unter denen die Entführer bereit waren, den Oppositionspolitiker freizulassen, da achteten die anderen Gäste offensichtlich darauf, sich etwas entfernt von ihr zu halten. Es mußte an ihren Telefongesprächen liegen. An den Handgranaten. Oder an ihrer Bemerkung über die fetten Weiber.

Sie schlief so tief und so lange wie seit Monaten nicht mehr. Als sie aufwachte, wußte sie, die Fischer waren längst weit draußen. Sie schrieb, noch im Bett hockend, einen Brief an Robert und einen Brief an Kathinka.

Dann ging sie hinunter, trank einen Kaffee, gab der Rezeption die Durchwahlnummer des Büros vom Chef. Sie wollte hören, daß man sie dringend brauchte. Daß sie sofort zurückfliegen mußte. Aber offenbar war es schwierig, Berlin zu erreichen. Es dauerte ziemlich lange, bis sie aus dem Salon zur Telefonkabine gerufen wurde. Durch die Glastür der Halle sah sie draußen die Gäste am Swimming-pool liegen.

»Ja?« rief sie. »Hallo.«

»Welch unverhofftes Vergnügen, Ledermacherin«, sagte der Chef, überraschend nahe. Sie glaubte, ihn an der Pfeife ziehen zu hören. Im Hintergrund Stimmen.

»Sie haben Konferenz?«

»Ja. Und wir alle hier wünschten, wir hätten es so gut wie Sie.«

»Wie sieht's denn aus?«

»Ledermacherin«, sagte der Chef. »Sie sind im Urlaub. Nun vergessen Sie mal das Mädchen in der Wannseevilla.«

»Kunststück. Ihr hättet mich nicht zu dem Mädchen holen sollen, bevor ich abflog.«

»Ja, das war ein Fehler. Aber wie gesagt, Ledermacherin, erholen Sie sich gut. Wenn Sie zurückkommen, wissen wir mehr.«

»Worüber?«

»Und ich soll Sie von allen Versammelten hier herzlich grüßen.«

Dienstag und Mittwoch verbrachte sie vor allem damit, von der überlasteten Reiseleiterin einen vorverlegten Rückflugtermin zu erkämpfen. Im Speisesaal war für sie wieder am kleinen Einzeltisch gedeckt, das Düsseldorfer Ehepaar saß mit anderen Leuten lachend und redend an einem Tisch, und der Chef de Service nahm ihre Bestellungen ohne Lächeln entgegen. Im Fernsehapparat war kurz das erschöpfte Gesicht des freigelassenen Oppositionspolitikers zu sehen, und sie erinnerte sich, daß ja auch Wahlen in Berlin stattgefunden hatten. Die Unterlagen für die Briefwahl trug sie in der Handtasche herum. Sie hatte vergessen, sie abzuschicken. Widerstrebend hatte sie für die SPD gestimmt.

Dann rannte sie zum letztenmal ein paar Stunden am Meer entlang, im gelben Mantel, mit Kathinkas Kopftuch um die Haare. Aber sie traf die Fischer nicht mehr.

Als sie ihren Abflugtermin wußte, rief sie zu Hause an. Diesmal dauerte es Stunden, bis die Verbindung herzustellen war, und Roberts Stimme hörte sich sehr fern und klein an.

»Ich komme morgen abend«, rief sie. »Morgen abend mit der letzten Maschine aus Düsseldorf.«

»Bleib doch noch, Katja.« Roberts ferne kleine Stimme klang so bedrückt wie Gerfrieds Stimme. Katharina war überrascht.

»Hallo«, rief Robert. »Also du bleibst noch, ja?«

»Robert«, sagte sie, »nun hör doch, Dicker.«

»Übrigens, Mama«, redete Kathinka dazwischen, »ich hab mich geirrt.«

»Was hast du?«

»Mich geirrt. Die den Kasten da in Wannsee besetzt haben, die kenn ich nicht. Ich hab Freunde in Kreuzberg, die suchen schon lange ein Haus für ein Jugendzentrum. Ich dachte, die hätten sich den Wannseekasten geschnappt. Waren die aber nicht. Waren andere. Also deshalb brauchst du nicht zurückzukommen. Sind schon genug Bullen in der Stadt.«

»Du kannst wirklich noch bleiben, Katja«, rief Robert.

»Ja«, sagte Katharina, »also morgen abend bin ich da.«

Die Maschine aus Lanzarote kam so zeitig in Düsseldorf an, daß Katharina einen früheren Anschlußflug nach Berlin erreichte. Als Robert die Tür öffnete, weil er Katharina vom Flugplatz abholen wollte, stand sie vor ihm.

»Katja«, sagte er, und während er sie umarmte, versuchte er, sie so zu drehen, daß sie nicht gleich in die Wohnung blicken konnte.

Sie löste sich von ihm und sah sich um, während er die Koffer hineintrug.

Sie stand im hellerleuchteten Flur und sah durch die offene Küchentür die demolierte Geschirrspülmaschine. Sogar die Armaturen waren herausgerissen. Drähte hingen lose.

Sie sah durch die offene Tür des Badezimmers die eingeschlagene Scheibe der Waschmaschine.

Sie ging ins Schlafzimmer. Der Einbauschrank war auseinandergenommen worden. Die Bretter lagen an der Wand gestapelt. Sie ging ins Arbeitszimmer. Sämtliche Bücherregale waren aus der Wand gerissen und nur provisorisch wieder aufgestellt worden. Die Bücher lagen noch durcheinander auf dem Boden. Kathinka kam aus ihrem Zimmer, ließ die Tür offen. Katharina sah an ihr vorbei auf eingeschlagene Schranktüren und den zerrissenen Auslegeteppich.

»Na was denn, Mami«, sagte Kathinka und küßte ihre Mutter, »nun fall man nicht gleich um. Das ist doch ganz normal. Die haben doch hier bloß nach Anarchisten gesucht, deine Kumpel. Die hatten eben ihren großen Tag, gestern.«

4

»Wenn ich mal zusammenfassen darf, Ledermacherin«, sagte Gerfried und hüstelte. Gelegentlich hörte es sich an, als verschluckte er sich an seinen knarrenden Stimmbändern.

Es war später Vormittag. Katharina hatte schon drei Dienststunden hinter sich, die Begrüßung von Kollegen und Vorgesetzten und die üblichen Fragen nach dem Urlaub. Jetzt saß sie im Büro auf ihrem Lieblingsplatz, auf der warmen Heizung. Draußen Vorfrühlingssonne, ein leichter Wind ging. Nicht viel anders als auf Lanzarote. Sie hielt Notizblock und Kugelschreiber untätig in der rechten Hand. Gewöhnlich malte sie schraffierte Dreiecke, wenn sie überlegte oder längeren Ausführungen zuhörte. Am Schreibtisch mit dem Schildchen »D. Wingert« saß Doris, aufrecht, die Hände auf einige Akten gelegt, eine muntere Lehrerin in hochgeschlossener Bluse, die den Kindern zeigt, wie man sich ordentlich hält, die seidigen goldenen Haare prächtig um den Kopf geschlungen, aber sie war blaß, hatte eine rote Nase, und eine Schachtel mit Grippetabletten in Reichweite. Der Stuhl neben dem Schreibtisch von Doris, auf dem sich sonst Manfred Zobel nach Sheriff-Art zu rekeln pflegte, Beine über den Aktenständer gelegt, war leer. Die Tür zum Nebenzimmer stand halb offen.

Nebenan schnarrte das Telefon. Niemand erhob sich, um nach drüben zu gehen. Wer drüben anrief und keinen erreichte, würde ohnehin gleich hier anrufen. Gerfried, am Schreibtisch von Katharina, machte eine Pause, als es drüben aufhörte zu schnarren, und betrachtete die mit Zigarettenresten und Asche gefüllte Untertasse neben sich. Aber die Telefone neben Doris und Gerfried blieben stumm. Und Gerfried setzte unter dem Rollkragenpullover seinen Adamsapfel wieder in Bewegung, sortierte Papier, redete weiter.

Katharina war nicht bei der Sache. Sie lief noch über graubraunen Sand am Meer entlang, hörte das Geräusch des rieselnden Wassers aus den Bewässerungsschläuchen, sah den toten Amerikaner als dunkle Vogelscheuche, vögelumschwirrt, am Flügel seiner Windmühle hängen. Sie war müde. Dabei hätte sie längst wach sein müssen. Gleich heute früh, als sie sich beim Chef zurückmeldete und gegen die Verwüstung der Wohnung des Lehrers Tillmann durch Beamte der Bereitschaftspolizei protestierte, hatte es die erste Auseinandersetzung gegeben. Der Referatsleiter, wie üblich Pfeife rauchend, Schädel massierend, Papiere umschichtend, hatte lediglich sein Bedauern über die Panne ausgedrückt und einen Termin mit Mölling, dem Chef der Bereitschaftspolizei, für heute achtzehn Uhr in Aussicht gestellt und eine Untersuchung zugesichert, aber zugleich darauf hingewiesen, daß die betreffenden Beamten nur ihre Pflicht getan hätten, und zwar im Auftrag der Abteilung Staatsschutz. Katharinas Tochter Kathinka Scheidt werde dort mit hundert anderen Namen auf der Liste derjenigen geführt, die verdächtig seien, mit Anarchisten zu sympathisieren. Und auf der Liste sei nicht vermerkt gewesen, daß die Mutter der verdächtigen Person die Oberkommissarin Ledermacher sei. Es sei den durchsuchenden Beamten auch nicht bekannt gewesen, daß die Oberkommissarin Ledermacher nicht in ihrem Apartment, sondern in der Wohnung des Lehrers Tillmann wohne. Der Referatsleiter hatte das ohne Ironie gesagt. Und hinzugefügt: Katharina solle das nicht tragisch nehmen. Man kenne ja die jungen Leute. Fast jeder mache eine anarchistische Phase durch. Das brauche nicht gleich kriminell zu werden. Aber die Polizei müsse sich schließlich vergewissern. Vergewissern darüber, wie viele Anarchisten Kathinka in der Geschirrspülmaschine verberge? hatte Katharina gefragt. Oder hinter Robert Tillmanns Bücherregalen? Oder unter dem Teppich? Der Referatsleiter hatte versucht, sie zu beruhigen, und sie hatte sich zu ihrem Ärger beruhigen lassen, weil sie den Referatsleiter mochte, weil er sich ihr gegenüber in schwierigen Situationen immer fair verhalten hatte. Aber sie war trotzdem entschlossen, auf einer Untersuchung zu bestehen. Die zweite Auseinandersetzung kam eine Stunde später, mit einem aus Hamburg eingeflogenen Kommissar der politischen Polizei. Der war, zusammen mit Dutzenden von Kollegen aus München, Frankfurt, Köln, Hannover, Wiesbaden vor drei Tagen nach Berlin gekommen, um die Fahndung nach den Anarcho-Terroristen zu intensivieren. Aber alle diese politischen Kollegen hatten zunächst nur die in der Gothaer Straße üblichen Schwierigkeiten intensiviert. Sie hatten ganze Abteilungen lahmgelegt, Räume besetzt, Fernschreibeinrichtungen blockiert, Telefonleitungen neu geschaltet und, ihren potenten Computer in Wiesbaden im Hintergrund, sämtliche Fälle, die auch nur von fern an Anarchistentätigkeit denken lassen konnten, an sich gezogen und durchanalysiert. Und nur allmählich und zögernd waren sie bereit gewesen, diese Fälle wieder den zuständigen Beamten der Gothaer Straße zurückzugeben, bevor sie schließlich aus deren ramponierten Arbeitsräumen wichen und in die verschiedenen Landeskriminalämter und ins Bundeskriminalamt zurückflogen. Der Hamburger Kollege hatte den Fall des toten Mädchens in der Wannseevilla zu prüfen gehabt. Nun gab er im Konferenzraum, der ihm und seinen Helfern als Arbeitsraum gedient hatte, Gerfried und Katharina die Akten des Falls zurück, umgeben von provisorisch eingerichteten Telefonen und Fernschreibeinrichtungen, die gerade demontiert wurden. Der durchtrainierte Mann, Mitte Dreißig, kühles Gesicht mit glitzernder Buchhalterbrille, erinnerte Katharina an einen ihrer norddeutschen Vettern. Der war jetzt Neue-Heimat-Funktionär und Bürgerschaftsabgeordneter und steuerte umsichtig den Posten des Hamburger Bausenators an. Alles kalkuliert, hatte er Katharina ruhig auseinandergesetzt und ein wenig an seiner Brille gerückt, in sechs Jahren bin ich da, wenn nicht mit SPD, dann mit CDU, kannstu sicher sein. Und genauso ruhig und norddeutsch hatte der Hamburger Kommissar auf den Protest Katharinas wegen der zerstörten Wohnung geantwortet: Was bei der Suche nach Anarchistenschlupfwinkeln im Einzelfall vielleicht zu bedauern sei, für das Gemeinwesen sei es durchaus nützlich. Im übrigen habe man sich an den Berliner Listen orientiert. Und dabei hatte er ebenfalls ein wenig an seiner Brille gerückt. Katharina hatte nichts zu antworten gewußt, als der Hamburger dem aktenbeladenen Gerfried und ihr noch zu verstehen gab, daß ihre Arbeitsmethoden zwar steinzeitlich seien, daß er aber annehme, sie kämen mit der Lütten aus dem Wannseepuff nun gut weiter, nach seiner Vorarbeit.

»Die Untersuchungen«, sagte Gerfried und hob die Stimme. Er hatte die mangelnde Aufmerksamkeit Katharinas bemerkt. Er wartete, bis sie ihn ansah. Erst dann redete er weiter: »Die Untersuchungen, solange sie noch von uns zu führen waren, hatten also auf drei Ebenen zu erfolgen. Erstens die Besetzer der Villa Am Sandwerder 19B. Hat Zobel übernommen. Zweitens Überprüfung der Adressen im Notizbuch der Toten. Hat Doris übernommen. Drittens die Handgranate. War meine Aufgabe. Vielleicht sollten wir vorausschicken, daß wir trotz zum Teil aufwendiger Bemühungen, ich beziehe mich da auch auf die Tätigkeit unseres Hamburger Freundes, bisher nicht wissen, wer diese tote junge Frau eigentlich ist. Nach Meinung von Dr. Martin war sie etwa fünfundzwanzig Jahre alt. Sie scheint nirgendwo vermißt zu werden. Auch die Auswertung des Notizbuchs hat keinen diesbezüglichen Hinweis erbracht. Da Doris einmal bemerkt hatte, die Tote erinnere sie an eine ihrer Kusinen namens Hildegard, haben wir uns daran gewöhnt, von Hildegard zu sprechen.«

Räuspern.

»Hildegards Todesursache, bevor ich das vergesse, war eine sogenannte Fettembolie, hervorgerufen durch einen starken Schock oder Schmerz. Die Obduktion hat auch die Ursache dieses Schocks festgestellt: die Abtreibung ist mit Hilfe einer Vakuumpumpe vorgenommen worden, aber fehlerhaft. Die Gebärmutter war stark verletzt. Tatsächlich sind wohl Teile der Gebärmutter sozusagen mit abgesaugt worden. Außerdem muß Hildegard nach Ansicht von Dr. Martin schon weit im dritten Monat schwanger gewesen sein. Für einen erfolgreichen Abbruch der Schwangerschaft mit der Vakuumpumpe wäre es da zu spät gewesen, meint Dr. Martin.«

»Das Adreßbuch«, sagte Doris, »enthielt einundsechzig Anschriften, fünfundfünfzig davon mit Telefonnummer. Aber auch die anderen Adressen hatten alle Telefon. Neunundzwanzig in Berlin, der Rest mittlere und kleinere Orte in der Bundesrepublik, drei in Basel. Eine in Rom. Ein deutscher Fernsehregisseur übrigens, der seinen ständigen Wohnsitz in Italien hat. Unter den Basler Adressen ist die des Spielwarengeschäfts, aus dem das Einwickelpapier für den Kasten mit der Handgranate stammt. Besser gesagt: stammen könnte, denn es gibt von der Firma Reinhard noch mehrere Filialen in anderen Städten der Schweiz, und alle verwenden das gleiche Einwickelpapier. Weiterhin waren die Adressen von sieben Ärzten angegeben, zwei in Berlin, die anderen über die Bundesrepublik verteilt. Ich habe eine Aufstellung gemacht, auch von allen anderen Berufen, die angegeben waren oder sich ermitteln ließen. Wir haben mit allen im Adreßbuch aufgeführten Personen oder deren Angehörigen telefoniert, wir haben allen ein Foto von Hildegard geschickt, soweit sie im Inland wohnen. Die Basler und den Regisseur in Rom hat der Hamburger übernommen. Und der hat dann auch als Gesamtergebnis festgestellt: keine der in Hildegards Adreßbuch verzeichneten Personen will Hildegard je gesehen haben. Ich glaube, ich habe vergessen zu erwähnen, daß die Liste neununddreißig Namen von Männern enthielt, nicht eingerechnet die Ärzte. Nun könnte es ja sein, daß der eine oder andere Mann oder die eine oder andere Frau Gründe hat, eine Bekanntschaft mit Hildegard zu leugnen. Aber doch nicht gleich alle. Es sei denn, Hildegard war eine Art bisexuelles Callgirl. Aber dem entspricht nicht ihre Wäsche, ihre Kleidung, ihr Make-up, ihre Frisur. Vor allem hatte sie ein sehr schadhaftes Gebiß.«

»Vielleicht wollte sie als Callgirl das Geld für die Sanierung ihrer Zähne verdienen«, sagte Zobel, der plötzlich in der Tür zum Nebenzimmer stand und grinste. Er ließ sich geräuschvoll auf seinem Stuhl nieder und legte die Beine über den Aktenständer. Er hatte weinrote Socken an.

»Außerdem«, fuhr Doris fort, nachdem sie geniest und Zobel angeblickt hatte, als sei er ein vorlauter Schüler, »spricht gegen das Callgirl, daß Hildegard, um die Schwangerschaft abbrechen zu lassen, an so einen miserablen Pfuscher geraten ist. Gut verdienende Mädchen haben ihre Ärzte, wie wir wissen.«

»So ist es, Doris«, murmelte Zobel. »Du kennst die Welt.«

Gerfried seufzte.

Doris ließ sich nicht stören. »Damit sind wir bei den sieben Ärzten. Sie wohnen in Husum, Kassel, Opladen, Rottweil, Hof. Zwei, wie gesagt, in Berlin. Alle Ärzte haben mehr oder weniger den Ruf, in Notfällen gefällig zu sein.

Keinem konnte bisher was bewiesen werden. Das teilten die jeweils zuständigen Kollegen übereinstimmend mit. Nach eigenen Angaben hat keiner der Ärzte in der Bundesrepublik Erfahrungen im Umgang mit der Unterdruckpumpe zum Absaugen des Fetus. Nur einer der Berliner Ärzte, Dr. Bernward Jeremy, kann mit dem Ding umgehn. Der einzige Arzt, den ich noch nicht persönlich erreicht habe, ist der zweite Berliner Arzt, ein Dr. Hermann Tronck, mit ck. Er ist neunundsiebzig, praktiziert offiziell nicht mehr, nur noch nach Vereinbarung in seiner Wohnung. Manchmal verläßt er tagelang nicht die Wohnung, öffnet nicht, geht auch nicht ans Telefon. Ich habe mich schließlich doch telefonisch für heute nachmittag siebzehn Uhr bei ihm anmelden können, als Patientin. Er wollte erst nicht, war mißtrauisch. Der Hamburger muß ihm zugesetzt haben. Er säuft, sagen die Leute im Haus. Sie mögen ihn aber. Er scheint so der Typ rauhbeiniger Doktor zu sein, grob, aber herzlich, und die Leute sagen, er kuriert fast alles mit alten Hausmitteln oder Einläufen. Ja«, sagte Doris und öffnete eine der Akten, blätterte, »soweit also unsere Bemühungen. Über die Bemühungen des Hamburgers steht hier nur ein Satz: Sämtliche einundsechzig Personen überprüft, kein Zusammenhang mit der aufgefundenen Toten, kein Zusammenhang untereinander, keine Invarianten. Was heißt Invarianten?« fragte Doris und sah auf.

»Das heißt«, sagte Zobel mit sichtbarem Vergnügen daran, die Klassenlehrerin zu belehren, »daß der Hamburger auf einen Schlag in der Bundesrepublik, in West-Berlin und im Ausland einundsechzig Personen ausquetschen und gegenprüfen ließ, die erhaltenen Daten durch den Wiesbadener Computer jagte und feststellte, daß all diese Leute sich nicht nur nicht kannten, sondern auch keine vielleicht verborgene gemeinsame Eigenschaft hatten. Zum Beispiel hätte es ja sein können, daß die Lieblingsfarbe von allen Blau ist.«

»Warum Blau?« fragte Doris.

»Ja, genau das hätte sich der Hamburger dann fragen müssen«, sagte Zobel.

»Wer sagt denn schon der Polizei seine Lieblingsfarbe«, murmelte Katharina und gähnte.

»Ich habe keine Lieblingsfarbe«, erklärte Gerfried.

»Der Hamburger würde dir bald zu einer Lieblingsfarbe verhelfen«, meinte Zobel. »Diese Leute haben Arbeitsmöglichkeiten, von denen wir nur träumen können.«

»Jedenfalls«, sagte Katharina, »wissen wir jetzt folgendes: die Adressen im Notizbuch von Hildegard sind real. Aber das Notizbuch ist gefälscht.«

»Nehmen wir an«, sagte Gerfried und entschloß sich nach längerem Zögern und einem Seitenblick auf die Nichtraucherin Katharina, eine neue Zigarette anzuzünden, »nehmen wir an, das Adreßbuch ist tatsächlich gefälscht. Das würde die Frage nahelegen, warum sich jemand die Mühe gemacht hat.«

»Oh.« Zobel schnippte mit den Fingern. »Um uns aufzuhalten. Und das ist dem ja auch gelungen.« Er angelte sich aus dem Aktenstoß vor Doris ein paar Schriftstücke.

»Was nun die Hausbesetzer anlangt«, er blätterte, »so haben die eine harte Woche hinter sich. Zunächst mal sind die von uns ausgequetscht worden, einen Tag lang. Dann drei Tage vom Hamburger, dann wieder von uns und Jugend II, dann noch mal vom Hamburger. Dem haben sie jedesmal haargenau dasselbe vorgeweint wie uns, nur viel ausführlicher, klar, und den Hamburger hat es ziemlich angeödet. Er will sie heute laufenlassen. Das heißt, er wird sie uns rücküberstellen, der Ordnung halber.«

»Dann will ich sie sprechen«, sagte Katharina, die jetzt ihren Block mit schraffierten Dreiecken bedeckte.

Gerfried nahm eine der Akten, ging hinüber in sein Büro und telefonierte.

»Welchen Vernehmungsrichter haben wir?« fragte Katharina.

»Metz. Er war schon sauer, daß wir die Jungs drei Tage nicht losließen. Gegen den Hamburger konnte er nichts machen. Aber er empfiehlt dringend, sie bis zur Verhandlung freizulassen. Alle fünf leben in geordneten Verhältnissen, sind polizeilich gemeldet, keiner ist vorbestraft.«

Gerfried kam zurück und setzte sich. »Die werden gleich in den Vernehmungsraum gebracht.«

Katharina nickte, schraffierte weiter.

»Und zwar«, fuhr Zobel fort, »einer ist Maurer, zwanzig

Jahre alt, wohnt bei seinem verheirateten Bruder in Kreuzberg. Der zweite, ebenfalls Maurer, ebenfalls zwanzig, wohnt bei einer Witwe in Kreuzberg. Dann zwei Werkzeugschlosser, beide achtzehn, wohnen bei den Eltern in Tegel und Charlottenburg, ein Vater Friseur, der andere Vater Kranführer. Der fünfte Elektriker, neunzehn, wohnt bei der Mutter in der Motzstraße, die ist Verkäuferin im Kadewe. Zunächst erklärten alle übereinstimmend, sie liebten schöne alte Häuser und wollten nicht, daß sie durch Um- und Ausbauten verschandelt würden. Mir sind fast die Tränen gekommen. Die haben nämlich wirklich wie die Irren in dem Kasten gehaust. Die haben von innen, vom Dachboden her, das halbe Dach abgedeckt und die Schindeln runtergeschmissen, zur Verteidigung gegen die Polizei, wie sie behaupten. Aber sie haben offensichtlich ganz schön aufgepaßt, daß sie keinen unserer Kollegen trafen. Sie haben innen die ganze Treppe zerhackt, um die Eingangstüren zu verkeilen. Sie haben eine schon etwas morsche Balkonbrüstung in den Garten gestoßen und eine der tragenden Wände ausgehöhlt. Und dann haben sie sich, nach ein bißchen Widerstand, von den Kollegen festnehmen lassen. Sie waren mit Äxten, schweren Vorschlaghämmern und Eisenstangen ausgerüstet, haben aber niemanden verletzt.«

»Möchte ich sehn«, sagte Katharina, ohne den Blick von den schraffierten Dreiecken zu heben.

Gerfried ging wieder in sein Büro und telefonierte.

»In der Villa besteht inzwischen Einsturzgefahr«, sagte Zobel. »Mit Sicherheit rentieren sich jetzt keine Um- und Anbauten mehr. Vielleicht muß die Villa abgerissen werden. Als ich den Jungens das vorhielt, meinten sie, das wäre ausschließlich durch den Polizeieinsatz verursacht und durch den Hausbesitzer, der die Polizei gerufen hätte. Die Villa, als ehemaliger Naziprominentensitz, gehöre aber dem Volk und müsse fürs Volk als Erholungsheim wiederhergestellt werden. Das wurde von allen wie auswendig gelernt runtergeleiert. Von Hildegard wußte keiner was. Angeblich war keiner von den Jungs während des Kampfs mit der Polizei im Keller. Sie haben das Haus am Mittwoch, dem 26. Februar, vormittags gegen elf besetzt. Anschließend haben sie alles inspiziert, auch den Keller und den Raum unter der rückwärtigen Terrasse. Sie behaupten, alle Räume leer vorgefunden zu haben. Ich bin überzeugt, der Hamburger ist es übrigens auch, daß die Hausbesetzer wirklich nichts wußten von Hildegard. Sie waren irritiert, ja verstört, als sie begriffen, worum es sich dreht. Und das führte dazu, daß einer, der Elektriker nämlich, Hans Bartel, so ein kleiner schneller Dunkelhaariger, daß der also ein bißchen auspackte. Demnach hat offenbar ein Mann, der sich Siebert nannte, vor Arbeitsämtern Leute angesprochen, die da nach offenen Stellen fragten. Er hat sich schließlich diese fünf geangelt, ist mit ihnen essen gegangen zu Kempinski, tatsächlich zu Kempinski. Und hat ihnen ein Angebot gemacht. Sie sollten die Villa Am Sandwerder 19B besetzen und gegen die Polizei verteidigen, falls der Hausbesitzer die Polizei riefe. Es schade nichts, wenn bei der Verteidigung die Villa stark beschädigt werde. Es gelte, die Öffentlichkeit aufmerksam zu machen, ein Exempel zu statuieren. Hauskäufer sollten mit alten Häusern nicht tun und lassen können, was ihnen gefiele. Der Senat von Berlin habe ausdrücklich verfügt, daß an der Villa nur Renovierungen vorgenommen werden dürften. Der neue Hausbesitzer nun wolle die Verfügung umgehen und umfangreiche Anbauten vornehmen lassen, um ein Hotel aus der Villa zu machen. Das aber beunruhige die Mieter und Eigentümer der Nachbarhäuser. Professoren, Direktoren, Künstler. Die befürchteten Lärmbelästigung durch Hotel- und Restaurationsbetrieb. Siebert gab zu verstehen, daß er im Auftrag dieser Nachbarn handle und daß es im Grunde ja nichts Ungesetzliches sein könne, eine Senatsverfügung durchsetzen zu helfen. Da sie nicht vorbestraft seien, würden sie kaum mehr als eine Geldstrafe bis zur Revision riskieren. Und die würde samt Prozeßkosten natürlich Siebert übernehmen. Davon, daß der Hausbesitzer Schadensersatzansprüche gegen die Hausbesetzer geltend machen kann, hat Siebert nichts gesagt. Für das Unternehmen bot er jedem einen braunen Riesen, zahlbar in zwanzig Fuffis, und zwar sofort, unter der Bedingung, daß sie der Polizei und andern Neugierigen gegenüber Stillschweigen bewahrten und nur allgemeine moralische Erklärungen abgäben. Anschließend holte Siebert aus dem Kofferraum seines auf dem Hotelparkplatz abgestellten Mercedes die sorgfältig verpackten Vorschlaghämmer, Eisenstangen und Äxte. Für seine Menschenkenntnis spricht, daß er sich ausgesprochen anständige, aber auch reichlich naive, um nicht zu sagen doofe Typen ausgesucht hatte. Nur der Elektriker, der Bartel, der schien mir halbwegs clever zu sein. Der war schon Sprecher der Lehrlinge gewesen, in der Moabiter Firma Hornmüller und Sänftle, elektrische Anlagen. Er sagt, weil er sich zu nachdrücklich für die Rechte der Lehrlinge eingesetzt hatte, wurde er nach Abschluß der Lehrzeit nicht übernommen. Begründung der Firma mir gegenüber: kein Arbeitsplatz frei. Klang flau. Jedenfalls, Bartel saß auf der Straße. Und sagte sich, wenn nicht so, dann anders. Und nahm die Gelegenheit wahr. Keiner von den fünf kam jedenfalls auf die Idee, zwanzig Fuffis einzustecken und abzuhaun. Nein, sie waren bezahlt worden, und nun machten sie auch ordentlich ihre Arbeit. Siebert hatte ihnen noch zugesagt, wenn die Schwierigkeiten mit der Polizei zu groß würden, dann kriegten sie besondere Hilfe. Damit könnte er, oberflächlich betrachtet, die Handgranate gemeint haben. Denn die tote Hildegard war ja nicht gerade als Hilfe anzusehen. Da aber zwischen der Verpackung der Handgranate und Hildegards Adressenbuch ein Zusammenhang besteht, muß Hildegard samt Handgranate auch für Herrn Siebert eine Überraschung gewesen sein.«

»Ich sehe das anders«, sagte Gerfried. Er stand in der offenen Tür zu seinem Büro.

»Ich auch«, sagte Doris und betastete ihre Haare.

»Ich sehe noch gar nichts«, sagte Katharina. Zobel hob langsam sein linkes Bein vom Aktenständer, zog mit beiden Händen die rote Socke hoch und legte das Bein sorgfältig zurück, als sei es aus Porzellan.

»Na schön«, meinte er. »Ihr werdet mir dann ja erklären können, was ihr seht. Oder nicht seht.«

»Zum Beispiel, was ist mit Siebert?« fragte Katharina.

Zobel zuckte die Schultern. »Klar, daß ein Mann namens Siebert weder im Kempinski noch in einem anderen Berliner Hotel gemeldet war, daß keiner der Bewohner der anderen Häuser Am Sandwerder je einen Herrn Siebert beauftragt hatte, für die Besetzung von Nummer 19B zu sorgen. Ich habe mir erspart, die paar tausend Bewohner West-Berlins, die Siebert heißen, zu überprüfen. Nicht mal der Hamburger hat seinen Computer bemüht. Der Name ist mit Sicherheit falsch.«

»Wie wurde Siebert von den Hausbesetzern beschrieben?« fragte Katharina. Sie betrachtete die schraffierten Dreiecke, als könne sie aus ihnen die Umrisse von Siebert erkennen.

»Mittelgroß, nicht alt, aber dick. Dunkler Anzug, weißes Hemd, Glatze, Sonnenbrille. Im Kempinski erinnerte man sich nicht. Zigtausende sehn so aus.«

»Ja«, sagte Katharina und schraffierte weiter, »so auffallend sehen viele aus.«

Zobel verlor für einen Moment seine Sicherheit, blickte hinüber zu Katharina. Seine stets geröteten Ohren nahmen ein intensiveres Rot an.

Gerfried, an den Türrahmen gelehnt, räusperte sich.

»Ich muß da wohl rasch mal was einschalten«, sagte er, »was die Handgranate betrifft. Heute morgen bekam ich von Captain Marlowe von der britischen Militärpolizei die Nachricht, daß ein Sergeant gestanden hat, drei Handgranaten des Typs, den wir in Hildegards Handtasche gefunden haben, unautorisiert nach West-Berlin befördert und im Hotel Schweizer Hof einem Mann namens Harding abgeliefert zu haben. Und zwar am 25. Februar, dem Tag vor der Besetzung des Hauses Am Sandwerder. Herr Harding hat für die Gefälligkeit mit einem Tausender gezahlt. Er wurde von dem Sergeant folgendermaßen beschrieben: mittelgroß, nicht alt, aber dick. Dunkler Anzug, weißes Hemd, Glatze, Sonnenbrille.«

Schweigen.

Alle Blicke ruhten einen Moment auf Gerfried. Dessen Gesicht schien sich verjüngt zu haben.

»Alle Achtung«, sagte Zobel und nahm die Beine vom Aktenständer. »Das hast du mir aber schön serviert.« Er grinste ein melancholisches Einsamer-Sheriff-Lächeln.

»Was hielt der Hamburger von der Handgranate?« fragte Katharina.

»Merkwürdigerweise«, sagte Gerfried und setzte sich wieder auf seinen Platz, »war dem Hamburger diese Handgranate ganz egal. Die hat er gleich Captain Marlowe und mir überlassen. Dilettantischer Tüdelkram, hat er gesagt. Immerhin war er so aufmerksam, mir auch einen Bericht von der Sicherungsgruppe Bonn über die Herkunft der Handgranate rüberzuschicken. Danach gibt es in Bremen eine Firma namens Bremer Einkaufs- und Handelsgesellschaft. Die BREHAGE transportiert, kauft und verkauft, was sie kriegen kann, Nähmaschinen nach Asien, chinesischen Tee nach Friesland, Nachbildungen der Berliner Freiheitsglocke, hergestellt in Japan, nach Berlin. Vor allem aber kauft und verkauft sie Waffen. Und sie hat einen größeren Posten dieser von der britischen Armee ausgemusterten Handgranaten angekauft und nach Afrika weiterverkauft. Was unser Freund Harding-Siebert eventuell mit der BREHAGE zu tun hat, wird jetzt von der britischen Militärpolizei untersucht. Ich selbst habe dreimal mit der BREHAGE telefoniert, aber nie einen Verantwortlichen sprechen können. Deshalb habe ich über die Bremer Kollegen einen Auszug aus dem Handelsregister angefordert.«

»Und der Hamburger?« sagte Katharina. »Hat der denn die Leute nicht längst auf dem Tablett?«

»Nein. Oder wenn, hat er's uns nicht mitgeteilt. Mir scheint, die interessieren ihn nicht.«

»Schwer zu verstehn«, sagte Doris.

»Die können eben auf Anhieb Wichtiges von Unwichtigem unterscheiden. Die blicken ganz anders durch als wir«, erklärte Zobel mit wichtiger Miene. Katharina sah auf. Zobel meinte es offenbar ernst. Dann beschäftigte sie sich damit, bereits schraffierte Dreiecke nochmals zu schraffieren. Schließlich sagte sie: »Jetzt zu Hildegard.«

Zobel blätterte in seiner Akte zurück. »Ich fasse wie zuvor einige Aussagen zusammen, besonders die von Obermeister Herbert Witt. Demnach hat sich gegen Ende der Polizeiaktion auf dem Grundstück Am Sandwerder 19B, in der Nacht vom 27. auf den 28. Februar, um ein Uhr dreißig etwa, ein Krankenwagen der Krankentransportfirma Kaiser dem Haus genähert. Vor dem Haus parkten vier Einsatzwagen der Bereitschaftspolizei und zwei Fahrzeuge der Feuerwehr. Im Vorgarten sortierten die Kollegen gerade die Hausbesetzer, im Licht der Suchscheinwerfer, die gegen die Villa gerichtet waren. Die Hausbesetzer standen, grell angestrahlt, inmitten von Schutt und zertrümmerten Dachziegeln mit erhobenen Händen da und wurden gefilzt. Alle Aufmerksamkeit war auf sie konzentriert. Zwischen den Kollegen tauchten außerdem plötzlich aus dem Dunkel Nachbarn auf, die sich nach der Schlacht raustrauten, blöde Fragen stellten, überflüssige Kommentare gaben, um ihre zwischen den Polizeifahrzeugen geparkten Privatwagen besorgt waren und so weiter. Sie mußten dauernd zurückgedrängt werden. Möllings Mannen in voller Aktion also. Da fiel Kaisers Krankenwagen nicht auf. Jeder dachte, irgendwer wird ihn schon bestellt haben. Der Krankenwagen fuhr an Polizisten, Nachbarn und Hausbesetzern vorbei durch die Toreinfahrt der Villa und den Fahrweg um die Villa herum, der ans Wannseeufer führt, und war längst auf der Rückseite des Hauses im Dunkel verschwunden, als dem Obermeister Witt einfiel, daß es ja Schwachsinn war, den Krankenwagen runter ans Ufer, zum rückwärtigen Eingang des Hauses fahren zu lassen, wo doch überhaupt niemand mehr im Haus war und erst recht kein Verletzter, der von dort aus hätte abtransportiert werden müssen. Witt rannte also hinterher. Der Krankenwagen hielt mit Abblendlicht, laufendem Motor und weitgeöffneten Krankentüren vor dem Eingang zu dem separaten Keller unter der rückwärtigen Terrasse. Zwei Krankenpfleger mit einer leeren Bahre befanden sich zwischen dem Auto und dem Keller. Witt hatte den Eindruck, daß sie im Begriff waren, den Keller zu betreten. Als er ihnen zurief, daß niemand mehr im Haus sei, sagte einer der Krankenpfleger bloß okay, dann schoben sie die Bahre zurück in den Krankenraum des Autos, schlossen die Türen, stiegen beide vorn ein, nickten Witt noch mal zu und fuhren davon. Nach Meinung von Witt, und soweit er das, halb geblendet von den Autoscheinwerfern, halb im Dunkeln, beurteilen konnte, wirkten beide Pfleger recht jugendlich und hatten sich sogar ähnlich gesehen. Witt erklärt, er habe es dann doch merkwürdig gefunden, daß die Krankenpfleger, ohne sich bei irgendwem zu informieren, gleich auf einen Kellereingang zugefahren sind. Die morsche Tür unter der Terrasse ließ sich leicht öffnen. Im Dunkeln konnte er nichts sehen. Aber er stieß mit dem Fuß an einen Körper, bückte sich, tastete ...«

»Was erklärt, daß wir wieder mal nur Fingerabdrücke der Polizei auf einer Leiche hatten«, sagte Gerfried.

»... rannte nach vorn auf die Straße«, fuhr Zobel fort, »weil er keine Taschenlampe bei sich hatte, kehrte mit Taschenlampen und zwei Kollegen zurück und sah Hildegard da liegen, so verkrümmt, wie die beiden Herzchen sie von der Bahre gekippt hatten, und drapiert mit der Fahnenstange über dem Kopf. Inzwischen war der Krankenwagen längst auf dem Weg nach Lichterfelde.« Zobel machte eine Pause, fuhr fort: »Da wurde er nämlich am nächsten Morgen in der Marienstraße Ecke Marienplatz gefunden, ohne Tragbahre. Das war um die Zeit, Ledermacherin, als Sie gerade von Düsseldorf nach Lanzarote starteten.«

»Hat Kaiser den Wagen nicht als vermißt gemeldet?« fragte Katharina.

»Am nächsten Morgen. Aber das kam wohl nicht gleich bis zu uns durch. Wegen Lorenz.« Zobel grinste. »Am 27. gegen Mitternacht ist nämlich ein Krankenwagen auf ärztliche Anforderung hin ins Hansaviertel gerufen worden, in den siebten Stock des Schwedenhauses in der Altonaer Straße, wegen Blinddarmdurchbruch und Bauchfellentzündung. Die sind dann zu dritt mit der Tragbahre in den Aufzug gehechtet und gleich zwei Stunden dringeblieben, denn zwischen dem dritten und dem vierten Stock flog die Sicherung raus, weil irgendwo was schmorte. Und natürlich hatte niemand aus dem Haus sie bestellt, den Arzt, der angeblich telefoniert hatte, gab's nicht, und der Krankenwagen war weg. So lief das. Nirgendwo Fingerabdrücke. Maßarbeit von Profis.«

»Hübsch«, meinte Katharina. »Profis, die mit der eigenen Bahre zur Arbeit fahren.« Sie sah, daß Doris ein schweißnasses Gesicht und fieberglänzende Augen hatte und daß Gerfried wieder älter aussah. Zobel suchte in den Taschen seines Sakkos nach Zigaretten. Gerfried warf ihm eine zu, die Streichhölzer hinterher. Zobel fing beides mit einer Hand. Auch zum Anzünden des Streichholzes brauchte er nur eine Hand. Katharina hatte das vor Jahren in einem Film gesehen. Sie hatte vergessen, in welchem.

»Doris«, sagte Katharina, »ich mache Ihnen einen Vorschlag. Zu Ihrer Verabredung mit Dr. Tronck heute nachmittag geh ich. Und Sie nehmen sich jetzt ein Taxi, fahren sofort nach Hause und versuchen, das Fieber übers Wochenende loszuwerden. Rufen Sie Montag früh an.«

»Ja«, sagte Doris überraschenderweise wie ein artiges Kind und stand unsicher auf, »ja, das ist wohl besser so.« Wäre es ihr halbwegs gutgegangen, hätte sie protestiert. »Seit zwei Nächten träume ich von diesem Adreßbuch«, sagte sie noch.

Gerfried telefonierte schon nach einem Taxi.

»Lassen Sie sich schön pflegen«, meinte Katharina und wünschte sofort, sie hätte diese gönnerhafte Bemerkung unterlassen. Doris lebte mit ihrer Mutter zusammen. Meistens war die alte Frau krank, dann pflegte Doris sie. Selten war Doris krank, dann pflegte die Mutter Doris. Andere Möglichkeiten gab es für Doris nicht. Da war kein Mann, kein Freund, keine Freundin. Keiner hatte sich näher an Doris herangetraut. Auch Zobel nicht.

Doris lächelte etwas vage in Katharinas Richtung, nickte Gerfried und Zobel zu, holte ihren Mantel aus dem Schrank. Vorsichtig ging sie hinaus. Sie schien nur mit Anstrengung die Fülle ihrer Haare zu tragen.

»Und wir«, sagte Katharina, »werden uns jetzt nach Herrn oder Frau Engelmacher umsehen müssen.« Sie stand auf und legte den Notizblock mit den schraffierten Dreiekken auf den Schreibtisch.

»Nach wem?« fragte Zobel gedehnt.

»Nach denjenigen, die Hildegard umgebracht haben«, erklärte Katharina.

5

Der Vernehmungsraum im Gefängnistrakt war kahl ausgestattet mit ein paar hölzernen Bänken und Stühlen, einem größeren Tisch und einem kleineren zur Aufnahme des Protokolls. Zwischen den beiden vergitterten Fenstern war eine ausgeblichene Stelle. Da hatten in den vergangenen Jahrzehnten des Jahrhunderts Bildnisse eines Kaisers, einiger

Präsidenten und eines Führers gehangen. Als Katharina im Polizeidienst anfing, hing zwischen den Fenstern die Kopie eines alten Stichs von Neu-Ruppin. Vor einiger Zeit hatte ein noch nicht ausgenüchterter Kneipier, der beschuldigt worden war, in betrunkenem Zustand ein Kind überfahren zu haben, das Bild heruntergerissen und Glas und Rahmen zertrampelt, weil, wie er anschließend erklärte, Neu-Ruppin nicht zum Ausstehen sei. Danach war kein Bild mehr zwischen die Fenster gehängt worden.

Auf dem kleinen Tisch lagen einige runde Eisenrohre mit angeschweißtem, massivem Griff, drei schwere Vorschlaghämmer und zwei Äxte mit langem Stiel. Die Hausbesetzer waren noch nicht da. Gerfried ging sofort wieder hinaus, um sich zu erkundigen, warum sie nicht längst im Vernehmungszimmer warteten.

Katharina nahm eins der Eisenrohre in die Hand, wog es. Sein Gewicht war beträchtlich.

Zobel blickte auf die klobige Großvateruhr, die er an goldener Kette in der Weste seines adretten Anzugs aufbewahrte.

»Ja, Ledermacherin«, meinte er zögernd. »Tut mir ja leid. Aber ...«

Katharina wußte, daß er seit mindestens einer halben Stunde in einer anderen Abteilung erwartet wurde.

Er hatte Karriere gemacht, während sie im Urlaub war. Vielmehr, er war ihr einfach weggenommen worden. Die lakonische Notiz hatte sie heute früh als erstes auf dem Schreibtisch vorgefunden. Aus allen Abteilungen wurden Beamte herausgezogen, um nun ein ständiges Sonderdezernat zur Bekämpfung von Terroristen zu bilden. Sie hatte beim Chef protestieren wollen. Statt dessen hatte sie nur von Roberts Wohnung geredet. Der Protest wäre ohnehin erfolglos geblieben.

»Mir tut's auch leid«, sagte Katharina und legte die Eisenstange zurück. »Aber man sieht sich ja wohl noch hin und wieder.«

»Wenn was ist, wenn noch Fragen sind, ich komm immer rüber. Vielleicht landet der ganze Fall ja schließlich doch wieder bei uns.« Er identifizierte sich schon mit dem Sonderdezernat.

»In Ordnung, Zobel. Wir werden's ja sehn. Machen Sie's gut inzwischen.«

Zobel grinste.

»Klar werde ich's gut machen. Schließlich hat man was bei Ihnen gelernt.«

Markiger Händedruck. Noch ein verbindliches: »Gerfried kommt ja gleich«, dann Türklappen, und kein Zobel mehr.

Katharina saß auf dem Tisch im leeren Vernehmungsraum, ließ die Beine baumeln und starrte auf die ausgeblichene Stelle an der Wand. Solche Veränderungen mochte sie nicht. Sie war konservativ in ihren Beziehungen zu Menschen. Hatte sie zu jemandem ein Verhältnis gefunden, sollte es auch so bleiben, wie es geworden war. Schon eine veränderte Anordnung der Marktstände auf dem Karl-August-Platz vor Roberts Wohnung mißfiel ihr. Sie schaffte es selten, öfter als alle vierzehn Tage auf den Markt zu kommen. Und sie war sofort beunruhigt, wenn sie nicht schon von fern Lieschen Fröhlichs drohende Stimme hörte: »Drei Pfund Pflaumen für 'ne Mark, was wolln Se denn noch?« Oder wenn sie nicht bei der flinken Renate und ihrem freundlichen Mann Blumen kaufen konnte. Überhaupt mußte sie mindestens einmal im Monat ihre Runde durchs Quartier machen. Von Irmchen Kant, Expreßreinigung, die ihr, das Gesicht von Benzindämpfen gerötet, mit dem Dampfbügeleisen durchs Schaufenster zuwinkte, zum sanften Metzger Neubauer. Dann zum achtzigjährigen Ewald Demski, der den Trödelladen, in dem er wohnte, mit immer mehr unbrauchbarem Krempel vollstellte. »Wieder ein Trauerfall«, hatte er Katharina das letzte Mal düster zugerufen, in Pantoffeln und Hosenträgern vor der Ladentür stehend, und hatte ihr sein langsam verfallendes schönes Altmännergesicht entgegengehalten und die rechte Hand hingestreckt, in der ein halbaufgefressener Wellensittich lag. Es war Demskis Mitbewohnerin, einer betagten Ratte, also gelungen, nun auch den letzten der drei ebenfalls betagten Wellensittiche zu eliminieren. Demski war fast taub, das vom Sozialamt Charlottenburg kostenlos eingerichtete Telefon nützte ihm wenig. Aber die Nachbarn und Bewohner umliegender Häuser mußten, wenn sie telefonieren wollten, Demski sechzig Pfennig bezahlen. So finanzierte er seinen nächsten Wellensittich. Dann zu den Gemüsefrauen bei Hertie, die »Na, Kleene, was soll's denn heute sein«, zu ihr sagten, zu Johann, dem zahnlosen Radrennmeister, der seinen Berliner-Weiße-Ankauf und Verkauf-Laden jetzt Galerie nannte und selbstgemalte Bilder ausstellte, ausschließlich nackte Frauen mit gespreizten Beinen und akribisch dargestellten Details, Charlottenburgs bedeutendster Mösenmaler, die Bilder gingen reißend weg. Dann, an marktlosen Tagen, zu Blumen-Wilski, der mit bezaubernder altböhmischer Konversation, Handkuß, gnädige Frau, und zartester Sorgfalt dreivierteltote Blumen für sie einwickelte, zu Paulchen Stahl, dem Glasermeister, der das schnellste Berlinisch auf einem Ton reden konnte, und zu Botzeck, dem sportlichen siebzigjährigen Beerdigungsunternehmer, dessen umfangreiche Frau immer über Herzstörungen klagte, und sagte: »Also wirklich, Frau Ledermacher, am Essen kann's nicht liegen, wir essen richtig. Fünf Pfund Kartoffeln täglich.« Manchmal begegnete sie Frau Mörschel, die ihren Hund bei der letzten Einwohner-Zählung als Molly Mörschel, männlich, angegeben hatte, und die mit Molly auf der Straße oft heftige Auseinandersetzungen hatte. »Wat kackste wieder den Leuten vor die Haustür!« Oder: »Wat stehste da und schielst nach die Weibers!« Wozu Robert sagte: »Selten, daß man in Charlottenburg den Kreuzberger Akkusativ hört.« Oder an einem warmen Sommermorgen, früh um halb fünf, wenn sie vom Klo zurückgekommen war, neben dem ruhig atmenden Robert zu liegen und nicht wieder einschlafen zu können, weil die Stimmen der ebenfalls schlaflosen Rentner unten von den Bänken des Kinderspielplatzes neben der Kirche zu hören waren. Oder manchmal gegen Mitternacht das etwas zu forcierte leise Lachen der jungen Schwulen vor dem Pissoir zwischen Kirche und Kinderspielplatz, das zwar als Klappe nicht mehr »in« war, seit da ein Afrikaner erstochen wurde, gelegentlich aber kleine Nachblüten hatte. Oder frühmorgens mit dem Orient-Expreß ins Büro zu fahren, mit der Knoblauch-U-Bahn, die das Türkenviertel in Kreuzberg mit dem Stadtzentrum verband. All das brauchte sie, die Pfeife des Referatsleiters, Doris' Haare, Gerfrieds altes Gesicht.

Sheriff Zobel würde ihr fehlen, das wußte sie. Gleichzeitig kam sie sich albern vor, wie sie brav dasaß und wartete. So als ob sie herbestellt worden sei, um vernommen zu werden.

Ungeduldig sprang sie vom Tisch. In diesem Moment wurde die Tür geöffnet, Gerfried, ein älterer, uniformierter Beamter und die fünf Hausbesetzer kamen herein. Der Beamte näherte sich sofort Katharina und erklärte, dem Beschuldigten Bartel sei schlecht geworden. Man habe ihm eine Tablette und einen Schluck Wasser geben müssen. Gerfried setzte sich neben Katharina und schlug die Akten auf.

»Brauch ich jetzt nicht«, sagte sie. Sie sah den jungen Männern in die bleichen, zermürbten Gesichter. Sie stellte sich vor, wie der Hamburger sie stundenlang ausgefragt hatte, kalt, hart, gleichmäßig, in hervorragender Kondition und ohne eine andere Bewegung zu zeigen als das gelegentliche Rücken an der glitzernden Brille. Und sie dachte, daß die fünf von ihren braunen Riesen vermutlich nicht mehr übrig behalten würden als den Gegenwert einer Eintrittskarte für ein Vorstadtkino. Sie wendete sich an den Kleinen, Dunkelhaarigen links vor ihr.

»Sie sind Herr Bartel?«

»Ja.«

»Ich heiße Ledermacher. Geht's Ihnen besser.«

»Geht schon. War bloß so. War nichts.«

»Wir haben vor, Sie bis zur Verhandlung zu entlassen.«

»Die anderen auch?«

Katharina lächelte. »Natürlich. Alle.«

Erleichterung, aber auch Mißtrauen in den fünf Gesichtern.

»Sie können sich gleich nebenan Ihre Papiere holen. Ich habe nur noch ein paar Fragen.«

Stärkeres Mißtrauen. Rasche Blicke zu den Werkzeugen auf dem kleinen Tisch.

»Ja?«

»Als Sie nach Ihrer Auseinandersetzung mit den Polizeibeamten im Vorgarten des Gebäudes Am Sandwerder 19B standen, haben Sie da auf der Straße Am Sandwerder was bemerkt?«

Verständnisloses Schweigen.

»Ein näher kommendes Auto zum Beispiel. Einen Krankenwagen, der zum Haus oder vom Haus wegfuhr?«

Kopfschütteln.

»Hat uns schon der Politische gefragt. Aber dem haben wir auch schon gesagt: Wir waren geblendet von allen diesen Scheinwerfern. Ehrlich.«

»Und später?« fragte Katharina. »Kurz bevor Sie abtransportiert wurden?«

»Ein Auto?«

»Da waren Sie doch nicht mehr geblendet.«

»Weiß nicht. Da standen doch ein Haufen Mühlen rum.«

»Als Sie im Polizeiwagen abtransportiert wurden. Als Sie durch diese Straßen gefahren wurden. Stand da nicht ein dunkler VW-Bus an der Ecke?«

Bartel schüttelte den Kopf. Aber ein Blonder neben ihm mit schweren Händen nickte plötzlich. »Ja«, sagte er. »Mit 'ner Frau drin.«

»Eine junge Frau? Eine ältere Frau?« fragte Katharina rasch.

»Weiß nicht. Schon älter. Also nicht mehr jung.«

»Und sonst? Haben Sie sonst noch was bemerkt?«

Schulterzucken.

»Weiß nicht.«

»Hatte der VW-Bus Vorhänge vor den Fenstern?«

»Vorhänge?«

»Rot-weiß karierte Vorhänge.«

»Ja. Rot-weiß karierte Vorhänge.«

»Danke. Das wär's, meine Herren. Besorgen Sie sich für die Verhandlungen einen Anwalt.«

Sie nickte dem älteren Beamten zu. Der führte die fünf jungen Männer hinaus. Bartel verließ den Raum als letzter.

»Ihr habt euch schlecht verkauft«, meinte Katharina. »Und für miese Interessen.«

Bartel drehte sich um und sah sie mit zusammengekniffenen Augen an.

»Stimmt. Wir waren bescheuert. Aber ein Tausender ist viel Geld. Bei dreitausend Eiern im Monat kann einer gut moralisch reden.«

Damit ging er.

»Stimmt«, sagte Katharina.

»Aber er hat keine Ahnung, was Kriminalbeamte verdienen«, antwortete Gerfried grämlich und zündete sich eine Zigarette an.

Ein paar Minuten später saßen sie sich in Katharinas Büro wieder gegenüber.

»Lauter Suggestivfragen«, sagte Gerfried, immer noch grämlich, und rauchte. »Wenn Sie gefragt hätten: Habt ihr an der Ecke nicht einen Chinesen gesehn, der mit langsamen Flügelschlägen zum Mond aufstieg, die hätten ja gesagt, bloß um rauszukommen.«

»Wieso Chinese?« fragte Katharina.

»Bloß so.«

»Auf Suggestivfragen kriegt man entweder besonders blöde oder besonders richtige Antworten«, murmelte Katharina.

»Die rotkarierten Vorhänge!« stöhnte Gerfried. »Im Mondlicht!«

»Ja. Und die Frau. Auch im Mondlicht.«

Gerfried sah sie an, seufzte.

»Keiner der anwesenden Beamten und Feuerwehrleute hat einen VW-Bus mit rotkarierten Vorhängen gesehen.«

»Offenbar nicht«, sagte Katharina.

Gerfried räusperte sich. »Nun«, sagte er, »wir könnten ja noch mal die Nachbarn fragen. Zur Sicherheit. Die standen dort draußen rum. Vielleicht hat einer von denen einen VW-Bus gesehn.«

»Keine schlechte Idee.«

Katharina begann mit einer neuen Serie von schraffierten Dreiecken.

»Aber jetzt würde ich gern noch was über den Hausbesitzer hören«, sagte sie.

Gerfried drückte die Zigarette in der kippenüberfüllten Untertasse aus, blickte in eine Akte.

»Eberhard Schmöller, 52 Jahre alt, Inhaber und Leiter einer Bau- und Immobilienfirma mit Sitz in Frankfurt und Berlin. Außerdem Geschäftsführer eines von ihm gegründeten Berliner Abschreibungsunternehmens. Berliner Sitz beider Firmen in der Bundesallee. Gegen ihn laufen in Frankfurt seit Jahren einige Verfahren wegen Mietwucher, Nötigung,

Hausfriedensbruch und Körperverletzung. Auch in Berlin sind seit dem 14. Januar dieses Jahres Verfahren wegen Hausfriedensbruch und Nötigung anhängig. An diesem Tag hat er nämlich in dem ihm gehörenden Mietshaus Adam-Nitze-Straße 15 in Kreuzberg, das vor allem von türkischen Familien bewohnt wurde, sämtliche Türfüllungen und Fensterrahmen herausreißen lassen. In diesem Fall durch bei ihm beschäftigte jugoslawische Bauarbeiter.«

Katharina glaubte, sich an das Haus zu erinnern. Vor drei Jahren hatte sie in der Adam-Nitze-Straße mit Rockern zu tun gehabt. Außerdem erinnerte sie sich, daß Robert ihr vor ein paar Wochen einen Artikel aus dem *Tagesspiegel* vorgelesen hatte, ein Interview mit dem Besitzer des Hauses in der Adam-Nitze-Straße. Robert las ihr jeden Morgen aus zwei oder drei Zeitungen das Wichtigste vor, während sie Lidschatten auftrug oder frühstückte.

»Ich habe hier«, sagte Gerfried, »einen Zeitungsartikel, der sich mit den Vorfällen beschäftigt, in Fotokopie den Akten beigefügt. Die letzte türkische Familie hat das seit dem 14. Januar praktisch unbewohnbare Haus übrigens gestern verlassen. Lediglich eine deutsche Rentnerin im ersten Stock ist übriggeblieben. Die Frau will unter keinen Umständen ausziehen. Nun, meine Versuche, mich mit Herrn Schmöller in Verbindung zu setzen, waren vergeblich. Schmöller war die ganze Zeit über in Frankfurt und auch am Telefon nicht zu sprechen. In den nächsten Tagen wird er allerdings, versichert sein Berliner Büro, hier eintreffen. Dessen ungeachtet ist eine gewisse Parallelität zwischen den Vorgängen in der Adam-Nitze-Straße und Am Sandwerder nicht zu übersehen. Beide nützen Herrn Schmöller in der gleichen Weise. Ist Ihnen geläufig, wie eine Abschreibungsgesellschaft funktioniert?«

»Keine Ahnung.«

»Ich weiß auch erst seit ein paar Tagen was darüber. Als der Hamburger uns die Arbeit wegnahm, bin ich einfach mal in die Wäscherei gegangen.«

Das Referat W, Wirtschaftsverbrechen, wurde im Jargon der anderen Kriminalbeamten Wäscherei genannt, weil die wirklich bedeutenden Kriminellen auf diesem Gebiet, die großen Liechtensteinschen Steuerhinterzieher, EWG-Schieber, Transferierer, Importeure, Exporteure und erfahrenen Bankrotteure nach mühseligen und langwierigen Ermittlungen gewöhnlich einen weißeren Kragen hatten als zuvor. Die Kollegen aus der Wäscherei galten denn auch als links. Womit die Tatsache bezeichnet wurde, daß sie ungeheuer scharf, ungeheuer systemkritisch und fast völlig erfolglos waren.

»Demnach«, sagte Gerfried, »läuft das ungefähr folgendermaßen. Ein Zahnarzt, sagen wir mal in Wiesbaden, muß fünfzigtausend Mark Steuern zahlen. Er hat auch fünfzigtausend Mark auf der Bank. Wenn er die fünfzigtausend nun, statt sie dem Finanzamt zu überweisen, im Rahmen des Berlin-Hilfe-Gesetzes in ein Berliner Bauprojekt steckt, braucht er erstens die fälligen Steuern nicht zu zahlen und kriegt zweitens, wenn er genau darauf achtet, keinen Gewinn zu machen, noch was raus. Vom Staat.« Da Katharina schwieg, setzte er zögernd hinzu: »Zinsvergünstigungen und so.«

»Aha«, sagte Katharina. »Zinsvergünstigungen und so.«

»Ja«, sagte Gerfried. »Und eine Abschreibungsfirma muß natürlich aus einem Bauunternehmen bestehen und aus einer übergeordneten GmbH.«

»Natürlich«, sagte Katharina.

»Oder umgekehrt.« Gerfried kratzte sich mit dem Kugelschreiber hinter dem Ohr.

»Oder umgekehrt, klar«, sagte Katharina.

»Jedenfalls, die übergeordnete Firma muß insgesamt mehr Verlust machen als die untergeordnete eventuell Gewinn bringt. Dann klappt's.«

»Dann klappt was?«

»Der Gewinn für den Wiesbadener Zahnarzt.«

»Ach richtig«, sagte Katharina.

»Schmöller nun hat Geld von seinen Immobiliengeschäften und von seinen Miethäusern. Damit macht er eine Baufirma in Berlin auf. Und da der Wiesbadener Zahnarzt sowie noch hundertzwanzig andere Zahnärzte oder Rechtsanwälte aus der Bundesrepublik in Berlin Gewinne machen wollen, geben sie ihre Gelder an Schmöller. Der geht mit seinem und mit dem Geld der Zahnärzte und Rechtsanwälte zum Senat und sagt: Ich will ein Hotel bauen. Daraufhin bekommt er Vergünstigungen eingeräumt, die manchmal so hoch sind, daß er sein eigenes Geld und das Geld der anderen nicht mal benutzen muß. Dann kauft er alte Häuser, reißt sie ab und baut ein Hotel. Wenn das Hotel fertig ist, muß er darauf achten, zwei oder fünf Jahre mit dem Hotel keinen Gewinn zu machen. Dann haben der Wiesbadener Zahnarzt und Schmöller ihr Geld schon raus.«

»Wieso?«

»Durch die Verlustzuweisung.«

»Aha«, sagte Katharina.

»Ja«, sagte Gerfried. »So heißt das. Und dann baut Schmöller das Hotel zu einem Apartmenthaus um, verkauft die Apartments, und der Wiesbadener Zahnarzt und Schmöller haben zum zweitenmal verdient.«

»So«, sagte Katharina.

»Im Prinzip geht so was, beispielsweise, auch mit Druckereien, Fabriken, mit allem, was Arbeitsplätze schafft. Die betreffenden Firmen dürfen eben nie Gewinne machen. Die kombinierte Hotel-Apartment-Masche ist aber Schmöllers Spezialität. Alles legal, versteht sich. Aber in letzter Zeit hat er sich wohl übernommen. Wie alle Bauunternehmer krebst er jetzt ziemlich herum. Außerdem soll das Berlin-Hilfe-Gesetz ablaufen oder geändert werden, ich muß mir das noch mal erklären lassen. Für Schmöller bedeutet das, die fetten Jahre seiner Abschreibungsgesellschaft sind vorbei. Er muß sich jetzt beeilen, die laufenden Projekte noch durchzukriegen. Wahrscheinlich hat er nicht damit gerechnet, daß er Am Sandwerder nicht umbauen darf und daß sein Mietshaus in der Adam-Nitze-Straße unter Denkmalschutz gestellt werden würde. Sind beide Häuser aber zerstört, kann er frei über die Grundstücke verfügen.«

Katharina rutschte von der Heizung, setzte sich hinter ihren Schreibtisch, schaltete die Schreibtischlampe an und gleich wieder aus, sah durchs Fenster auf die grauen Häuser der gegenüberliegenden Straßenseite. Sie sah, daß die Scheiben ihres Büros schmutzig waren.

»Wissen Sie, was passiert, wenn man Licht macht?« fragte sie plötzlich. »Warum in der Birne ein paar Drähte anfangen zu glühen, wenn ich diesen Knopf drücke? Was Induktionsstrom ist, weiß ich. Aber ich habe nicht die geringste

Vorstellung davon, wie und warum Elektrizität funktioniert. Sie etwa?«

Gerfried dachte nach. »Nein«, antwortete er schließlich ernsthaft.

»Wir sind also Leute, die nicht wissen, wie Elektrizität funktioniert, und die nicht wissen, wie die Wirtschaft funktioniert.«

»Wie die Wirtschaft funktioniert«, sagte Gerfried, »wissen auch die nicht, die für das Funktionieren der Wirtschaft verantwortlich sind.«

»Ich weiß nicht, ob das tröstlich für uns ist«, murmelte Katharina. Sie stand auf. »Nun gut. Ich finde vorzüglich, wie Sie die Ermittlungen im Fall Hildegard bisher geleitet haben. Ich will da auch nicht eingreifen.«

»Oh«, sagte Gerfried beunruhigt.

»Was schlagen Sie also als nächsten Schritt vor?«

»Ich möchte das nicht«, erklärte Gerfried mit schrecklich knarrender Baßstimme. »Sie sind der Boß hier.«

»Gerfried«, sagte Katharina.

»Ja«, sagte Gerfried.

Katharina begann, in einer sorgfältig von Möbeln freigehaltenen Diagonale des Büros hin und her zu gehen. Wenn sie nicht auf der Heizung saß, brauchte sie Diagonalen. Die hier wurde nur von einer Schreibtischkante gestört. Katharina hatte daher ständig blaue Flecken am linken Oberschenkel.

»Nach allem, was ich heute erfahren habe, ist es noch zu früh, einen Plan zu entwickeln, um die Widersprüche zu erklären, denen wir uns gegenübersehen.« Katharina redete, während sie hin und her ging, langsam und umständlich. Sie hatte ihren amtlichen Ton, wie Kathinka das nannte. »Wir müssen wohl erst noch tiefer in die Widersprüche rein.«

Gerfried sah unglücklich aus. Er haßte es, wenn ein Fall nach einiger Zeit nicht übersichtlich wurde, er litt, wenn sich eine Lösungsmöglichkeit nicht wenigstens von fern abzeichnete. Aber er mußte Katharina zustimmen. Er nickte.

»Dann bitte ich Sie, weiterhin mit Captain Marlowe Verbindung zu halten und die Bremer Einkaufs- und Handelsgesellschaft unter die Lupe zu nehmen. Überhaupt alles zu veranlassen, was Ihnen richtig erscheint, um die Herkunft der Handgranate zu klären. Dazu gehört, außer der Feststellung der Identität von Harding-Siebert, auch die Herkunft des Einwickelpapiers der Spielwarenfirma. Ich selbst gehe heute nachmittag erst mal zu Dr. Tronck. Anschließend werde ich mich um die Krankenwagenprofis kümmern.«

Gerfried erhob sich, nickte. Katharina mochte nicht, wenn außer ihr noch jemand im Büro stand oder sogar umherging. Also setzte sie sich, griff nach den Akten. Gerfried blickte auf seine dicke, schimmernde Armbanduhr, die Wochentag, Datum, Luftfeuchtigkeit, Luftdruck und Zehntelsekunden anzeigte und außerdem noch, wie Zobel behauptete, einen Behälter mit Streusand enthielt, zur Pflege von Gerfrieds Stimmbändern.

»Ich habe schon eine Verabredung mit Captain Marlowe«, sagte Gerfried. »Er will mich mit dem Sergeant sprechen lassen. Wir werden übrigens aufpassen müssen, daß uns jetzt nicht die Engländer den Fall wegschnappen wegen der drei Handgranaten. Als alliierte Schutzmacht hätten sie das Recht dazu.«

In der Tür zum Nebenzimmer blieb er stehen, drehte sich zu Katharina um.

»Übrigens«, murmelte er, »halten Sie es nicht für gefährlich, daß Ihre Tochter Umgang mit Anarchisten hat?«

Katharina sah ihn an.

»Ja«, sagte sie. »Der Stamm, der nicht weit vom Apfel fällt. Meinen Sie es so?«

Gerfried lächelte düster.

»Nicht ganz. Soll ich sämtliche dunklen VW-Busse mit rot-weißen Vorhängen sicherstellen?«

»Schön wär's«, sagte Katharina.

6

Katharina war zum Mittagessen mit Kathinka in einem Lokal am nahe gelegenen Bayerischen Platz verabredet. Da hatten die Kommissare ihren Stammtisch. Sie brauchte erst in einer halben Stunde loszugehen. Nachdem Gerfried die Tür betont leise hinter sich geschlossen hatte, saß sie eine Weile hinter dem Schreibtisch, überlegte, knipste die Schreibtischlampe an und wieder aus. Dann überflog sie die letzte Ausgabe des hektografierten Kripo-Informationsdienstes, die während ihrer Abwesenheit eingetroffen war. Schließlich schlug sie die Akte mit dem fotokopierten Artikel aus dem *Tagesspiegel* auf.

In der Mitte des Blatts war ein Foto des Hauses Adam-Nitze-Straße 15. Die Kopie ließ außer Umrissen so gut wie nichts erkennen. Links davon war ein Gespräch eines Reporters mit Schmöller abgedruckt, rechts ein Gespräch des Reporters mit dem Sprecher des Senators für Bauwesen. In den Text eingefügt waren Fotos von Schmöllers Kopf und dem Kopf des Sprechers. Natürlich ließen sich auch Schmöllers Gesichtszüge auf der Kopie kaum erkennen.

Katharina überschlug den redaktionellen Einleitungstext oberhalb des Fotos vom Haus und fing gleich mit dem ersten Gespräch an.

Reporter: Herr Schmöller, die Öffentlichkeit ist beunruhigt über die Vorgänge im Haus Adam-Nitze-Straße 15.

Schmöller: Ich gebe gegenüber der Presse keinerlei Erklärungen mehr ab. Da wird einem ja doch alles verdreht.

Reporter: Herr Schmöller, das Haus Adam-Nitze-Straße 15 steht unter Denkmalschutz. Es handelt sich um einen Philipp-Rosenius-Bau, den einzigen noch erhaltenen in Berlin. Der Villenarchitekt Rosenius, Vorläufer des Jugendstils, Lehrer von Henry van der Velde und Mies van der Rohe, baute dies vierstöckige Haus vor über hundert Jahren als Beispiel einer humanen Wohnungsplanung auf dichtbesiedelter Großstadtfläche. Er legte Garten und Kinderspielplatz an, die beiden Seitenflügel seines Hauses waren wirkliche Gartengebäude, nicht muffiger, stinkender Hinterhof.

Schmöller: Bekannt. Wozu erzählen Sie das.

Reporter: Die Gartengebäude vernichtete der Krieg. Die Reste des Gartens vernichtet jetzt die neue Kreuzberger Schnellstraße. Und Sie, Herr Schmöller, reißen aus dem immer noch bewohnbaren Haus Türen und Fensterrahmen.

Schmöller: Notwendige Maßnahmen, Verehrter.

Reporter: Wollen Sie die Mieter aus dem Haus drängen?

Schmöller: Diese Unterstellung weise ich schärfstens zurück. Die Wahrheit ist, daß diese Türken schon monatelang keine Miete mehr zahlten. Ich habe ihnen fristgemäß gekündigt und kann nun über mein Eigentum frei verfügen. Und um die maßlos verwohnten Räume für bessere Mieter attraktiv zu machen, müssen Türen, Fußböden, Fenster eben ersetzt werden.

Reporter: Die Mieter sagen, sie halten deshalb die Miete zurück, weil Sie, Herr Schmöller, das Wasser abgestellt und der BEWAG keine Lichtrechnung mehr bezahlt haben — von den Beträgen, welche die Mieter Ihnen pünktlich entrichteten.

Schmöller: Das ist eine Unterstellung.

Reporter: Eine Berliner Rentnerin ist auch dabei. Die letzte, die von den ehemaligen Mietern übriggeblieben ist, nachdem Sie, Herr Schmöller, das Haus allmählich mit Ausländern vollstopften.

Schmöller: Was haben Sie gegen Ausländer? Ich kann nichts dafür, wenn keiner mit denen unter einem Dach wohnen will. Die alte Frau Baier, Therese, ist geblieben, ja, die zahlte schon dem Vater des Vorbesitzers Mietzins. Leider hat sie sich aufhetzen lassen.

Reporter: Ihr Rollkommando, Herr Schmöller, soll bewaffnet gewesen sein. Mit Eisenstangen und Gummiknüppeln.

Schmöller: Gegen den Ausdruck Rollkommando verwahre ich mich. Glücklicherweise habe ich auch Freunde unter den Gastarbeitern, Jugoslawen, etwa elf, sehr ordentliche Leute. Die helfen gern, wenn ich Schwierigkeiten habe. Die haben keine Brechstangen dabeigehabt, sondern weiter nichts als eine kleine Eisenstange, die vor dem Haus gelegen hat, die haben sie mitgenommen, weil diese Türken sie bedrohten. Ich muß mich schließlich schützen. Meine Häuser in Frankfurt schütze ich so, trotz Jusos und Kommunisten. Und wenn mein Eigentum in Berlin nicht mehr sicher ist, wenn die Jusos und Kommunisten auch hier zunehmen, dann ziehe ich aus meinen Berliner Projekten das Geld zurück.

Das zweite Gespräch war kürzer.

Reporter: Wird der Rosenius-Bau erhalten bleiben?

Sprecher des Senators für Bauwesen: Der Rosenius-Bau wird unter allen Umständen erhalten. Er wird weder einer privaten Spekulation noch einer Schnellstraße geopfert werden.

Reporter: Der Rosenius-Bau ist in einem miserablen Zustand. Alle Mieter, bis auf eine türkische Familie und eine deutsche Rentnerin, haben das Haus verlassen. Die herausgerissenen Fensterrahmen und Türen wurden nicht durch neue ersetzt. Durchs beschädigte Dach dringt Nässe nach unten. Und von draußen werden bald Jugendliche eindringen, um das Haus zu besetzen. Von bestimmten Gruppen wurde das schon in etwa angekündigt.

Sprecher: Sie sprechen ein Problem an, das wir in der Tat mit Sorge betrachten. Im Prinzip hat der Eigentümer das Recht, im Innern zu verändern, zu modernisieren, und die Pflicht, dem Verfall entgegenzuwirken. Ehe wir einschreiten können, ist sorgfältig zu prüfen, ob eine Verletzung der Vorschriften vorliegt.

Reporter: Ist Ihnen bekannt, daß gegen Schmöller schon jahrelang mehrere Verfahren laufen? Zum Beispiel: Mietwucher, Nötigung, Hausfriedensbruch, Körperverletzung. Auch wegen der Vorfälle in der Adam-Nitze-Straße ist Anzeige erstattet worden.

Sprecher: Die Verfahren sind noch nicht rechtskräftig entschieden worden. Außerdem ist durch Schmöller viel bundesdeutsches Kapital bei uns investiert worden. Wir wollen nicht leichtsinnig durch Schmöller repräsentierte Anteilseigner erschrecken. Andererseits müssen wir sorgfältig prüfen, ob Schmöller unser Vertrauen weiterhin verdient.

Reporter: Eine Frage noch. Sind Sie sicher, daß Schmöller nicht plant, den Rosenius-Bau bei günstiger Gelegenheit abzureißen und ein Bürohochhaus an der neuen Schnellstraße zu errichten?

Sprecher: Der Rosenius-Bau wird weder einer privaten Spekulation noch einer Schnellstraße geopfert werden.

Den Fotokopien war ein Blatt beigeheftet mit einem handschriftlichen Vermerk von Gerfried: »Schmöller hat gegen den *Tagesspiegel* Klage eingereicht wegen wahrheitswidriger Wiedergabe seiner Äußerungen, Verleumdung und Geschäftsschädigung.«

Katharina schloß die Akte, tippte auf den Schalter der Schreibtischlampe, bemerkte rechtzeitig, daß sie dabei war, sich eine Marotte anzugewöhnen, und unterließ es, die Lampe ein- und auszuschalten. Sie stand auf, holte den Lammfellmantel aus dem spindähnlichen Schrank und ging ins Nebenzimmer. Sie nahm einen der Notizzettel von Gerfrieds Schreibtisch, schrieb: »Läßt sich noch feststellen, mit was für Eisenstangen die Jugoslawen am 14. Januar das Haus Nitze-Straße demoliert haben? Gibt es eine Möglichkeit, diese Eisenstangen mit Sieberts Eisenstangen zu vergleichen? K. L.«

Sie wollte Gerfrieds Zimmer verlassen, kehrte aber zurück, suchte im Telefonbuch unter Behörden. Dann telefonierte sie mit verschiedenen Bausenatsabteilungen, um zu erfahren, welche privaten und öffentlichen Bauvorhaben an der neuen Kreuzberger Schnellstraße entlang geplant waren, und welche Baubeschränkungen es für Villen am Wannseeufer gab, insbesondere für Villen am Sandwerder. Aber da es schon Mittagszeit war, erreichte sie dreimal niemanden und dann eine neu eingestellte Aushilfssekretärin, die ihr Brot kaute, während sie mitteilte, daß der Herr Abteilungsleiter zu Tisch sei.

Drüben, an ihrem Schreibtisch, schnarrte das Telefon. Sie ließ es schnarren, verließ Gerfrieds Zimmer zum Flur hin, öffnete auf dem Weg zur Treppe kurz eine Tür, rief hinein: »Wenn was ist, Kranich, ich bin gegen sechs wieder im Büro.« Sie rannte die Treppe hinauf in den vierten Stock und sofort wieder hinunter zum Ausgang. Sie wollte ausprobieren, ob der Urlaub sie fit gemacht hatte. Da alle Kollegen mit dem Aufzug fuhren, begegnete sie nur einem älteren beleibten Herrn mit altmodischer brauner Aktentasche, der sich auf dem ersten Absatz der Treppe unschlüssig umschaute und, als er Katharina herunterrennen sah, sich zu ihr hindrehte: »'tschuldigung, wo geht's hier zur Wirtschaftskriminalität, zu ...« Aber da war sie schon an ihm vorbei und zur Tür hinaus. Draußen stellte sie zufrieden fest, daß ihr Puls nur wenig schneller ging. Sie atmete hastiger, aber sie war nicht außer Atem. Sie war in Form. Ein Frühlingswind wehte schmutziges Papier über die Gothaer Straße. In leichtem Dauertrabtempo lief sie aus der Gothaer in die Grunewaldstraße und drängte sich an Passanten vorbei in Richtung Bayerischer Platz.

Sie überholte ein Mädchen, dem gelockte dunkle Haare lang über die Schultern fielen. Es hatte einen ähnlichen Lammfellmantel an wie Katharina, nur war der Mantel des Mädchens noch fast neu. Seine etwas nach innen gestellten Füße steckten in vernachlässigten teuren Stiefeln. Katharina blieb stehen, drehte sich um. Jetzt war sie außer Atem.

»Gott, Mama«, sagte das Mädchen. »Die sportliche Mittvierzigerin.«

Katharina hätte beinahe geantwortet: Oh, hast du's schon nötig, mich älter zu machen. Aber sie begnügte sich damit, nicht allzu auffällig zu keuchen. Kathinka feixte.

Während sie im Salat stocherte, betrachtete Katharina das Gesicht ihrer Tochter, das ernst auf einen Teller mit Lasagne al Forno gerichtet war. Die Augenbrauen waren stark ausgeprägt. Sie wuchsen oberhalb der Nase zusammen. Wenn Kathinka die Stirn runzelte, sah sie ein bißchen finster aus. Und der Mund war, wenn auch wohlgeformt, etwas zu groß. Aber die sanft geschwungene Nase, die großen leuchtend grauen Augen, die locker sich ringelnden Haare machten eine Art Schönheit aus, die im Moment nicht modern war und deshalb nur Kennern auffallen konnte. Zumal Kathinka nichts tat, um mit ihrer Kleidung Effekte zu erzielen oder zu unterstreichen. Katharina hielt sowieso ihre Tochter nur nackt für nahezu vollkommen, abgesehen von den leicht x-förmigen Beinen, was andererseits bei Kennern als besonderes weibliches Schönheitsmerkmal galt, und der Angewohnheit Kathinkas, ihre langen Füße nach innen gedreht zu bewegen. In Jeans, Pullover und Schuhen verlor ihr Körper seine Harmonie, die Schultern wirkten fast männlich, die Füße noch größer, die Brüste klein. All dies kümmerte Kathinka wenig. Vor fünf Jahren hatte eine Schweizer Lehrerin sie darauf hingewiesen, daß sie sich darauf vorbereiten müsse, eine Frau zu werden. Worauf die dreizehnjährige Kathinka entschieden erklärt hatte: »Ich will keine Frau werden. Ich will ein weiblicher Mensch sein.«

Katharina fand, daß der weibliche Mensch vor ihr einen angestrengten Eindruck machte. Kathinka war nur ungern ins Bullenlokal gekommen. Aber Katharina hatte ihr heute früh auseinandergesetzt, daß sie an ihrem ersten Bürotag nur wenig Zeit haben werde, daß sie aber möglichst bald mit ihrer Tochter reden müsse, weil sie Mölling wegen der Beschädigung der Wohnung zur Rede stellen wolle. Außerdem könne man im Bullenlokal trotz Butzenscheiben und Topfpflanzen schnell und gut essen, der Wirt mache hervorragende Pfeffersteaks und Luigi, der Kellner, bereite gelegentlich, wenn er Lust habe, Genueser Spezialitäten. Aber Kathinka hatte die von der Mutter empfohlenen Spaghetti al Pesto nicht bestellen wollen. Immerhin, sie nickte, als Katharina ihr erklärte, sie müsse jetzt einfach ein bißchen mehr von Kathinka wissen, als sie bisher erfahren habe.

»Zum Beispiel, was sind das für Leute, deine Freunde. Ich meine die, von denen du glaubst, sie wollen ein Haus besetzen.«

»Verstehe«, sagte Kathinka.

»Gestern hatten wir ja keine Gelegenheit mehr, darüber zu sprechen.«

»Ja, du warst gleich beschäftigt.«

Pause.

»Eifersüchtig?« fragte Katharina.

»Kaum. Eigentlich gar nicht. Bloß, du machst ziemlichen Krach dabei«, sagte Kathinka und stopfte sich ein großes Stück Lasagne in den Mund.

»So?« sagte Katharina.

»Ja. Kein Wunder eigentlich, wenn man deinen Macker an der Arbeit sieht.«

»Sieht?«

»Sieht. Ich wollte dich nur was fragen. Normalerweise gammelt ihr doch noch rum, sauft und redet, bevor ihr schlaft. Also, ich hab nicht dran gedacht und platzte so rein. Da wart ihr schon mittendrin.« Kathinka schob sich weitere umfangreiche Lasagnestücke in den Mund. Kauend fuhr sie fort: »Übrigens bedenk mal meine Situation. Schließlich lebt ihr mit einer Jungfrau zusammen. Und die sieht so was und möchte endlich auch mal. Aber die Typen, die ich so kenne, die haben zu viele Pickel und Komplexe, das ist nicht unbedingt einladend. Also«, sagte Kathinka, »ich habe in der letzten Woche ja Zeit gehabt, über meine Situation nachzudenken. Mein Problem ist, ich mag dich. Ich mag auch Robert. Ich bin wahnsinnig gern mit euch zusammen. Wie soll ich da je selbständig werden. Die anderen Typen, die haben entweder Dauerkrach mit ihren Eltern oder sie leben cool neben denen her. In jedem Fall haben die nur ein Bestreben: so schnell wie möglich weg von zu Hause. Aber ich, wo soll ich so ein Bestreben hernehmen. Na schön, das Negative an dir ist, daß du diesen Job hast. Aber es ist eben nicht negativ genug, verstehst du? Manchmal frage ich mich allerdings, wie du das verantworten kannst. Ich meine, bei der Polizei zu sein.«

»Ich frag mich das ja auch«, sagte Katharina. »Beinahe jeden Tag.«

»Huh, geschenkt. Und wenn sie dir die Wohnung zusammenschlagen, deine Kumpel, dir und anderen Leuten, was dann? Fragst du dich das dann immer noch?«

»Ja«, sagte Katharina ruhig, »natürlich.«

»Und du hast vermutlich immer eine tröstliche Antwort für dich parat.«

»Also tröstlich sind die Antworten, die ich mir da gebe, selten. Denn ich bin ja, im Gegensatz zu dir, ziemlich labil.«

»Ach.«

»Ja. Ich brauch was, was mich diszipliniert. Ich muß was machen können, planen können, was rauskriegen, rumpopeln. Deshalb geh ich auch auf Lehrgänge, laß mich prüfen und mir so einen blöden Titel wie Oberkommissarin andrehn. Ich muß mich nach vorn schmeißen.«

»Und dazu brauchst du Leichen. Zum Nach-vorn-Schmeißen.«

»Ich sag dir doch, ich bin labil. Für die meisten Leute, die klauen, habe ich Verständnis. Und ich hab höchstens was gegen Zuhälter, nicht gegen Nutten. Aber ich verstehe nicht, wieso Menschen sich gegenseitig umbringen. Und solange wir keine Todesstrafe haben, kann ich in meinem Job weitermachen. Solange also Aussicht besteht, daß wir trotz aller Rückschläge vom Strafrecht, vom Strafen überhaupt wegkommen. Und hin zur Diagnose und Therapie sozialer Krankheit. So ungefähr. Ich nehme an, das wolltest du von mir hören.«

Pause.

Kathinka kaute auf der leeren Gabel.

»Also labil finde ich dich eigentlich nicht«, sagte sie. »Und dann, wie bin ich eigentlich, wenn ich das Gegenteil von dir bin?«

»Mütterlich.«

Kathinka ließ die Gabel auf den Teller fallen.

»Ich?«

»Ja.«

»Mütterlich?«

»Wenn ich kleine Kinder hätte, würde ich sie dir sofort anvertrauen.«

Kathinka sah ihre Mutter mit zusammengezogenen Augenbrauen eine Weile stumm an. »Ehrlich«, murmelte sie dann, »du hast echt einen Knall. Mütterlich.« Sie schüttelte plötzlich ihre Haare. »Egal. Ist schließlich deine Sache, mütterlich oder nicht, bei mir läuft das jetzt so: die Typen, von denen ich dir erzählt habe, die Kreuzberger, die besetzen in diesem Moment ein Haus.«

»Adam-Nitze-Straße 15?«

»Na sieh mal. Die Adresse kennst du schon. In einigen Schulen ist heute für die Hausbesetzer gesammelt worden, damit die Licht und Wasser bezahlen können. Ich bring von unserer Schule siebenundneunzig Mark und treff mich gleich mit denen von den anderen Schulen. Dann zahlen wir ein. Wenn wir Glück haben, dreht die BEWAG heute noch die Leitungen wieder auf. Und damit du klarsiehst: die Typen haben nichts mit Bombenlegern und Handgranatenschmeißern zu tun. Die spielen nicht Räuber und Schandi mit dem Staat, die machen kein blutiges Karl-May-Festival, und hinterher ist nichts verändert, bloß daß der Staat beschissener geworden ist. Was ja nicht im Interesse von Leuten liegen kann, denen es schon dreckig genug geht.«

»Was wollen deine Freunde?«

»Kannst du morgen im *Tagesspiegel* lesen. Die haben da einen Lokalreporter, der ist nicht schlecht. Die Genossen haben ihn schon informiert.«

»Meine Kleine.«

Katharina hatte sich vorgenommen, ihre Tochter nicht mehr mit »meine Kleine« anzureden. Es schien ihr nicht zu gelingen. Kathinka lächelte nachsichtig.

»Also«, sagte Katharina, »du steigst aktiv bei den Genossen ein.«

»Wie du redest.« Kathinkas nachsichtiges Lächeln verschwand. »Ich steig außerdem überhaupt nicht ein. Glaubst du, ich will auch nur entfernt diesen Kümmerlingen gleichen, die sexuell nicht zu Rande kommen und deshalb Weltrevolution machen wollen? Und dann bin ich ja ziemlich bürgerlicher Herkunft, wohlhabender Schweizer Vater, Mutter im mittleren Polizeidienst, mach dir das klar. Ich kann nicht so tun, als wär ich Subproletariat und muß um meine Befreiung kämpfen. Ich kann meine Klasse nur verraten.«

Katharina lächelte.

»Aber das muß ich sinnvoll tun«, sagte Kathinka ernsthaft, »wenn's den anderen nützen soll. Übrigens ist eine Frau dabei, die würde dir gefallen. Die hat in irgendwas einen Doktor gemacht, aber sie arbeitet als Sozialarbeiterin. Auch so eine Labile, die sich nach vorn schmeißt. Übrigens, gib mir mal die Adresse von deinem Doktor. Ich will wenigstens wissen, welche Sorte Pillen ich nehmen muß, wenn's mal soweit ist.«

»Haben deine Genossen nicht Ärzte? Genaugenommen würden mich ein paar aktuelle Namen interessieren.«

»Dachte ich mir, Mamilein. Deshalb geh ich ja zu keinem von denen. Deshalb will ich ja zu deinem«, erwiderte Kathinka sanft und stand auf.

7

Dr. Tronck wohnte in einem alten, ehemals gutbürgerlichen, jetzt etwas herabgekommenen Mietshaus im alten Teil Charlottenburgs, nicht weit vom Schloß und in der Nähe des sogenannten nassen Dreiecks. Dort war vor wenigen Jahren ein ganzer Wohnblock eingerissen und abgetragen worden, weil die Häuser erst langsam, dann plötzlich sehr schnell im Charlottenburger Untersumpf den Halt verloren und mit täglich sich weiter öffnenden Mauerspalten nach unten und auseinanderrutschten. Auch das Haus, in dem der alte Arzt wohnte, hatte schon Risse, und in der Straße liefen Gerüchte um, daß es als nächstes drankäme.

Katharina stieg die knirschende Treppe zum vierten Stock hinauf. Der fadenscheinige, aber halbwegs sauber gehaltene Läufer, der die Stufen bedeckte, war mit altmodischen Messingstangen befestigt. Auf jedem zweiten Absatz lag eine lose Messingstange, ab drittem Stock gab's keinen Läufer mehr, nur abgetretene Stufen.

Dr. Troncks Wohnungstür sah aus, als sei sie ebenfalls abgetreten worden. Sie war nur angelehnt. Katharina öffnete die Tür vorsichtig. Sie befand sich in einem kleinen, ziemlich düsteren Vorraum, der fast ganz von einer schweren eichenen Garderobe samt Spiegel und bronzenem Regenschirmbehälter in Form eines Elefantenfußes zugestellt war. Hinter der Zimmertür gegenüber hörte sie Schritte auf knarrenden Dielen, dann eine ungeduldige Greisenstimme. Sie trat näher an die Zimmertür heran. Im Garderobenspiegel sah sie undeutlich ihre eigenen Umrisse. Sie beugte sich vor, um zu lauschen. Diese Haltung kam ihr im Spiegel übertrieben vor, so wie sie vor Jahren eine Haushälterin in einem Boulevardstück hatte lauschen sehen, und sie richtete sich wieder auf.

Schweres asthmatisches Atmen hinter der Zimmertür, plötzlich die Greisenstimme näher, von Pfeif- und Zischlauten begleitet:

»Setz dich endlich. Hose runter. Los, rauf auf den Pflaumenbaum.«

Die Stimme eines Mädchens, etwas entfernter, um Hochdeutsch bemüht, aber deutlich hessisch:

»Herr Doktor ...«
»Halt die Klappe.«
»Aber ich hab Ihne doch ...«
»Ruhe. Sitz endlich still. Und bring morgen gefälligst das Geld mit, verstanden. Achthundert Mark und ein sauberes Leinentuch. Verstanden?«
»Ich möcht lieber gehn.«
Poltern, als sei ein Stuhl umgeworfen worden. Die Stimme des Arztes: »Miststück. Geh doch zu Schulz, der macht's dir billiger und schlecht.«
Die Zimmertür wurde aufgestoßen. Katharina war mit zwei Schritten wieder vor der Wohnungstür. Aber sie hatte keine Zeit mehr, die Wohnungstür zu schließen. Ein untersetzter alter Mann rannte durch den Vorraum auf Katharina zu, starrte sie durch einen Kneifer an. Er hatte einen ungewöhnlich großen kahlen Kopf mit ungewöhnlich großen Ohren und offenbar nur noch einen einzigen Zahn, einen Schneidezahn, mit dem er an der Unterlippe nagte. Ein unförmiges erzürntes Kaninchen.
»Was wollen Sie denn?« bellte das Kaninchen. Hinter ihm wurde ein blondes verlegenes Mädchen sichtbar, das seinen Mantel überzog.
»Ich komme vom medizinischen Buchklub«, sagte Katharina. »Ich wollte fragen ...«
»Medizinischer Buchklub? Unsinn. Wieso war die Tür überhaupt geöffnet? Hast du etwa die Tür aufgelassen«, fauchte das Kaninchen das Mädchen an, »du Gans, du dumme?«
»Ich mein net«, sagte das Mädchen und versuchte, an dem Arzt vorbei auf die Treppe zu gelangen.
»Ach, du meinst net. Aber sie war auf, sperrangelweit.«
Dr. Tronck hielt die Wohnungstür in der Hand und bewegte sie heftig hin und her.
»Mach bloß, daß du verschwindest. Verstanden? Und du, was stehst du rum. Medizinischer Buchklub! Rein ins Zimmer, los.«
»Ich komm lieber noch mal vorbei«, sagte Katharina, und das Mädchen schlüpfte rasch hinaus, stand schon hinter Katharina, als der Arzt, plötzlich mit leiser, brüchiger Stimme fortfuhr:

»Dann haut eben beide ab. Aber ein bißchen dalli.«

Katharina sah für einen Augenblick in das von Leiden und Einsamkeit gezeichnete klobige Gesicht des alten Mannes.

»Glaubt ihr, ich habe bloß auf euch gewartet?« blaffte Dr. Tronck noch, bevor er behutsam, fast unhörbar die Tür schloß.

Das blonde Mädchen lächelte Katharina an, verlegen und erleichtert zugleich, während es sich den Mantel zuknöpfte. Es war groß, kräftig, kaum älter als Kathinka, höchstens zwanzig, mit einem frischen, offenen Gesicht, hatte eine Mütze aus imitiertem Pelz auf, die es vermutlich auch bei Dr. Tronck nicht abgenommen hatte, und trug einen brav-modisch geschnittenen Stoffmantel. Katharina dachte, daß das Mädchen, stadtfein gemacht, sicher vom Land war. Katharina lächelte zurück. »Gehn wir«, sagte sie.

Auf dem Absatz vor dem ersten Stock blieb das Mädchen stehen, bückte sich, befestigte eine lose Messingstange.

»Wenn da eins fällt«, meinte das Mädchen und richtete sich auf, »des kann bös falle.«

»Trinken wir noch eine Tasse Kaffee zusammen?« fragte Katharina.

»Gern«, sagte das Mädchen. »Bensch, Lotti.«

»Katharina Ledermacher.«

»Angenehm«, sagte Bensch, Lotti, und gab Katharina die Hand.

Aus dem Eckcafé konnte man auf die kahlen Bäume der Charlottenburger Schloßstraße blicken. Und auf die verwahrlosten Fassaden der alten Häuser, in denen, über den Werkstätten im Parterre, den Kleinbetrieben und Kinderläden, Rentner, spanische und jugoslawische Arbeiter, Wohngemeinschaften, Studenten, Gammler, Trödelverkäufer hausten. Im Sommer, abends, aßen sie draußen in den schmalen Vorgärten, unter den Bäumen, zwischen verrosteten Autos. Blasse Kinder spielten um sie herum. Die Gesichter der Alten verbraucht, die der Jungen mißtrauisch, die der Frauen hart. Melancholisch schon die jungen Mädchen in Omas Schlabberlook, in ausgefransten langen Röcken, dunklen Schals, oder in chemisch alt gemachten Jeansjakken, denen der Hersteller kunstvoll die Nähte ausgefranst hatte, als seien die Ärmel herausgerissen worden. Jetzt wirkte die Straße öde, das Haus, das Katharina sehen konnte, verlassen. Nur eine große gelbe Papiersonne, die von innen an ein schwarzes vorhangloses Fenster geklebt war, wies auf Kinder hin, die vielleicht hinter der Sonne wohnten.

Katharina und Lotti saßen sich auf zierlichen weißgestrichenen Eisenstühlen gegenüber. Draußen waren wieder Wolken aufgezogen, es wurde dunkel. Neben Katharinas Kaffeetasse stand ein Klarer. Lotti hatte höflich abgelehnt, wegen ihres Zustands. Es war ihr nicht aufgefallen, daß sie Rücksicht nahm auf etwas, das sie gerade hatte loswerden wollen. Sie plauderte freundlich und arglos, und Katharina dachte an Robert, der immer behauptete, Katharina habe die seltene Begabung, spontan Vertrauen zu wecken. Andererseits war sie ja auch selbst bereit zu vertrauen. Nur wäre ihr nie eingefallen, einem Kriminalbeamten zu trauen. Oder überhaupt einem Menschen im Staatsdienst. Ihr Mißtrauen gegenüber Höhergestellten und Amtspersonen kam von weit her, aus der Kinderheimzeit, als sie Bettnässerin war und in dauernder Angst vor Demütigungen und Strafen lebte. Da hatte sie Hilfe nur bei den Schwachen, den kleineren Kindern gefunden, nicht bei gleichaltrigen oder älteren Kindern, schon gar nicht bei den Erzieherinnen. Vielleicht spürten die Leute, die mit Katharina redeten, eine Art verborgener Solidarität. Vielleicht, dachte Katharina, vertrauen sie mir deshalb.

»Aber wie sind Sie nun ausgerechnet nach Berlin gekommen, Lotti?« fragte Katharina.

»Das ging so«, sagte Lotti und verrührte drei Stück Würfelzucker in ihrem Kaffee. »Meine älteste Schwester, die Irmi, als die achtzehn war, da hat sie was Kleines erwartet, vom Eugen, aber der konnt sie net heiraten, der war schon verheiratet, nämlich.«

Wieder das leicht verlegene Lächeln.

»Aber meine Mutti hat nix gesagt, die hat die Irmi ja selber gekriegt, als sie achtzehn war, und da war sie auch net verheiratet, erst später. Ihr erster Mann, der war Soldat im Krieg und ist gefallen. Von dem sind dann der Klaus und der Schorschi. Und nach dem Krieg hat sie den Babba kennengelernt, dem war ein halbes Bein weggeschossen, aber sonst muß er ja noch munter gewesen sein.«

Das Lächeln, schneller Blick zu Katharina.

»Von dem bin ich. Und der Willem. Heute ist er schon ziemlich krank, wissen Sie, und er hat die Rente und geht net mehr schaffen. Schaffen tut nur die Mutti. Un der Brillheiner.«

»Was macht Ihre Mutter?«

»Die ist Waldarbeiterin.«

»Und der Brillheiner?«

»Der ist auch Waldarbeiter. Nämlich, seit der Babba so krank ist, wohnt der Brillheiner bei uns. Und wenn die Mutti und der Brillheiner im Wald schaffen, sorgt der Babba fürs Haus, kocht, putzt und macht Schularbeiten mit dem Rudi.« Sie setzte gleich hinzu, um einer Frage von Katharina zuvorzukommen:

»Der Rudi ist vom Brillheiner.«

»Da hat Ihre Mutter also«, sagte Katharina und zählte nach, »sechs Kinder großgezogen.«

»Sieben«, sagte Lotti.

»Sieben?«

»Mit Julchen acht. Aber der Gottfried, der war aus dem Waisenhaus, und der sollte bloß mal vierzehn Tage bei uns sein, weil das Waisenhaus in Gießen, da ist er nämlich her, umgebaut wurde oder so was, ich weiß nicht genau, jedenfalls, die Mutti hat gesagt, den läßt sie net wieder fort ins Waisenhaus, das wär e Schand, und sie hat ihn einfach behalten. Erst gab's Geschrei mit dem Olwel von der Verwaltung, dann war er froh. Zu essen haben wir immer, und Holz zum Heizen im Winter auch, also da hat's keine Schwierigkeiten gegeben. Bloß, wie die Irmi also mit dem Eugen, wie man's sah bei ihr, und später, als es geboren war, das Kind, die Julchen ...«

Lotti brach ab, lächelte.

»Julchen«, sagte sie, »die war richtig komisch, ich weiß noch genau, ich war ja nur ein paar Jahr älter, die ist schon mit drei auf Bäume geklettert, so was machte die. Also wie sie da war und vorher, da hat der Pfarrer in Ober-Ellmoos, wir sind nämlich aus Nieder-Ellmoos, und es ist Diaspora, überall im Vogelsberg, nur wenige sind da katholisch, der Pfarrer hat von der Kanzel gesagt, es ist eine Sünde, und ein Kind der Sünde, und es wird aus so einem Kind nix werden, das arme Wurm, hat er gesagt, wir wollen dem Kind der Sünde mit Liebe begegnen, aber es bleibt ein Kind der Sünde, und es ist eine Schande, daß ein katholisches Mädchen ein so schlechtes Beispiel gegeben hat, und so weiter. Und ich hab gehört, wo die Leute aus Ober-Ellmoos, wie die Bankert hinter Julchen herriefen, und die anderen Kinder durften nicht mit ihr spielen, weil der Pfarrer gesagt hat, es ist eine Schande, und überhaupt die ganze Familie, so hat er geredet. Da hab ich mir gedacht, als es bei mir gefunkt hat, net, ich will nicht, daß man Bankert hinter meinem Kind herruft. Und daß man meine Mutti wieder schlechtmacht.«

»Können Sie Ihren Freund nicht heiraten?«

»Ei ja. Er will ja. Aber ich net.«

»Nein? Warum nicht?«

»Ich mag ihn nicht mehr. Und dann, ich will Krankenschwester werden. Jetzt bin ich Serviererin im Schwarzen Adler in Ober-Ellmoos, mir gefällt's, mit Leuten zusammen zu sein, wissen Sie. Mir gefällt mein Beruf, doch, ja. Aber ich wollte schon immer Krankenschwester werden. Und mein Bekannter will, ich soll ihn heiraten und dann zu Hause Fenster putzen und kochen und so, nichts anderes. Da dürfte ich net mal Serviererin sein, Krankenschwester aber schon gar nicht. Und wenn der Pfarrer nicht von der Kanzel gered hätt über die Irmi und die Julchen, dann hätt ich mein Kind schon zu Haus kriegen können, und meine Mutti hätte geholfen, und ich wär auf die Krankenschwesterschule gegangen. Aber ich will kein Kind haben, wenn die Leute so gemein sind, wenn's dann leiden muß wie Julchen, das will ich net. Ich will net, daß es auf den Strich geht, wie jetzt die Julchen in Frankfurt. Also bin ich hin zum Vikar von den Lutheranern, das ist so ein junger, der weiß alles, der hilft jedem, dem hab ich gesagt so und so, und da hat er gesagt, ei ja doch, er hat Freunde in Berlin, Theologiestudenten, da kann ich wohnen, und da wohn ich jetzt auch, in der Keithstraße, und die wissen eine Telefonnummer, hat der Vikar gesagt, die von Schulz nämlich. Und die Theologen haben mir noch zusätzlich die Adresse von diesem alten Knacker gesagt, aber da geh ich nicht mehr hin, ich laß mich nicht beschimpfen. Ich geh Montag zu Schulz.«

»Wer ist denn das, dieser Schulz?«

»Weiß nicht. Ich hab da angerufen. Da meldet sich eine Schwester Berta. Und die hat gesagt, ich soll Montag früh an der Ecke ...«

Lotti zog ihren Mantel, der über dem Nachbarstuhl lag, zu sich heran, holte einen Zettel aus der Manteltasche, las ab:

»Ja, Ecke Kantstraße/Schlüterstraße soll ich sein, um neun. Da kommt dann ein dunkelgrauer Volkswagenbus und nimmt mich mit.«

»Ein dunkelgrauer Volkswagenbus?«

»Ja.«

»Solche VW-Busse gibt's viele. Wie erkennen Sie den richtigen? Habt ihr nichts verabredet?«

»O doch. Die Frau winkt aus dem Fenster.«

»Schwester Berta?«

»Ja, Schwester Berta.«

»Und Sie wollen da einfach so einsteigen? Einfach so mitfahren?«

Lotti schien überrascht.

»Aber der Herr Vikar hat's doch empfohlen. Und die Studenten auch. Es kostet sechshundert Mark. Also viel günstiger als bei diesem alten Knacker.«

»Leicht wird's nicht werden«, sagte Katharina zögernd.

Lotti trank den nicht mehr warmen Kaffee mit einem Zug aus.

»Ich halt schon durch. Oder wissen Sie was Besseres? Sie haben doch da diesen medizinischen Bücherklub oder so. Kennen Sie jemanden?«

»Ich fürchte, nein«, murmelte Katharina. Und dann sagte sie: »Sie wissen, all das, was Sie vorhaben, ist so nicht erlaubt. Ich würde nicht soviel darüber reden. Zum Beispiel mit mir. Sie kennen mich doch gar nicht.«

»Aber Sie gefallen mir.« Wieder das offene Lächeln. »Mit jemand anders, der mir net gefallen tät, würd ich net reden. Außerdem, die Theologiestudenten reden doch auch dauernd davon.« Heiter setzte sie hinzu: »Und die wollen natürlich auch mit mir schlafen. Aber ich halt sie mir vom Leib. Einer von denen hat auch gesagt, ich könnt das Kind doch kriegen und dann ja weggeben in ein Heim. In ein Heim! So wie damals der Gottfried im Waisenhaus. Der schafft jetzt als Maurer und hat drei Kinder, das heißt, im Moment ist er arbeitslos. Aber wenn den die Mutti nicht behalten hätte, der wär nicht geworden. Nix, hab ich gesagt, mein Kind kommt in kein Heim.«

»Ich habe ein paar Verbindungen«, sagte Katharina. »Wenn ich eine Schwesternschule finde, die eine Lernschwester mit Baby akzeptiert, würden Sie dann Ihr Kind behalten wollen und da hingehn?«

»Ich glaub nicht dran. Ich hab mich ja schon erkundigt. Die zahlen alle sehr wenig, und mit Baby ist es zu wenig, und jahrelang scheuert man bloß Klos und ist da angebunden. Und man lernt nix. Ich weiß net. Ich möcht jetzt kein Baby. Später ja. Aber jetzt net.«

Katharina schwieg. Die Kellnerin kam, um abzuräumen. Sie war nicht mehr jung, und ihr müdes Gesicht war etwas zu stark geschminkt. Lotti beobachtete sie, während Katharina aus ihrer Umhängetasche einen Zehn-Mark-Schein holte.

»Da bin ich schneller«, stellte Lotti dann fest. »Die ist noch net lang dabei.« Sie bedankte sich bei Katharina für den Kaffee, verabschiedete sich. Sie wurde von den Theologen zum Abendessen erwartet und wollte dafür noch einkaufen, vom Ersparten. Für Schulz würde sie nun ja weniger brauchen.

Katharina fand, sie hätte länger mit Lotti reden sollen. Aber sie war sicher, Lotti ziemlich bald wiederzusehen. Von der Kellnerin mißtrauisch betrachtet, zwischen einer Schwarzwälder Kirschtorte und einem gedeckten Apfelkuchen an der Theke lehnend, rief sie Dr. Jeremy an.

8

Eine Dreiviertelstunde später, es war schon dunkel, stand Katharina vor dem mit geschnitzten Girlanden verzierten hohen Portal eines gutbürgerlichen Hauses in der Giesebrechtstraße. Zwei gutbürgerliche Häuser weiter war bis in die sechziger Jahre hinein das berühmteste Bordell Berlins gewesen.

Rechts neben dem Portal ein Messingschild: Dr. Jeremy, Gynäkologe, Sprechstunden nach Vereinbarung. Links, ein paar Meter entfernt, unter kahlen Bäumen, eine beleuchtete Telefonzelle. Ihr fiel ein, daß sie eigentlich, seit ihrer Kindheit, Telefone haßte. Sie mochte nicht mit Leuten sprechen, die sie nicht sah. Gleichzeitig fiel ihr ein, daß sie längst hätte Gerfried anrufen müssen. Sie ging also hinüber und drehte die Durchwahlnummer ihres Büros.

Gerfried meldete sich sofort. Er hatte nur wenig Neues zu berichten. Dem Sergeant waren in Hannover von Harding drei Handgranaten übergeben worden mit der Bitte, sie nach West-Berlin zu transportieren, und in West-Berlin hatte Harding sich die Handgranaten zurückgeben lassen. Der Sergeant hatte Harding kurz zuvor in einer Bar in Hannover kennengelernt und ihn danach nie mehr gesehen. Für tausend Mark macht man so was schon mal, hatte der Sergeant erklärt.

»Dann«, fuhr Gerfried fort, »habe ich Ihren Zettel auf dem Schreibtisch gefunden. Punkt eins: Die Namen der Beamten werden uns Montag früh durchgegeben. Punkt zwei: Von Schmöllers Geschäftsstelle habe ich mir sagen lassen, wo Schmöllers Jugos wohnen. Da bin ich dann hingefahren. Natürlich Fehlanzeige. Keine Jugos, keine Spur von Eisenstangen. Aber wie die da hausen. Zehn Mann in einer Barakke auf dem Zementboden, dünne Matratzen, ein paar Dekken, ein alter Kanonenofen, sanitäre Verhältnisse unmöglich. Ich schreibe gerade ein paar Zeilen ans Gewerbe, die sollen mal dahinterleuchten. Und in der Baracke und im engen Hof alles voll mit Baumaterial. Ein alter Kerl, so eine Art Lagerverwalter, früher Polier, jetzt hat er ein steifes Bein und stinkt nach Fusel, der führte mich rum. Schmöller hat den Jugos versprochen, wenn sie treu und fleißig für ihn arbeiten, kriegen sie Wohnungen.«

»Wo arbeiten die Jugos im Moment?«

»In Zehlendorf. Schmöller baut da ein Apartmenthaus.«

»Kein Hotel?«

»Das war mal ein Hotel, vor vier Jahren. Aber es hat sich nicht rentiert, sagt Schmöllers Geschäftsführer in der Bundesallee.«

»Aha«, sagte Katharina.

»Ja. Übrigens ist das Haus Adam-Nitze-Straße heute mittag besetzt worden.«

»Ich weiß«, sagte Katharina.

Gerfried war enttäuscht. »Ach so.« Er hüstelte. »Mölling«, sagte er, »läßt Ihnen übrigens ausrichten, daß er leider heute um 18 Uhr verhindert ist. Er schlägt Montag nachmittag vor.«

»Falls er da nicht wieder mit seiner Knüppelgarde unterwegs ist«, sagte sie. Und dann berichtete sie von Tronck und Lotti.

»Verstehe ich nicht«, sagte Gerfried, »wieso Schulz seine Kundinnen mit einem VW-Bus abholt.« Er unterbrach sie. »Ach so«, sagte er wieder. »VW-Bus.«

»Ja«, sagte Katharina.

»Also da wäre er, der VW-Bus.«

»Und die Frau«, sagte Katharina.

»Schwester Berta, richtig. Scheint ja, als wäre da was dran.«

»Scheint so, ja.«

»Müßten wir da nicht doch erst mal die Theologen in der Keithstraße ausquetschen? Oder?«

»Noch nicht. Das Mädchen soll nicht erfahren, was für einen Beruf ich habe. Inzwischen aber könnten wir einige Kollegen von Sitte oder Jugend bitten, am Montagmorgen dem VW-Bus mit Lotti zu folgen. Baumann wär mir am liebsten. Dazu Leo.«

»Wäre es nicht besser, das Mädchen bis Montag früh überwachen zu lassen?«

»Weder wir noch die anderen haben Leute dafür.«

»Ziemliches Risiko, oder? Möglicherweise arbeitet Schulz ja auch übers Wochenende.«

»Ja«, sagte Katharina. »Möglicherweise.«

»Sicherer wäre wirklich, wir machten uns gleich an die Theologen ran. Und an diese Schwester Berta.«

»Dann haben wir höchstens eine Telefonnummer und eine Kontaktperson, aber keinen Beweis.«

»Tronck kommt nicht in Frage?«

»Kaum. Der lebt völlig allein.«

»Aber er kennt Schulz, sagen Sie.«

»Ich glaube nicht, daß er Schulz kennt. Er hat wohl bloß von Schulz gehört. Wenn Sie jemand ausquetschen wollen, Gerfried, versuchen Sie's mal bei Tronck.«

»In Ordnung, Ledermacherin.«

»Warnen Sie ihn. Aber erschrecken Sie ihn nicht zu sehr. Er ist ziemlich alt.«

»Verstehe. Er soll die zu alten Finger von den Frauen lassen, sonst knallen wir ihm ein Verfahren an den zu alten Hals.«

»Ja.« Mit Erstaunen hörte Katharina, daß Gerfried auch wie Zobel reden konnte. »Und noch was, Gerfried. Geben Sie doch einem der Beamten, die heute Kurierdienst machen, sämtliche Hildegard-Unterlagen für mich mit und auch alles, was über die Adam-Nitze-Straße vorliegt. Ich will das übers Wochenende noch mal durchackern. Jetzt geh ich übrigens zu Dr. Jeremy.«

»Wegen Schulz?«

»Ja. Und so leid mir's tut, Gerfried, bleiben Sie bitte übers Wochenende erreichbar.«

»In Ordnung, Ledermacherin.«

Katharina überlegte einen Augenblick, kramte dann in der Umhängetasche nach ihrem zerfledderten Notizbuch, suchte die Telefonnummer von Krause, Hannelore.

Es dauerte lange, bis sich Hannelore meldete. Katharina wollte gerade wieder einhängen. Hannelore war außer Atem. Die dunkle Stimme vibrierte.

»Ach du bist's, Katy. Ich war ja schon draußen auf der Treppe, da hab ich's läuten hören. Mach schnell, ich muß zum Dienst.«

»Stripst du noch?«

»Ja. Nein. Was ist?«

»Ich muß dich sprechen.«

»Dringend?«
»Dringend.«
»Aber jetzt geht's nicht. Morgen früh um zehn?«
»Wo?«
»Möhring. Was willst du wissen?«
»Ob du zufällig einen gewissen Schulz kennst.«
»Schulz?« kam es gedehnt. »Friseur?«
»Ja.«
»Oh. Brauchst du eine Dauerwelle?«
»Nein. Es ist dienstlich.«
»Ach so.« Hannelore schien enttäuscht. Sie hatte es auch wieder eilig. »Also bis morgen, Katy. Tschau.«

Dr. Jeremy hatte im zweiten Stock eine Zehn-Zimmer-Wohnung als Praxis ausgebaut. Die Wohnungstür stand angelehnt. Der helltapezierte Vorplatz war als Warteraum eingerichtet. Da saßen, obwohl es schon nach sechs war, noch fünf Patientinnen in knisternden Korbstühlen unter alten Stichen. Zwei von den Damen älter, eine der jüngeren sehr elegant. Katharina kannte diese Art Eleganz bei jungen Frauen. Das gutmütige, etwas dümmliche, um eine Spur zu aufgedonnerte Gesicht gehörte dazu.

Sie ging weiter bis zu dem Zimmer, über dessen offener Tür stand: Anmeldung. Im Zimmer zwei Schreibtische Kopf an Kopf gestellt, an den Wänden Regale und Karteien. Zwei hübsche Mädchen in weißen Kitteln füllten aus, suchten, schrieben, telefonierten. Links ging es in die Untersuchungs- und Behandlungszimmer, rechts zu den Laborräumen. Eine junge Frau in sehr kurzem weißen Kittel lief lachend mit einem weißen Apparat, an dem ein weißer Gummischlauch befestig war, von rechts nach links durchs Anmeldezimmer. Ein hochgewachsener etwas fülliger Mann mit einer dichten Mähne grauschwarzer Haare folgte. Aus dem Behandlungszimmer nebenan hörte Katharina sein Lachen und das Gelächter von zwei Frauen. Sie erklärte einem der Mädchen, daß sie den Doktor dringend sprechen müßte. Mit leiser Stimme wurde sie gebeten, einen Augenblick im Vorraum zu warten.

Ein knisternder Stuhl und ein Stich waren noch frei. Aber bevor sie sehen konnte, was der Stich darstellte, kam das andere Mädchen schon hinterher und rief mit lauter Stimme: »Frau Ledermacher, bitte.« Die fünf Patientinnen betrachteten sie daraufhin mit Mißvergnügen.

Dr. Jeremy empfing Katharina vor dem Untersuchungszimmer, führte sie hinein, zog die Doppeltür hinter ihr zu.

»Was kann ich für die Polizei noch tun?« fragte Dr. Jeremy mit leichter Betonung auf »noch« und wies auf einen der weichen Sessel zwischen Schreibtisch und Untersuchungsstuhl. Katharina dachte flüchtig daran, daß sie, wegen der fälligen Routineuntersuchung, demnächst bei ihrem Arzt auf ein ähnliches Gestell würde klettern müssen.

Sie setzte sich. Dr. Jeremy sah sie abwartend an.

»Ich weiß, daß Sie mit meiner Kollegin Doris Wingert bereits ein längeres Gespräch hatten«, begann Katharina.

Dr. Jeremy setzte sich seufzend ihr gegenüber in einen breiten Sessel.

»Kann man sagen, ja. Und besonders mit Ihren energischen Kollegen von der politischen Abteilung. Das war schon fast geschäftsschädigend, wie die sich hier aufführten.« Dr. Jeremy saß scheinbar entspannt da, die Hände zwischen den Knien gefaltet. Aber er war nervös und überarbeitet.

»Ich werde also versuchen, mich auf wenige Fragen zu beschränken«, sagte Katharina. »Zunächst: Soviel ich weiß, ist die Technik, mit Hilfe der Vakuumpumpe eine Schwangerschaft zu beenden, erst seit wenigen Jahren bekannt. Wo kann ein Arzt diese Technik lernen?«

»Zweckmäßigerweise dort, wo sie entwickelt wurde, in den Niederlanden. Ich habe vor einigen Jahren einen Urlaub dazu benutzt, um bei Amsterdamer Kollegen Methode und Anwendung der Saug-Curetage zu studieren. Inzwischen haben aber auch hiesige Kollegen Erfahrungen sammeln können.«

»Viele Kollegen?«

»Nein.«

»Worauf führen Sie das zurück?«

Schulterzucken.

»Kann die Absaugmethode wirklich, wie berichtet wird, relativ gefahrlos und schmerzfrei angewendet werden?«

»Von Experten. Nur von Experten. Und unter bestimmten Voraussetzungen. Zu denen gehört, daß die Schwangerschaft nicht zu weit vorgeschritten sein darf. Stümper können erhebliche Verletzungen herbeiführen, wie sie ja auch nach Auskunft Ihrer Kollegin an der Leiche der jungen Frau in der Wannseevilla festgestellt wurden.«

»Ich möchte meine vorige Frage wiederholen: Warum gibt es zu wenige Experten auf diesem Gebiet unter den Gynäkologen?«

Das Telefon summte. Dr. Jeremy erhob sich und ging um Katharina herum zum Schreibtisch.

»Überlastung«, sagte er, »Trägheit, uneingestanden Ideologisches. Unter Schmerzen sollst du gebären. So was. Steckt immer noch in vielen Köpfen.«

Er nahm den Hörer ab, murmelte: »Ja?«

Katharina hörte eine klagend und anklagend gedehnte Frauenstimme. Die Stimme war so laut, daß Katharina einzelne Worte verstand: Frau im Lammfellmantel ... mußt du verstehn ... rote Lackstiefel ... überhaupt seit vorgestern ... noch nie hier ... eben in Anmeldung.

Dr. Jeremy hörte geduldig zu. Er schien sogar leicht belustigt. »Hör mal«, sagte er, »ich hab jetzt keine Zeit. Ruf später an.«

Die Stimme im Telefon: ... genauer in Augenschein ...

Dr. Jeremy, weiterhin freundlich, aber bestimmt: »Nein. Komm nicht rüber. Neulich bist du in so einem schmuddeligen Schlafrock hier erschienen, das will ich doch lieber nicht noch mal ...«

Die Stimme unterbrach entrüstet: Erlaube, das ... echt orientalisch ... das kriegst du nicht unter fünf, sechs ... seltenes Stück ...

»Wirklich«, sagte Dr. Jeremy, »es geht jetzt nicht.« Und damit hing er ein. Er drückte den Knopf der Sprechanlage auf dem Schreibtisch. »Bitte in den nächsten fünf Minuten kein Gespräch mehr durchstellen.« Und zu Katharina gewendet sagte er nur: »Entschuldigung.«

Eine Erklärung zu geben hielt er für unnötig. Katharina wußte auch so Bescheid. Die übliche eifersüchtige Ehefrau des beliebten Gynäkologen. Immerhin, die Variante mit dem schmuddeligen Schlafrock war neu. Da Dr. Jeremy ihr mit seiner letzten Bemerkung zu verstehen gegeben hatte, daß nur noch fünf Minuten für sie vorgesehen waren, fragte sie gleich weiter: »Ist Ihnen ein Kollege namens Schulz bekannt?« Dr. Jeremy blieb hinter dem Schreibtisch sitzen. Er fuhr sich durch seine Haare.

»Kollege? Hier in Berlin?«

»Ja.«

»Zumindest ist er auf diesem Gebiet tätig.«

»Interessant. Von den sicher zahlreichen Ärzten, die Schulz heißen, kenne ich zufälligerweise keinen einzigen. Tut mir leid.«

Katharina lächelte und stand auf. »Vielen Dank, Dr. Jeremy. Ich möchte Sie nicht länger aufhalten. Hier ist meine Büronummer.« Sie wühlte aus der Umhängetasche einen Lippenstift, ein angebrochenes nicht mehr sauberes Päckchen mit Pflastern verschiedener Länge, das halbzerrissene Notizbuch und schließlich eine Visitenkarte hervor. Sie stopfte die anderen Dinge zurück in die Tasche und legte die Visitenkarte auf den Schreibtisch. Dr. Jeremy hatte sich inzwischen erhoben und ruhig gewartet. Jetzt klemmte er die Visitenkarte in die Schreibunterlage.

»Für den Fall, daß mir der Stümper über den Weg läuft, der Ihre junge Dame zu Tode gebracht hat?« fragte er.

»Wer weiß«, meinte Katharina und ließ sich von ihm ins Anmeldezimmer begleiten.

»Übrigens«, sagte Dr. Jeremy und nickte den beiden Mädchen hinter den Schreibtischen zu, »wir haben alle Unterlagen in den Karteien geprüft und mit den von Ihrer Kollegin angegebenen Daten verglichen. Ich halte es für ausgeschlossen, daß die fragliche junge Frau jemals mit uns Kontakt hatte.«

Katharina bedankte sich noch mal. Bevor sie hinausging, blickte sie kurz durchs vorhanglose Fenster. Obwohl es stark spiegelte, sah sie draußen Schatten von Bäumen und Ästen. Und dahinter erleuchtete Fenster in der Rückfassade eines anderen Hauses. Ein Fenster war geöffnet. Der Ausschnitt einer Küche war zu erkennen. Ein alter Mann hantierte am Herd. Katharina dachte an den Film *Ein Fenster zum Hof.* Und sie dachte, ob drüben wohl die Frau des Gynäkologen aus einem dunklen Hinterzimmer oder einer dunklen Küche in den hellen Anmelderaum der Praxis ihres Mannes starrte. Die anderen Räume waren mit Mattglasscheiben bis oben hin versehen.

Abends saß sie über den Akten am Küchentisch, eine Korbflasche mit spanischem Wein neben sich. Robert, Zigarillo rauchend, telefonierte und schrieb Adressenlisten im Arbeitszimmer. Er hatte gefragt, ob es ihr schaden könne, wenn er gemeinsam mit den etwa hundert anderen Betroffenen Klage gegen Unbekannt einreichte wegen Hausfriedensbruchs, mutwilliger Zerstörung von Möbeln und Beschädigung von Wohnraum. Sie hatte gelacht und gesagt, daß dies im Gegenteil sehr gut für sie sei.

Sie konnte von der Küche aus einen Schuh und ein Stück Cordhose von Robert sehen. Die Wohnung war hell erleuchtet, und alle Türen standen weit offen. Nur die Tür von Kathinkas Zimmer war geschlossen. Kathinka wollte nicht gestört werden. Sie hatte mathematische Probleme. Sie versuchte, eine E-Funktion zu lösen. Zuvor hatte sie in der Küche das schmutzige Geschirr abgewaschen, ein unerwarteter Gunstbeweis.

9

Nach Katharinas Erfahrung gab es drei Varianten für die Lösung ihrer Fälle:

Einmal die Wühlmethode, das geduldige Sammeln von Beweisstücken. Man stochert in der Asche eines verbrannten Hauses, in den Trümmern eines Autowracks, untersucht Blut- und Geschoßspuren, Marmeladegläser, Stoffreste, Briefumschläge, Sessellehnen, Zimmerwände, Abfalleimer, Seifenschachteln. Der Täter ist entweder schon geschnappt, man muß ihm nur noch beweisen, daß er's ist. Oder er wird auf Grund der Beweisstücke geschnappt werden. Falls er solange wartet.

Dann die Schreibtischmethode. Man liest Berge von Akten, vergleicht, prüft Details, fordert Computer-Daten an, forscht weiter, legt einen rasch verstaubenden neuen Aktenberg an, sortiert, heftet ab, korrespondiert und weiß schließlich nach Monaten, manchmal auch erst nach Jahren: der muß es gewesen sein. Falls man ihn dann noch kriegt.

Schließlich die Lucki-Lucki-Methode. (Die Bezeichnung stammte von Katharinas Vetter Ludwig, Pastor in Hamburg-Sasel. Sie hatte ihn ein einziges Mal predigen hören, vor zwanzig Jahren. Er hatte von den unaufhörlich und vielfältig sündigenden Menschen gesprochen, und daß Gott nichts davon entgeht: »Denn Gott macht immer Lucki-Lucki.«) Lucki-Lucki, das bedeutet: man fährt umher, von einer Adresse zur nächsten, man redet mit vielen Leuten, dann redet man mit den meisten von ihnen ein zweites, drittes Mal, man redet tagelang, wochenlang, hört tagelang, wochenlang zu, beobachtet, setzt sich Perücken auf, steht hinter Bäumen und in Kellereingängen, bis man schließlich durchblickt.

Die meisten Fälle erforderten eine Mischung der drei Methoden, aber jeder Fall tendierte zu einer der Methoden. Und es sah so aus, als tendierte Hildegard zur Lucki-Lucki-Variante.

Samstag früh wollte Katharina als erstes nach dem Auto sehen. Robert hatte keine Schule, er schlief noch. Und Kathinka war schon unterwegs, vermutlich, um vor der Schule rasch in die Adam-Nitze-Straße zu gehen und den Erfolg der wieder in Gang gebrachten Licht- und Wasserversorgung mitzufeiern.

Es war immer noch Vorfrühling, milde Morgendämmerung mit sanftem Wind, der den Staub und dreckiges Papier in den Straßen nur mäßig bewegte. Auf dem Karl-August-Platz wurden die Marktstände aufgebaut. Renate und ihr Mann waren noch nicht da, aber Lieschen Fröhlich hantierte schon im Gemüse.

Im Hof des Apartmenthauses stieg Katharina in ihr schmutzblindes Auto und versuchte zu starten. Aber die Batterie war leer. Katharina hatte das Auto zu lange in Kälte und Nässe stehen lassen. Sie kehrte um. Sie hatte mit Robert vereinbart, daß jeder jederzeit das Auto des anderen fahren könne. Das bedeutete, daß Katharina, wenn sie ein

Auto brauchte, mit Roberts Auto fuhr und Robert dann eben zu Fuß ging.

Sie legte Robert einen Zettel auf den Küchentisch, nahm die Autoschlüssel vom Haken über dem Eisschrank, der von Möllings Beamten erstaunlicherweise nicht in Stücke geschlagen worden war, und fuhr erst zum Bahnhof Zoo, dann zum Café Möhring an der Ecke Kurfürstendamm/Uhlandstraße.

Vor ein paar Sommern hatte es zum Sonntagsritual von Robert und Katharina gehört, vormittags zum Bahnhof Zoo zu gehen. Dort kaufte Katharina dann die *Basler Nationalzeitung* und Robert *The Times*. Anschließend lasen sie ihre Zeitungen im Café Möhring. Später verlor Katharina das Interesse an der *Basler Nationalzeitung*, das Ritual änderte sich. Sie fuhren in den Grunewald oder an den Schlachtensee und gingen dort spazieren.

Katharina war seit zwei Jahren nicht mehr hiergewesen. Aber die mondänen Leute, die neben ihr saßen und gelangweilt taten, schienen die gleichen zu sein. Es war noch zu früh für die Stammkunden. Nur der Bildhauer, dessen gebräuntes hageres Gesicht mit den weißen Haaren und der Ledermütze darüber sie damals fasziniert hatte, saß ihr schräg gegenüber, und sein Profil war immer noch eindrucksvoll. Früher war er erst gegen Mittag gekommen, begleitet von Schülern und Schülerinnen. Der portugiesische Kellner bediente sie, wie er sie zwei Jahre zuvor bedient hatte, würdevoll, schnell und mit einem sparsamen Lächeln des Wiedererkennens. So saß sie da, kurz vor zehn, mit einer Tasse Kaffee und der *Basler Nationalzeitung*, und wartete auf Hannelore.

Sie hatte Hannelore Krause vor Jahren kennengelernt, als sie gerade in Berlin angefangen hatte und noch nicht bei der Tötung war. Ein Mann namens Karl Stumpff war aus der Vollzugsanstalt Tegel ausgebrochen, und die Polizei hatte ihn bei seiner Freundin Krause vermutet. Später hatte sich herausgestellt, daß diese Vermutung falsch gewesen war, Stumpff wurde nach zwei Wochen halbverhungert in einer Spandauer Schrebergartenkolonie verhaftet. Obwohl Stumpff als gefährlicher Schläger galt, hatte man es aber zunächst für richtig gehalten, eine Frau zur Erkundung in die Wohnung vorauszuschicken. Vermutlich war ein besonders durchtrainierter Kopf der mittleren Polizeiführung der Meinung gewesen, zarter weiblicher Spürsinn werde hier eher etwas zutage fördern als männliche Härte.

Hannelores Zwei-Zimmer-Wohnung am Breitenbachplatz war ganz und gar mit Fellen und weichen Stoffen ausgelegt gewesen, und auf der samtüberzogenen Doppelcouch lagen bunte Kissen. Die kleine üppige Brünette, kindliches Gesicht, weit auseinanderstehende Augen, hatte mit der dunkelsten, der tiefsten Stimme, die für eine Frau überhaupt denkbar war, munter drauflosgeschwatzt, Berliner Hochdeutsch mit bayerischen Untertönen.

»Ich will Ihnen was sagen. Wär der Karli hier, Sie würden's merken. An meinem Gesicht nämlich. Der Karli, wenn er weg war und zurückkommt, der schlägt mir sofort ein Veilchen. Warum? Erstens ist er eifersüchtig und denkt, ich hätt ihn inzwischen betrogen, womit er meistens recht hat. Zweitens kann ich mit einem blaugeschlagenen Auge nicht zur Arbeit gehn, und der Karli hat mich ein paar Tage für sich, sehn Sie.« Früher war Hannelore Krankenschwester gewesen. »Aber ich bitte dich«, hatte sie Katharina nach drei Wochen und dem vierten Cognac erklärt, »wie kommt man da zu Geld. Doch nicht, indem man mit armen Assistenzärzten schläft.«

Katharina hatte sie lange nicht gesehen. Das letzte Mal, als sie mit Kathinka im vorigen Sommer durch den Zoo lief. Da war ihnen, bei den müden Löwen, plötzlich Hannelore entgegengekommen. Kathinka hatte Hannelore gleich gemocht, beide Mädchen waren dann Arm in Arm und kichernd und schwatzend mit Katharina weitergezogen. Bei den Affen hatten sie den leicht verlegenen Gerfried und seine Zwillinge getroffen, die gerade von der Mengenlehre sprachen und zugleich den violett schimmernden, schnell sich bewegenden Hintern eines kopulierenden Mandrills betrachteten.

Hannelore war es damals nicht gutgegangen. Die Striperei ödete sie an und sicher hatte sie auch keinen Kerl gehabt, sonst wäre sie nicht allein im Zoo herumgelaufen. Karli Stumpff saß schon wieder, wegen einer Kneipenschlägerei mit Todesfolge. Und er würde noch mindestens fünf Jahre sitzen müssen, überlegte Katharina, während sie Hannelore entgegensah, die gerade das Café betrat.

Hannelore sah gut aus, und sie machte einen fröhlichen Eindruck, abgesehen von einem grüngelben Fleck unter dem rechten Auge. Der war zwar dick überschminkt, schimmerte aber deutlich durch. Sie lachte ein sonores Lachen, daß die Gäste an den Nebentischen trotz aller Blasiertheit aufschauten.

»Keine Angst, Katy«, sagte sie, streifte die dunkle Biberpelzjacke ab, warf sie auf einen freien Stuhl und setzte sich zu Katharina. »Der Karli ist nicht ausgebrochen.« Sie bestellte beim Portugiesen eine dreifache Bloody Mary. »Bloß, ich blöde Kuh bin ja schon wieder auf so einen Typ reingefallen. Aber zum letztenmal, das schwör ich. Ich laß mich von keinem mehr verhaun. Verpaßt der mir das Ding, weil er gemerkt hat, daß ich noch einen anderen habe, einen Jungen, sage ich dir, der ist so schön, daß du ganz geistlich wirst, wenn er so vor dir steht. So schön ist er. Und er haut kein bißchen.«

Katharina wartete, bis Hannelore nach der Hälfte der dreifachen Mary weniger mit Erinnerungen an geistliche Freuden beschäftigt war. »Ich bin nämlich erst um sieben heute früh nach Hause gekommen«, erklärte Hannelore zwischen gierigen Schlucken, »dann nur zwei Stunden Schlaf. Mach's kurz, ich muß noch Schuhe kaufen.«

Jetzt berichtete Katharina von Lotti und Dr. Tronck, und daß Dr. Tronck hinter Lotti hergerufen hatte: dann geh doch zu Schulz.

»Also deine Freundin war mit dem Friseur nicht zufrieden«, sagte Hannelore.

»Sie fand, daß er viel zu alt und grob war. Sie ist deshalb ohne Dauerwelle wieder weggegangen.«

»Aber es ist wirklich ein guter Friseur. Und er macht die allerbesten Dauerwellen. Und daß er grob ist, mei, darauf braucht man doch nicht zu achten.«

»Du kennst den alten Friseur?«

»Ja.«

»Und Schulz kennst du also auch.«

Pause.

»Was willst du von Schulz?« fragte Hannelore.

»Er hat möglicherweise eine Kundin auf dem Gewissen«, sagte Katharina.

Hannelore dachte nach. Es gab eine unausgesprochene Übereinkunft zwischen Hannelore und Katharina: ehrlich zu sein, aber auch zu respektieren, daß keine von ihnen beiden immer alles sagen konnte, was sie wußte.

»Er will das Geschäft im großen betreiben«, sagte Hannelore schließlich. »Er wollte mich anwerben. Er sucht Leute, die Krankenschwester oder Krankenpfleger waren. Als Aktive, wie er sagt, oder als Anlaufstelle. Er sucht auch stille Teilhaber.«

»Wie hast du ihn kennengelernt?«

Hannelore überging die Frage. »Er hat von viel Geld für mich geredet. Nicht deutlich, verstehst du, aber deutlich genug. Ich hab drumherum geredet. Ich will mit so was eigentlich nichts zu tun haben. Der alte grobe Friseur ist seriös. Schulz, das weiß ich nicht. Ich will allmählich aufhören mit der Titten-Show. Im Frühling hab ich noch die Lüneburger Heide und dann ein Dorf in Westfalen, die Bauern zahlen gut, aber deshalb geh ich nicht in noch was Mieseres. Ich will wieder zurück in meinen alten Beruf.«

»Krankenschwester?«

»Nachtschwester. Heut nacht war ich im Klinikum Westend. Da kriegst du über hundert Mark die Nacht. Tagsüber kann ich nicht mehr arbeiten, das ist vorbei, ich kann mich einfach nicht umstellen. Aber wenn ich fünfmal die Woche als freie Nachtschwester geh, hab ich fast soviel im Monat wie mit dem Arschgewackel achtmal die Woche. Und nur 'n bißchen weniger als bei Schulz. Nein, ich sag ihm ab.«

»Wann?«

Hannelore lächelte. »Er ist im Moment nicht in Berlin. Kommt heute nachmittag zurück. Und ruft mich nach vier an. Vorher schlaf ich, da häng ich das Telefon immer aus.«

»Wo wohnt er hier?«

»Keine Ahnung.«

»Ist er Arzt?«

Hannelore überging auch diese Frage. Sie trank den Rest der dreifachen Mary und angelte nach ihrer Felljacke.

»Wär's das, Katy?«

Katharina rührte in ihrer leeren Kaffeetasse. Dann sagte sie: »Du könntest mir einen Gefallen tun.«

»Mhm«, machte Hannelore.

»Wenn er dich anruft, sag ihm, daß du zwar nicht einsteigen kannst, weil du andere vertragliche Verpflichtungen hast, aus denen du nicht rauskommst, oder so was, daß du aber eine stille Teilhaberin für ihn weißt, eine Schweizerin, Hedwig Boncœur. Ich glaube, die trifft nachmittags im Schweizer Hof ein.«

»Ach«, sagte Hannelore.

»Ja.«

Hannelore stand auf und zog die Pelzjacke an. »Ich mach das für dich. Aber ich will dir was sagen: wenn ich aus meinem beschissenen Job aussteige, Katy, kannst du dann nicht auch aus deinem beschissenen Job aussteigen? Wir könnten doch was machen, zusammen, wir beide, oder? Irgendwas, Katy, was gut ist.»

10

Hedwig Boncœur erreichte gegen sechzehn Uhr, zusammen mit den Passagieren des Fluges Frankfurt—Berlin, die Tempelhofer Abfertigungshalle, ging an den anderen vorbei, die neben den Rollbändern auf ihr Gepäck warteten, trat hinaus und sah, daß da schon viele Leute auf Taxis warteten. Indigniert stellte sie ihre Reisetasche aus weichem hellbraunen Juchtenleder aufs Pflaster und ihre gleichfarbige Beauty Case daneben. Frau Boncœur trug einen feinen englischen Tuchmantel, außen Kamelhaar, innen Hahnentritt oder, wie Frau Boncœur sagte: *piède-poule.* Der Mantel war ein Reversible. Unter dem Mantel trug sie ein Deux-pièces, ein Reisekostüm, ebenfalls in *piède-poule,* um das Handgelenk eine falsche Uhr aus Weißgold mit römischen Ziffern, um den Hals eine sehr kostbare dicke goldene Kette, die wie billiger Modeschmuck gearbeitet war. Die vorzüglich gelegten Wellen ihrer blonden Haare wurden von einem weichen Filzhut beschützt. Aber offensichtlich hatte sie keinen Regenschirm. Sie blickte mehrmals besorgt auf die sich jetzt langsam ineinanderschiebenden dunklen Wolken über Berlin, bevor sie endlich in ein Taxi steigen und zum Schweizer Hof fahren konnte. Dort bezog sie das aus Zürich telegrafisch vorbestellte Zimmer mit Bad, schlief anderthalb Stunden, ging dann einen kleinen Schaufensterbummel machen, kehrte gegen neunzehn Uhr ins Hotel zurück, ließ sich einen Toast und ein Mineralwasser aufs Zimmer bringen und saß anschließend, bei einem Glas Sherry, von dem sie nichts trank, eine Schweizer Illustrierte durchblätternd, in der Hotelhalle.

Vorangegangen waren am späten Vormittag sechzehn Telefongespräche Katharinas von ihrem Büro aus:

Mit der Schwester eines Kostümbildners, den sie aus der kurzen Zeit ihrer Beinah-Liaison mit dem Schiller-Theater-Dramaturgen kannte und vor drei Monaten in Neumanns Weinstuben wiedergetroffen hatte. Sie wußte, daß er lange schlief, wenn keine Probe war. Es war Probe. Sie ließ ihn im Theater suchen und aus der zweiten Hauptprobe herausrufen.

Mit der Mutter einer Schauspielerin, deren Garderobe der Kostümbildner empfohlen hatte. Die Schauspielerin grub im Tessin ihren Garten um.

Wieder mit dem Kostümbildner, sanft und geduldig, empfahl die Garderobe der Frau eines ihm bekannten Rechtsanwalts.

Mit dem sechzehnjährigen Sohn des Rechtsanwalts. Die Dame machte Einkäufe.

Mit ihrem früheren Mann Ruëdi Scheidt in Zürich-Kilchberg, der besorgt war über die Entwicklung von Kathinka. Katharina schrieb die Minuten auf, weil das Gespräch einen überwiegend privaten Charakter angenommen hatte und sie die Gebühren dafür ersetzen mußte. Mit dem Mann ihrer früheren Zürcher Freundin Hedwig Boncœur. Hedwig Boncœur machte Einkäufe.

Mit einem diensttuenden Beamten der Asservatenkammer. Katharina wußte aus dem Kripo-Informationsdienst, daß kürzlich zwei gefälschte Schweizer Pässe sichergestellt worden waren. Der Beamte erklärte, daß diese Pässe in Zusammenarbeit mit Schweizer Behörden noch eingehend untersucht werden müßten.

Mit der Frau des stellvertretenden Leiters der Asservatenkammer. Der stellvertretende Leiter der Asservatenkammer reparierte sein Auto in einer vierhundert Meter von der Wohnung entfernten Sammelgarage.

Mit Robert, der gerade Gemüse und Fleisch fürs Wochenende besorgt hatte und nachmittags ins Kino wollte. Katharina teilte ihm mit, daß sie nicht vor morgen früh zu Hause sein könne. Aber er solle sich keine Sorgen machen. Sie sei erstklassig untergebracht.

Mit dem stellvertretenden Leiter der Asservatenkammer. Der hatte Bedenken. Schließlich war er bereit, Katharina einen leeren roten Paß-Einband zur Verfügung zu stellen. Er hatte aber weiterhin Bedenken.

Mit der Frau des Rechtsanwalts, lange.

Mit Hedwig Boncœur, sehr lange. Trotz zum Teil privatem Charakter des Gesprächs schrieb sie keine Minuten auf.

Mit der Samstagsaushilfe der Telefonzentrale des Theaters, die nicht mehr wagte, nach dem Kostümbildner zu suchen.

Mit der Frau von Gerfried. Ihr Mann war dienstlich unterwegs.

Mit dem Kommandeur der Flughafenpolizei Berlin-Tempelhof.

Dann hatte Katharina im Ankleidezimmer der Frau des Rechtsanwalts zwei Stunden lang geändert, genäht, gesteckt. Die Atmosphäre war frostig gewesen. Katharina hatte den Eindruck gehabt, daß die Frau des Rechtsanwalts vor kurzem noch ziemlich eng mit dem Kostümbildner befreundet gewesen war. Der Rechtsanwalt selbst, schon älter, um die Sechzig, hatte lange und sorgfältig Katharinas Kriminalbeamtenausweis geprüft, zur Sicherheit auch unbedingt in Katharinas Büro anrufen wollen. Da meldete sich glücklicherweise Gerfried, der seinerseits hinter Katharina hertelefoniert hatte. Er kam von Tronck. Der alte Mann hätte von Schulz wohl wirklich nur was gehört. Allerdings glaube Tronck, das Wort Schulz sei aus den Anfangsbuchstaben von vier Ärzten zusammengesetzt, die eine gemeinsame Abtreibungsfirma gegründet hätten. »Tronck konnte aber keine Angaben über in Frage kommende Namen machen«, sagte Gerfried. Der Rechtsanwalt sicherte nunmehr der schwierigen, wenn auch im Moment wohl reichlich ungewöhnlichen Arbeit der Frau Oberkommissarin Ledermacher seine volle Unterstützung zu. Er war, wie er wissen ließ, Ritter des päpstlichen Ordens vom Heiligen Grab und zweiter Vorsitzender der Schutzgemeinschaft Christliche Familie, die jede Abtreibung entschieden bekämpfte.

Bevor Katharina die Zehlendorfer Villa des Rechtsanwalts in einem Taxi verließ, betrachtete sie sich im Spiegel. Ihre Ähnlichkeit mit der Frau des Rechtsanwalts war erschrekkend. Sie begriff nicht, wie der Kostümbildner mit dieser Frau befreundet gewesen sein konnte.

Um zwanzig Uhr zeigte sich im Eingang der Hotelhalle ein Page, der diskret auf Frau Boncœur wies und sich gleich wieder zurückzog. Hinter ihm stand ein schlanker, etwa vierzigjähriger Mann. Dunkler Anzug mit Weste, schwarzer Aktenkoffer, dichte rotblond schimmernde Haare, teuer gefaßte Goldrandbrille, beherrschtes Gesicht, das aussah, als dufte es nach teuren Wassern. Der Mann ging gemessen auf Hedwig Boncœur zu, verbeugte sich.

»Madame Boncœur?«

Hedwig Boncœur blickte auf, lächelte knapp zur Begrüßung. Tatsächlich wehte ihr ein Hauch von Irish Moos entgegen. Sie reichte Schulz die linke Hand, da sie mit der rechten noch die Illustrierte hielt. Schulz hob ihre Hand an sein Gesicht und näherte seinen etwas zu weichen Mund dem Handrücken bis auf einen Zentimeter. Frau Boncœur zog die Hand wieder zurück.

»Nehmen Sie doch Platz, Herr Schulz«, sagte sie. Sie sprach Hochdeutsch mit Schweizer Rachenlauten und Zürcher Sprachtönung.

Schulz verbeugte sich abermals und setzte sich in den Sessel ihr gegenüber. Beim Kellner, der lautlos näher trat, bestellte er einen Orangensaft.

»Wir sind uns schon heute nachmittag begegnet, Frau Boncœur«, begann Schulz. »In Tempelhof. Aber Sie haben mich nicht bemerkt. Sie kamen aus Frankfurt, nicht wahr?« Er lächelte, schob den Aktenkoffer dicht an seinen Sessel heran. »Hatten Sie einen angenehmen Flug?« erkundigte er sich.

»Danke. Unangenehm war nur der Start heute früh in Kloten. Wir haben da Föhn im Moment.«

»Ja, richtig.« Schulz lehnte sich behaglich zurück. »Davon sprach ja auch Ihr Herr Gemahl.«

»Oh.« Frau Boncœur hielt ihren Kopf etwas schräg. »Sie haben mit meinem Mann gesprochen?«

»Ich wollte mich nur vergewissern, keinem Mißverständnis unterlegen zu sein. Ihr Gatte hatte dabei die Liebenswürdigkeit, die dunkle Farbe Ihrer Haare zu erwähnen. Nun bin ich natürlich überrascht, Sie blond vor mir sitzen zu sehen.«

»Wären Sie, da Ihnen die Erfindung der Perücke nicht verborgen geblieben ist, nicht ebenso überrascht gewesen, wenn ich wirklich mit dunklen Haaren vor Ihnen säße?«

Schulz lachte ein kurzes, trockenes Lachen.

»Wahrscheinlich.« Er trank einen Schluck vom Orangensaft, den der Kellner inzwischen auf den niedrigen Tisch gestellt hatte.

»Wie wär's also, wir beenden unsere Konversation und reden vom Geschäft«, meinte Frau Boncœur.

Schulz schien einen Moment überrascht. Dann wurde sein Gesichtsausdruck sachlich.

»Wie Sie wünschen. Ich gehe dabei selbstverständlich davon aus, daß Sie möglicherweise Frau Boncœur sind, sicher aber nicht die eigentliche Geldgeberin, sondern nur beauftragt, um vorzufühlen.«

»Ich gehe davon aus, daß es möglicherweise einen Mann oder eine Firma namens Schulz gibt, daß Sie aber nicht im eigentlichen Sinn Schulz sind, sondern nur beauftragt, mit jemand, der vorfühlt, Kontakt aufzunehmen.«

»Genau. Ferner nehme ich an, daß die Gelder, die Sie unterzubringen gedenken, steuerlich nicht erfaßt sind.«

»Während ich annehme«, sagte Frau Boncœur und hielt wieder auf ihre charakteristische Weise den Kopf etwas schräg, »daß Sie für Ihre Unternehmungen keinen Bankkredit erhalten würden.«

Das höflich zustimmende Lächeln von Schulz gefror ein wenig.

»Unsere gemeinsame kleine Freundin hat Andeutungen gemacht?«

»Unsere gemeinsame kleine Freundin ist nicht dümmer als Sie oder ich.«

Das Gesicht von Schulz entspannte sich wieder.

»Wo haben Sie sie kennengelernt?«

»Frage ich Sie, woher Sie unsere gemeinsame kleine Freundin kennen?«

Schulz schien nun doch etwas aus der Fassung gebracht. Er starrte Frau Boncœur nachdenklich an.

»Nein«, murmelte er.

»Dann erläutern Sie bitte das Projekt«, sagte Frau Boncœur.

Schulz hob den Aktenkoffer auf seine Knie. Er lächelte wieder. Frau Boncœur hatte ihn überzeugt.

»Die Firma unterhält zur Zeit fünf VW-Busse in der Bundesrepublik und einen in West-Berlin. Jedes Fahrzeug ist besetzt mit einer männlichen und einer weiblichen Hilfskraft. So fuhr vor Jahren der Seniorchef mit der Seniorchefin im ersten VW-Bus über die Lande, und das Prinzip, ein Mann, eine Frau, soll auch während der allmählichen Ausweitung des Unternehmens beibehalten werden, weil es sich bewährt hat. Mit der ersten Erhöhung der Fahrzeuganzahl wurde gleichzeitig ein Verteiler- und Anlaufkreis geschaffen, in verschiedenen kleinen und mittleren Städten der Bundesrepublik. Es ist uns gelungen, in diesen Kreis linke oder sonstwie fortschrittlich geltende Gruppen einzubeziehen. Mit Hilfe dieses Verteilerkreises nun war es möglich, die Ausnutzungskapazität der Fahrzeuge auf durchschnittlich drei Vorgänge pro Tag und Fahrzeug zu steigern. Das ist, bei einer Fünf-Tage-Woche, gleichbedeutend mit einem monatlichen Umsatz von über zweihunderttausend Mark. Nach sorgfältiger Marktanalyse ist die Firmenleitung nun zu dem Schluß gekommen, daß der Zeitpunkt für eine weitere und großzügige Ausweitung des Unternehmens günstig ist. Es ist an die Einstellung eines hochqualifizierten Betriebswirts gedacht. Umfangreiche Personal- und Sachinvestitionen, scharf kalkulierte Preise und Qualität der Ausführung jedes einzelnen Vorgangs können dann den bisher bescheidenen Marktanteil der Firma — Sie wissen, man rechnet mit bis zu einer Million Vorgänge pro Jahr im Gebiet der Bundesrepublik allein — erheblich vergrößern, ja, den Einbruch in das internationale Geschäft ermöglichen. Warum sollen die Holländer und Engländer den deutschen Markt beherrschen. Sehen Sie, das ist die Grundidee. Bisher war unser Personal fachlich nicht immer genügend ausgebildet, die Instrumente waren häufig unzulänglich ...«

»Hat es Todesfälle gegeben?« fragte Frau Boncœur bedächtig.

Schulz legte beide Hände nebeneinander auf den Aktenkoffer.

»Ich würde das nicht so formulieren.«

»Also ja.«

»Aber gnädige Frau. Natürlich nicht. Außerdem, um jedes Risiko auszuschalten, werden wir ja künftig mit Vakuumpumpen arbeiten und mit ausgebildeten Krankenschwestern und Pflegern. Wir werden unsere Mitarbeiter in Holland schulen lassen. Wir werden dann mühelos auf sechs bis acht Vorgänge pro Tag kommen. Ein ärztlicher Notdienst für schwierige Fälle soll eingerichtet werden. Und die Anzahl der Fahrzeuge soll auf zunächst fünfzig, dann hundert aufgestockt werden. All das ist in einem Exposé niedergelegt, das von der Firmenleitung ausgearbeitet wurde.«

Schulz schlug leicht auf den Aktenkoffer.

»Das Exposé enthält auch präzise Angaben über Verzinsung, Rendite und Organisation. Um staatlicherseits abgedeckt zu bleiben, werden wir alle Aktivitäten innerhalb einer ganz offiziellen Rahmenfirma abwickeln, einem Versandhandel für medizinische Geräte. Die interne Organisation wird übrigens schon jetzt so gehandhabt, daß jede Einheit — also ein Fahrzeug mit seiner Besatzung — für sich operiert, im Sinne des Wortes und strategisch verstanden. So wird der Schaden für die Firma bei einem Zugriff gering bleiben. Der Zugreifer wird allenfalls nach Hintermännern suchen, aber keine finden. Wären Sie zum Beispiel von Interpol, hätten Sie jetzt nur mich. Und das wäre ja wohl etwas wenig.«

Schulz brach plötzlich in ein wieherndes Gelächter aus, das ebenso plötzlich wieder verstummte. Er hielt sich mit beiden Händen Leber und Magen und seufzte.

»Einleuchtend«, sagte Frau Boncœur, die weder Lachen noch Seufzen zur Kenntnis nahm. »Woher aber nimmt die Firma die Gewißheit, daß der Zeitpunkt für eine Expansion günstig ist?«

Schulz lehnte sich wieder im Sessel zurück.

»Gnädige Frau, der Spruch des Karlsruher Verfassungsgerichts hat so günstige Perspektiven eröffnet, daß sie uns zur Expansion geradezu einladen. Ohne diese Entscheidung hätten wir liquidieren müssen. Aber die jetzt zu erwartenden Kompromisse in der Neufassung der Reform des § 218 sind eine denkbar solide Geschäftsgrundlage.«

Frau Boncœur blickte nachdenklich.

»Nun gut«, sagte sie. »Ich habe zwar morgen in Kopenhagen und in London noch Besprechungen über Anlagenmöglichkeiten der mir zur Verfügung stehenden Gelder. Aber ich möchte mir an Hand Ihres Exposés über Ihre Vorschläge weitere Gedanken machen. Mir erscheint eine Zusammenarbeit durchaus möglich.«

Schulz ließ seine Hände ruhig auf dem Aktenkoffer liegen. Er machte keine Bewegung, um ihn zu öffnen. »Oh«, sagte er, »auch ich habe noch einige Verabredungen mit Finanziers in der Bundesrepublik und anderswo. Da schlage ich doch vor, wir behandeln Exposé und gegenseitige Vollmachten erst, wenn Ihre Auftraggeber wirklich entschlossen sind, unsere Vorschläge zu diskutieren.«

Frau Boncœur klappte ihre Krokodillederhandtasche auf und holte ein goldgefaßtes Notizbüchlein hervor. Dabei fiel etwas zu Boden.

»Verdeggel, 's isch my Augsbrauestift«, murmelte Frau Boncœur.

Schulz bückte sich und reichte ihn ihr. Das Bücken schien ihm überraschenderweise schwerzufallen. Nachdem er sich wieder aufgerichtet hatte, war er einen Moment außer Atem. Wieder hielt er sich Magen und Leber.

»Merci«, sagte Frau Boncœur. Sie blätterte in dem Büchlein. »Ich entnehme Ihren Worten, daß Ihr Aktenkoffer kein Exposé enthält, sondern daß Sie vielleicht noch einige Zeit brauchen, um eins zu erstellen. Bis wann, schätzen Sie, werden Sie es fertig haben?«

Schulz sah Frau Boncœur an.

»Dienstag«, sagte er dann gelassen. Frau Boncœur nickte und schrieb es in ihr Notizbuch.

»Und Sie, gnädige Frau, bis wann werden Sie über die Gelder wieder verfügen können, da Sie, wenn ich Sie richtig verstehe, bereits nach Kopenhagen oder London oder sonstwohin transferiert haben?«

Frau Boncœur blickte auf.

»Dienstag«, antwortete sie, ebenso gelassen.

»Dienstag kommender Woche also«, meinte Schulz. »Wie wäre es mit neunzehn Uhr im Tempelhofer Flughafenrestaurant?«

»Warum gerade da?«

Schulz lächelte fein und erhob sich. »Der ungemütlichste Ort, den ich kenne. Er wimmelt außerdem von Spitzeln und Agenten jeder Art. Niemand würde auf die Idee kommen, ausgerechnet dort seriöse Geschäfte zu besprechen. Mit anderen Worten, wir wären völlig ungestört.«

Auch Frau Boncœur lächelte. Schulz beugte sich über ihre Hand. Diesmal war es die rechte, die sie ihm entgegenhielt.

Katharina war mit Frau Boncœur zufrieden. Es hatte gefährliche Momente gegeben, aber es schien, Schulz verhielt sich Frau Boncœur gegenüber nur vorsichtig, nicht mißtrauisch. Schwierig war nur, Frau Boncœur bis zum nächsten Dienstag wieder loszuwerden.

Frau Boncœur entschloß sich daher, ihre Pläne zu ändern. Sie bezahlte noch an diesem Abend, kurz nach neun, ihr Zimmer, bestellte ein Taxi und ließ sich zum Kurfürstendamm fahren. Sie versuchte, eine Kinokarte zu kaufen. Erst im dritten Kino gelang es ihr. Sie hoffte, daß im dichten Strom der Autos und im Fußgängergewühl ein Verfolger Mühe hätte, sie im Auge zu behalten.

Das Kino war voll besetzt. Dramatische Musik, Schreie, Sturm, Meeresbrausen samt Knirschen und Splittern deuteten auf Unheil zur See hin. Aber Frau Boncœur hatte keinen Blick für die Leinwand. Sie tastete sich mit Reisetasche und Beauty Case den Gang vor bis zu der Tür mit der kleinen rötlich leuchtenden Schrift *Toilette* und verschwand dahinter. Als Katharina mit Reisetasche und Beauty Case in ihren normalen Kleidern, aber ohne Lammfellmantel (der hing im Büro) wieder herausgekommen war, versuchte sie die Tür des Notausgangs zu öffnen. Die war, überraschenderweise, unverschlossen. Katharina trat in einen mit Mülleimern vollgestellten dunklen Hof. Sofort hatte sie den Eindruck, daß die lärmende Schiffskatastrophe auf der Leinwand hinter ihr Wirklichkeit war, während sie mit ihrem Verkleidungstrick in einem stumpfsinnigen Agentenfilm vorkam. Sie erwartete am Ende des Hofes Schulz, der ihr aus dem Schatten der Toreinfahrt entgegentreten würde, lächelnd, mit einer Pistole in der Hand, die sich langsam hob. Aber der Hof ging auf eine fast leere Nebenstraße. Da lief sie, frierend, im Dauerlauf entlang, bis sie ein Taxi fand. Eine Viertelstunde später saß sie in der Küche neben Robert.

Robert hatte eine Gemüsesuppe mit Fleisch gekocht. Während er sie aufwärmte, fiel ihm ein, daß ein Dr. Bernward Jeremy angerufen hatte. Und er schob Katharina einen Zettel mit der Privatnummer von Dr. Jeremy zu.

Dr. Jeremy meldete sich sofort. »Na«, sagte er, »das war vielleicht ein Kunststück herauszufinden, wo man Sie privat erreichen kann. Aber Sie sehen, ich bin nicht schlecht als Detektiv. Wie's nämlich so geht, bekam ich doch heute einen Hinweis auf Schulz. Vielmehr darauf, daß ich seit Jahren was über Schulz habe, ohne zu wissen, daß Schulz gemeint ist. Vielleicht kann Ihnen das weiterhelfen.«

»Worum handelt es sich?«

»Um ein altes Tonband. Muß so aus dem Jahr 63 sein. Am Telefon schwer zu erklären. Können Sie morgen zwischen elf und zwölf in der Praxis sein?«

11

Kathinka war in der Nacht spät nach Hause gekommen. Sie erschien am Sonntagmorgen zum Gedröhn der Kirchenglokken, verschlafen, in Slip und verrutschtem Hemd, bei Robert und Katharina, die schon, umgeben von Papieren und Akten, Kaffee trinkend und Toast kauend im Bett saßen. Draußen goß es. Der Vorfrühling war vorbei.

»Was hältst du von folgenden Deutschaufsatzthemen«, fing Robert an, aber Kathinka sagte: »Keine Zeitung? Alles muß man selber machen.« Sie ging hinüber in ihr Zimmer, knallte mit Schubladen, zog polternd Stiefel an, verließ türenschlagend die Wohnung.

Katharina warf den Aktenhefter aus dem Bett, stand auf. Früher hatte sie nur nackt geschlafen. Dann hatte sie Unterhemden von Robert ausprobiert. Jetzt trug sie eine Art Kindernachthemd, Baumwollbarchent, weich und lang. Robert fand solche Baumwollhemden erotisch.

Sie ging in die Küche, um für Kathinka Kaffee und Toast zu machen. Der verbeulte Fünf-Mark-Wecker auf dem Bord für Gewürze zeigte halb zehn. Kurz vor elf wollte sie zu Dr. Jeremy gehen.

»Für mich noch Marmelade«, rief Robert hinter ihr her. Und während sie Stachelbeermarmelade aus einem großen Glas in eine kleine Schale füllte, versuchte sie, sich einen Schulz vorzustellen, der unerhört raffiniert vorging, jeden seiner Schritte meisterhaft vorausplante und zu genau kalkulierten Zeitpunkten Fallen legte, in die dann auch prompt die ihrerseits Fallen legende Ledermacherin hineintappte. An diesen Schulz konnte sie nicht recht glauben. Dann, während sie die fertigen Toasts aus dem Apparat zog, stellte sie sich einen Schulz vor, der unerhört dilettantisch vorging, keinen seiner Schritte kannte, bevor er ihn getan hatte, und sich gleichzeitig so sicher fühlte, daß ihm gar nicht in den Sinn kam, seine krausen Pläne aufzugeben, nur weil die Polizei hinter ihm her war. Auch an diesen Schulz konnte sie nicht glauben.

Kathinka kam zurück, mit nassen Haaren, und warf die feuchten Zeitungen aufs Bett. Sie war enttäuscht, weil der

Tagesspiegel nichts über die Besetzung des Hauses Adam-Nitze-Straße gebracht hatte. Sie selbst hatte offenbar wenig Lust, darüber zu berichten. Sie hockte vor Robert und Katharina im Lotussitz auf dem Fußende des Betts, kaute Toast, schlürfte Kaffee, verstreute Krümel und sagte:

»Was ist also mit den Deutschaufsätzen.«

»Moment«, sagte Robert, und mit seiner großräumigen, schnellen Schrift fügte er noch Wörter und Sätze in seinen Aufzeichnungen hinzu. Er saß leicht vorgebeugt im Bett neben Katharina. Er saß und stand immer leicht vorgebeugt als sei er kurzsichtig, tatsächlich aber hatte das nichts mit den Augen zu tun. Noch vor ein paar Jahren war er der Meinung gewesen, demnächst eine Brille zu benötigen. Er hatte auch befürchtet, seine beginnende Stirnglatze werde sich ausweiten. Im Moment bedrohten ihn jedoch weder Sehschwäche noch Glatze. Und obwohl er nie Sport trieb und dauernd Zigarillos rauchte, wirkte seine Gestalt unaggressiv athletisch. Er kratzte sich unter dem Frottee-Schlafanzug an der Brust und begann:

»Erstens. Betrachten Sie die Figur des Hochstaplers Felix Krull im Zusammenhang mit der im Roman dargestellten Gesellschaft.«

»Na ja«, murmelte Katharina. »Kleiner hattest du's wohl nicht.«

Kathinka sagte gar nichts, sie kaute krachend Toastreste und schob sich Salamistücke dazu in den Mund.

»Zweitens.«

Im Arbeitszimmer schepperte das Telefon. Kathinka und Robert sahen Katharina an. Die rollte sich seufzend aus dem Bett und schlurfte in Roberts Latschen hinüber ins Arbeitszimmer, griff nach dem Hörer.

»Frau Ledermacher?«

»Ja?«

»Von der Kripo?«

»Ja.«

»Kommen Sie in Dr. Jeremys Praxis. Kommen Sie schnell.«

Die Stimme der eifersüchtigen Frau. Katharina stellte sich die Frau dick vor. Dick, asthmatisch und im schmuddeligen Morgenmantel lief sie durch die Praxisräume.

»Hören Sie?«
»Ja, ich höre Sie. Worum geht's?«
»Er ist tot. Man hat ihn erschossen.«
»Dr. Jeremy?«
»Ihn und seine Frau. Eben, vor ein paar Minuten. Hören Sie?«
»Wer sind Sie?« fragte Katharina nach einer Pause.
»Maurice Phelz, mit PH und Z, bitte. Ich befinde mich in der Praxis von Dr. Jeremy. Ich bin Dr. Jeremys bester Freund. Ich habe die Mörder noch gesehn. Es sind zwei. Ich habe dafür gesorgt, daß Sie sie schnappen können. Ich ...«
»Bitte bleiben Sie, wo Sie sind, verändern Sie nichts.«
»Selbstverständlich.«
»Ich bin in fünf Minuten da.«
Katharina hing ein. Über 112 alarmierte sie die zuständigen Kollegen. Dann versuchte sie, Gerfried zu erreichen. Während sie darauf wartete, daß er sich meldete, brachten Robert und Kathinka die roten Lackstiefel, die roten Cordjeans und den dunklen Pulli. Eigentlich, dachte sie, laufe ich schon rum wie Robert. Immer dieselben Hosen, immer dieselben Stiefel. Ihr fiel ein, daß der Lammfellmantel im Büro hing. Und daß Roberts Auto auf dem Parkplatz der Kripo in der Gothaer stand.
Gerfried meldete sich nicht.
»Kackarschmist«, murmelte sie und schlug auf die Gabel.
Robert brachte ihren alten zerknitterten Trenchcoat.
»Da du Autos nur brauchst, um sie unbrauchbar zu machen oder an entlegenen Stellen zu parken, sollten wir vielleicht einen Satz Fahrräder mit Hilfsmotor anschaffen, damit du das jeweils nächstgelegene noch funktionstüchtige Auto erreichen kannst«, schlug er mit sanfter Stimme vor.
Katharina bestellte sich einen Funkwagen.
»Mama«, sagte Kathinka, »was ich noch fragen wollte, kann ich die nächsten Tage mal rüber in dein Apartment? Ich brauch ein bißchen Ruhe.«

12

Es regnete nicht mehr. Es schneite, und ein böiger Wind jagte die nassen Flocken aus schnell wechselnden Richtungen über die Straßen. Als Katharina aus dem Wagen der Funkstreife stieg, sah sie, daß vor dem Haus in der Giesebrechtstraße, im Schneematsch, schon andere Polizeifahrzeuge standen. Ein Beamter lungerte triefend und schlecht gelaunt vor der Haustür. Wahrscheinlich sollte er Neugierige daran hindern, das Haus zu betreten. Es waren aber keine Neugierigen da.

Auf dem ersten Absatz des Treppenhauses sah sie Scherben von zersplitterten Bierflaschen. Im Wartezimmer weitere uniformierte Beamte. Aus der Anmeldung Stimmen, Poltern, Blitzlichtzischen. Als Katharina die Anmeldung betrat, stand der Fotograf auf einem der Schreibtische, um die metallenen Karteibehälter hinter den Schreibtischen aus der richtigen Perspektive aufzunehmen. Sie waren aufgerissen, die Karteiblätter fehlten. Auf dem Boden, in der geöffneten Labortür, lag verkrümmt eine dunkelhaarige junge Frau in einer Blutlache. Katharina erkannte sie sofort wieder: das Mädchen, das am Freitagabend mit einem weißen Apparat lachend durch die Anmeldung gelaufen war. Die Umrisse des Körpers und der Blutlache waren mit Kreidestrichen markiert. Die langen Haare lagen wirr und blutverschmiert auf dem hellen Linoleumboden. Fast jeder Tote, den Katharina gesehen hatte, zeigte ihr die Endgültigkeit seines Zustands an einem solchen banalen Detail. Wer lag, konnte sich wieder erheben. Blutverlust ließ sich ausgleichen. Daß diese Frau aufstehen würde, um ihre beschmutzten Haare zu waschen, war nicht mehr denkbar.

Der Fotograf sprang vom Schreibtisch, nickte kurz. Er wirkte beleidigt, wie üblich. Katharina hatte vor Jahren über eine witzige Bemerkung, die er während seiner Arbeit machte, nicht gelacht. Sie hatte sich vorgenommen, bei nächster Gelegenheit über seine Witze zu lachen. Aber der Fotograf hatte in ihrer Gegenwart nie wieder einen Witz erzählt.

Aus dem Labor kam Dr. Martin, ging um die Tote herum, begrüßte Katharina umständlich, halb ergrauter Marineoffizier, halb unzufriedener Bibliothekar. Den ernsten Anlässen entsprechend war er immer in korrekte dunkle Anzüge gekleidet.

»Herzschuß«, sagte er. »Zirka zwei Meter Entfernung. Anders bei Dr. Jeremy. Als er den Schuß hörte, mit dem seine Frau getötet wurde, ist er meiner Meinung nach aus seinem Zimmer hierhergerannt und erhielt dann ebenfalls eine tödliche Schußverletzung, nämlich in die rechte Stirnhälfte, zirka vier Meter Entfernung. Sie werden es gleich sehen. Er versuchte trotzdem noch, zurückzulaufen in sein Zimmer, wohl um Hilfe herbeizutelefonieren, brach dann aber vor seinem Schreibtisch zusammen.«

Dr. Martin sprach anders als sonst, hastig und stockend zugleich. Sonderbarerweise schien er auch leicht verlegen zu sein. Während seiner Erläuterungen hatte er die Brille abgenommen, geputzt und Katharina durch die geputzte Brille betrachtet. Offenbar zögerte er, ihr noch weitere Mitteilungen zu machen. Langsam folgte er ihr, als sie das Behandlungszimmer betrat.

Aus dem Untersuchungszimmer, das sich an das Behandlungszimmer anschloß, waren Stimmen zu hören. Vor allem die hohe, klagende Stimme von Maurice Phelz: »Ich sage Ihnen, meine Herren, die Fingerabdrücke des Mörders befinden sich auf diesem Stiefel, nun glauben Sie mir doch endlich.«

Katharina folgte der mit Kreide markierten Spur von Blutflecken und Blutrinnsalen, die mitten durchs Behandlungszimmer lief, vorbei an Nischen mit weiß überzogenen Liegen und medizinischen Apparaturen. Ein Gummivorhang lag abgerissen am Boden.

»Da wird er Halt gesucht haben«, sagte Dr. Martin. »Er ist dann gestürzt und die letzten Meter durch die offene Tür gekrochen.«

Einer der uniformierten Beamten, die Katharina vom Wartezimmer her gefolgt waren, stieß die halboffene Doppeltür des Untersuchungszimmers ganz auf, wobei er in Blutflecke trat und die Kreidemarkierung verwischte.

»Idiot«, sagte jemand.

Die Stimmen im Untersuchungszimmer verstummten, die hohe Stimme von Maurice Phelz brach ab.

Hinter dem Schreibtisch des Untersuchungszimmers stand ein fast kahlköpfiger Polizist, der Jule genannt wurde, nach Yul Brynner. Vor dem Schreibtisch lag Dr. Jeremy, der noch als Toter aussah, als wolle er zum Schreibtisch kriechen. Neben der Leiche, umgeben von Plastiksäckchen und Folien, kniete ein Kollege vom Erkennungsdienst, der Gummihandschuhe trug und in seinen Händen ebenso vorsichtig wie unentschlossen einen roten Lackstiefel drehte. Der Lackstiefel glich genau den roten Lackstiefeln, die Katharina trug, nur war er einige Nummern größer.

In der Ecke, neben dem Untersuchungsstuhl, saß eine dickliche Frau auf einem weißen Hocker. Sie trug die schwarzen Haare wie Katharina, hatte den gleichen Lidschatten wie Katharina, und sie hatte sogar, wie der stiefellose Fuß zeigte, die gleiche schwarze Strumpfhose wie Katharina an. Sie saß da, mit offenem abgewetzten Lammfellmantel, dessen Knopflöcher ausgefranst waren, mit Fettwülsten, die zwischen dem zu engen Bund der Cordhose und dem zu engen Pullover hervorquollen: die boshafte Karikatur einer altgewordenen Katharina.

Vor ihr lag, halb umgekippt, eine häßliche Einkaufstasche mit leeren Bierflaschen. Links und rechts neben der Frau standen zwei uniformierte Beamte, die jetzt mit leicht geöffnetem Mund die beiden Katharinas anstarrten.

Dr. Martin räusperte sich: »Pardon, ich wollte es Ihnen eigentlich vorher ...«

Katharina brauchte einige Sekunden, bis sie ein halbwegs überlegenes »Aha« hervorbringen konnte.

Jule kam gefaßt um den Schreibtisch herum. Bevor er mit seinem Bericht anfangen konnte, rief die dicke Frau mit der Stimme von Maurice Phelz: »Frau Kommissar, Gott sei Dank, daß Sie da sind, ich erkläre Ihnen alles, nur bitte, dieser Herr soll erst die Fingerabdrücke des Mörders an meinem Stiefel sichern, ich bitte sehr darum. Und sagen Sie den liebenswürdigen Herren zu meiner Rechten und Linken, daß ich Bernward und Ellen nicht ermordet habe. Bitte.« Die dicke Frau versuchte aufzustehen. Sofort packten die liebenswürdigen Herren die Oberarme der dicken Frau. Aber Katharina nickte ihnen beruhigend zu. »Sie sind also Herr Phelz?« sagte sie.

Die beiden Polizisten ließen die Arme der dicken Frau los. Ihren Gesichtern war anzusehen, daß sie Mühe hatten, diese neue Information zu verarbeiten. Schließlich blickten sie ratlos auf Jule. Aber Jule, Dr. Martin und die hinter Katharina eingetretenen weiteren Beamten starrten nur auf die unförmige Katharina, die Herr Phelz war. Zugleich versicherte Maurice Phelz eindringlich: »Aber ja, aber ja, verehrte Frau Kommissar«, und der Kollege vom Erkennungsdienst, immer noch auf den Knien, betrachtete abwechselnd den Stiefel in seinen Händen und Katharinas Stiefel.

Wenige Minuten später saßen sich Maurice Phelz und Katharina im zweiten kleineren Behandlungsraum gegenüber. Die Tür zum Untersuchungszimmer war geschlossen. Nur gedämpft waren gelegentlich die Stimmen der Beamten zu hören. Maurice Phelz massierte seinen stiefellosen Fuß, öffnete dann den Reißverschluß des anderen Stiefels. »Sie erlauben?« murmelte er. »Ich war nämlich zu eitel. Ich hätte sie eine Nummer größer nehmen müssen«, setzte er hinzu, nach einem neidischen Blick auf Katharinas kleine Stiefel.

»Also«, sagte Katharina, »Sie waren das. Sie haben angerufen, als ich Freitag abend bei Dr. Jeremy war.«

»Ja.« Phelz lächelte ein wenig. Mit einem zierlichen Taschentuch wischte er sich den Schweiß vom Gesicht.

»Sie haben sich nach mir erkundigt?«

»Ja.«

»Warum?«

»Sie sind mir aufgefallen. Ich habe drüben in meiner Küche ein Fernrohr angebracht. Vielleicht mögen Sie sich's später ansehen. Damit kann ich genau beobachten, wer die Anmeldung von Dr. Jeremy betritt. Verstehen Sie bitte recht, mir liegt nichts am Ausspionieren. Aber mich interessieren Frauen. Ich bin nämlich der bedeutendste deutsche Damendarsteller«, erklärte er. »Sie waren nicht zufällig letzten November in Paris?«

»Nein«, sagte Katharina.

»Schade. Da hätten Sie mich im Chez nous sehn können und vor zwei Jahren im Alkazar. Das kennen Sie wohl auch nicht?«

»Leider nein.«

»Und die Berliner Produktion von ›*Happy End*‹? Selbst die haben Sie sich entgehen lassen?«

»Ich fürchte.«

Maurice Phelz seufzte. »Wie soll ich mich Ihnen da empfehlen. Sehen Sie, mein Fach ist ja die mondäne Dame. Vor zehn Jahren hatte ich gemeinsam mit Zarah Leander eine Garderobe, da war ich noch jung. Jetzt, in meinem Alter, muß ich allmählich ins Charakterfach umsteigen. Da heißt es, Studien machen. Wissen Sie«, sagte Phelz arglos, »wenn ich eine Dame verkörpere, kommt das beim Publikum immer ungeheuer an.«

Katharina sah ihn an. »Und Dr. Jeremy ließ Sie Studien machen?« fragte sie.

»In einem gewissen Rahmen, ja. Er wußte, daß ich die Anmeldung mit einem Fernrohr beobachte. Aber ich habe sein Vertrauen nie mißbraucht.«

»Warum hat er Ihnen erlaubt, mit dem Fernrohr in seine Anmeldung zu blicken?«

»Er ist eben hilfsbereit. Er hilft jedem, der ihn um etwas bittet, wenn man nur offen mit ihm redet.«

Phelz zitterte.

»Diese Schweine, die ihn umgebracht haben. Ausländer! Verdammte Schwule!«

»Schwule Ausländer?«

»Ach«, sagte Phelz betreten. »Das ist nur einfach so ein Schimpfwort, wissen Sie. Wie man so redet. Schließlich, was gibt es in unserer Gesellschaft Übleres als Schwule und Ausländer. Seit Juden uns nicht mehr so recht zur Verfügung stehen. Nicht wahr? In Wirklichkeit waren die beiden weder schwul, dafür habe ich schließlich eine Antenne, noch waren sie Ausländer, so was merkt man ja.«

»Welche beiden?«

»Die Bernward und Ellen umgebracht haben.«

»Bitte, Herr Phelz, berichten Sie von Anfang an.«

»Nun, Sie werden verstehn, ich war geradezu aufgeregt, als Bernward mir am Freitagabend, nachdem Sie gegangen waren, erklärt hatte, Sie seien Kommissarin. Die meisten seiner Patientinnen, um die Wahrheit zu sagen, sind ja nicht sehr ergiebig für mich. Variationen von Typen, die ich längst gespeichert habe, wenn ich das mal so ausdrücken darf. Interessante Persönlichkeiten kommen selten vor. Und eine Kommissarin hatte ich ja nun wirklich noch nie studieren können. Ich habe mir also am Samstag die nötigen Accessoires besorgt. Bitte beurteilen Sie meinen ersten Versuch, mich Ihnen zu nähern, nicht zu streng. Was Sie hier sehen, ist noch nicht für die Öffentlichkeit gedacht gewesen. Es handelt sich, sozusagen, um die erste Probe, mehr Kopie als Auseinandersetzung, wenn Sie mich verstehn. Ich habe den ganzen Samstag gebraucht, um sie vorzubereiten. Heute wollte ich Bernward zeigen, wie weit ich gekommen war. Ich lege großen Wert auf seine Kritik. Noch mehr auf das, was Ellen sagt.«

»Wie lange sind Sie schon mit den beiden befreundet?«

»Seit zwölf Jahren. Seit Bernward und Ellen hier anfingen. Er hatte vorher in Süddeutschland eine andere Frau, mit Sohn übrigens, und eine andere Praxis. Nun war Ellen ja sehr bezaubernd. Aber mich hat doch immer fasziniert, wieso ein Frauenarzt noch privat Freude an etwas haben kann, das ihm beruflich tausendfach und im ramponiertesten, unerfreulichsten Zustand unter die Nase gehalten wird. Pardon. Finden Sie diese Überlegung abwegig?«

»Nein.«

»Also wir Frauen, wenn ich so sagen darf, wir können das ja eigentlich nicht verstehen. Aber Bernward war eben ein Mann.«

Er dachte nach, schien Zweifel niederzukämpfen und bestätigte dann ernsthaft:

»Doch ja. Das war er.«

»Haben die beiden oft sonntags hier gearbeitet?«

»Eigentlich jeden Sonntag. Ellen arbeitete im Labor, er ergänzte Karteieintragungen. Jeden Sonntag zwei Stunden, so zwischen zehn und zwölf. Davon hatten diese Burschen, die ihm die Kartei geklaut haben, natürlich keine Ahnung.«

»Bitte der Reihe nach, Herr Phelz.«

»Kurz nach zehn habe ich rasch durchs Fernrohr geblickt ...«

»In die Anmeldung.«

»In die Anmeldung, ja. Und da habe ich Ellen ins Labor gehen sehen. Woraufhin ich anrief. Ich rufe immer an, bevor ich kommen will. Ich würde nie unangemeldet kommen.«

»Sie hatten nie den Eindruck, daß Sie Dr. Jeremy und seiner Frau lästig fielen?«

»Doch«, meinte Phelz. »Gelegentlich bin ich ihm sicher lästig gefallen. Andererseits profitierte er von meinen Besuchen. Jedenfalls hat er sich einmal so geäußert.«

»Wie hat er sich geäußert?«

»Er hat gesagt, er lernt was von mir. Über Frauen. In dem Sinn, daß die Art, wie ich Eigenschaften widerspiegle, Rückschlüsse nicht nur auf mich zuläßt, einleuchtend, nicht wahr, sondern auch auf die Originale, sozusagen. Manchmal fand er mich allerdings mehr original als das Original selbst, wenn Sie mich richtig verstehen.«

»Hat Dr. Jeremy heute, als Sie sich kurz nach zehn anmeldeten, gleich zugestimmt, daß Sie kommen?«

»Ja. Er war gut gelaunt und hat gelacht. Und er hat Ellen zugerufen, ob sie nicht für mich die Praxistür öffnen könnte. Die ist sonntags natürlich zu, wenn sie in der Praxis sind. Mein Gott!« Phelz schlug sich an den Kopf, daß die Perücke mit den schwarzen Haaren ein wenig verrutschte und das Pony ihm schräg auf der Stirn hing. »Sie haben die Tür geöffnet und sind wieder an ihre Arbeit gegangen. Und als sie jemand kommen hörten, dachten sie, ich wär's. Dabei waren es die anderen.«

»Wo sind Sie ihnen begegnet?«

»Im Treppenhaus, gleich auf dem ersten Absatz. Ich will gerade rauf, da kommen die runter. Hübsche Visagen, ein bißchen hart und gewöhnlich vielleicht. Blond. Nicht groß, eher gedrungen. Aber durchaus ansehnlich. Und die ungeheure Ähnlichkeit! Ich denke, da kommt derselbe zweimal. Und beide in Parkas, mit Handschuhen. Und schleppen einen Koffer und zwei Einkaufstaschen. Ich übrigens, ich hatte auch eine Einkaufstasche bei mir.«

»Die mit den leeren Bierflaschen?«

»Ja. Die wollte ich anschließend bei Kappel zurückgeben. Das ist die Eckkneipe hier.«

»Wieviel Zeit ist, Ihrer Schätzung nach, zwischen Ihrem Anruf und der Begegnung auf der Treppe vergangen?«

»Ich bin ja gleich nach dem Anruf los. Aber bis ich unten

bin, und dann durch die Clausewitz bis zur Ecke Sybel und dann rein in die Giesebrecht, nun, fünf, sechs Minuten braucht man da schon.«

»Sie sind den beiden also auf dem ersten Treppenabsatz begegnet?«

»Ja. Und mach denen auch noch Platz, klemm mich ans Geländer, daß die mit dem Koffer und den Einkaufstaschen an mir und meiner Einkaufstasche vorbeikönnen. Da seh ich, daß in den Einkaufstaschen ein paar von Bernwards Karteikarten stecken. Wie die aussehen, weiß ich schließlich genau.«

»Was taten Sie, als Sie die Karteikarten bemerkten?«

»Ich hatte ja nicht viel Zeit. Als mir bewußt wurde, daß ich die Karteikarten gesehn hatte, waren die schon zwei Stufen weiter. Ich also, als ob ich ausrutsche, schleudere dem einen von oben meine Einkaufstasche gegen die Kniekehlen, während ich selber im Rücken des zweiten lande. Die waren vielleicht überrascht. Ich griff wie hilfesuchend nach der Hand von dem einen, riß seinen Handschuh herunter, schlug dann unten auf und streckte meine Stiefel den beiden entgegen. Im Fallen bin ich trainiert, ich habe früher Ballett gemacht. Die beiden konnten sich nur mühsam halten. Sie fluchten laut, und der, dem ich den Handschuh ausgezogen hatte, packte meinen rechten Stiefel mit der bloßen Hand und drehte mir das Bein um. Ganz schön gemein. Der andere trat mir in den Hintern. Wirklich, ein unglaubliches Benehmen einer alten Dame gegenüber.«

»Und dann?«

Phelz tupfte sich wieder die Stirn. »Dann hoben sie die Tasche auf, die ihnen hingefallen war, sammelten aus den Splittern der kaputtgegangenen Bierflaschen die verlorenen Karteikarten auf, stopften die wieder in die Tasche, griffen sich den Handschuh, stiegen über mich weg und verschwanden. Ich humpelte so schnell wie möglich nach oben und sah die Ellen. Da wollte ich sofort ins Untersuchungszimmer zu Bernward. Und da sah ich Bernward. Und auf seinem Schreibtisch steckte Ihre Visitenkarte in der Schreibunterlage. Bernward hatte Ihre Privatnummer draufgeschrieben.«

»Von wo haben Sie angerufen?«

»Von Bernwards Schreibtisch aus. Wenn keine Praxis ist, hat er das Telefon immer direkt geschaltet.«

Die Tür zum Untersuchungszimmer wurde geöffnet. Jule streckte seinen kahlen Kopf herein.

»Dr. Martin ist eben weg. Auch Erkennungsdienst und Fotograf wären soweit fertig. Können die abhauen?«

»Ja«, sagte Katharina. »Ich bin anschließend im Büro. Es wär schön, wenn ich bald Ergebnisse hätte.«

»Okay, Ledermacherin.« Jule zog seinen Kopf zurück, schloß die Tür.

»Bedeutet das«, fragte Phelz, »daß ich meinen Stiefel wieder anziehn kann?«

»Gleich«, sagte Katharina. »Nur noch ein paar Fragen. Wie alt waren die beiden jungen Männer, denen Sie auf der Treppe begegnet sind?«

»Anfang Zwanzig, höchstens«, murmelte Phelz und fuhr sich mit dem inzwischen völlig zusammengeknüllten Taschentuch wieder über die Stirn. »Mein Gott! Und ich dachte, die wollten bloß die Kartei abschleppen, um Bernward zu erpressen, so was dachte ich.«

»Vielleicht wollten sie das ja auch«, sagte Katharina. »Übrigens, so ein feines Taschentuch trage ich nie. Das sollten Sie korrigieren, Herr Phelz.«

»Das ist ja auch meins«, sagte Maurice Phelz und betrachtete es mit Genugtuung. In diesem Moment kam aus dem Untersuchungszimmer ein hartes, klirrendes Poltern, als sei ein Metallgegenstand umgefallen. Phelz fuhr zusammen. Gleich darauf wurde die Tür aufgerissen. Gerfried trat ein, in Hut und Mantel, eine schwere Eisenstange in der Hand. Seine Schuhe und Hose waren schlammbespritzt, der Mantel voller Farbflecken, der durchnäßte Hut hatte sich verformt. Verwirrt und mißtrauisch blickte er von Katharina zum ängstlich sich umsehenden Herrn Phelz. Dann wendete er sich an Katharina, blickte aber immer wieder auf Phelz.

»Entschuldigung«, murmelte er, »falls ich hier störe. Die ist mir eben hingefallen. Sie ist von Schmöllers Baustelle in Zehlendorf.«

Vier Stunden später saß Gerfried an Doris Wingerts Schreibtisch, über dem quer die Eisenstange lag, und Katharina ging in ihrer Diagonale hin und her. Auf der Heizung lagen Gerfrieds Schuhe zum Trocknen. Von draußen kam kein Geräusch. Die Gothaer Straße war menschen- und autoleer, von einer dünnen Schneeschicht bedeckt. Die Spur eines Autos, das vor einer Viertelstunde entlanggefahren war, war noch deutlich zu erkennen.

Sie hatten in der Praxis des Arztes jeden Zentimeter untersucht und jedes Schriftstück geprüft. Aber sie hatten kein altes Tonband gefunden. Und von den Schriftstücken schienen nur zwei Karteikarten interessant zu sein, die unter einem Briefbeschwerer auf Dr. Jeremys Schreibtisch gelegen hatten. Sie enthielten Eintragungen über Elisabeth Bordihn, geb. Schneider, und über Maria Remper, geb. Blatt. Bei Frau Bordihn hatte Dr. Jeremy eine Schwangerschaft im fünften Monat sowie Herzrhythmusstörungen des Embryos festgestellt, bei Frau Remper eine Zyste in der linken Brust. Die letzten Eintragungen auf beiden Karten waren zwei Jahre alt, und auf der Karte von Maria Remper war noch vermerkt: von E. Bordihn empfohlen. Offenbar erst vor kurzem waren auf beiden Karten zusätzliche Vermerke angebracht worden. »K. abholen« hieß es auf der Karte von Elisabeth Bordihn und »Nachfragen!« auf der von Maria Remper. Keins der hübschen Mädchen aus der Anmeldung, deren Sonntagnachmittag Gerfried gestört hatte, konnte erklären, was Dr. Jeremy mit diesen Karteikarten vorgehabt hatte und was die Notizen neueren Datums bedeuteten.

Während Gerfried die Mädchen befragte, hatte Katharina den Sohn Dr. Jeremys benachrichtigt, der in Göttingen Jura studierte, und sie hatte vom Erkennungsdienst Auskunft über den Fingerabdruck auf dem Stiefel von Maurice Phelz bekommen. Der Abdruck gehörte zu Kuno Höpner, 22, der mit seinem Zwillingsbruder Kurt seit zwölf Jahren bei der Polizei registriert war, wegen Kioskeinbrüchen, Ausbruch aus Erziehungsheimen, Autodiebstahl, schwerem Raub mit Körperverletzung. Die Brüder hatten, abgesehen von den kurzen Zeiten, in denen sie auf der Flucht waren, bis vor einem Jahr ihre ganze Kindheit und Jugend nur in Heimen und Jugendstrafanstalten zugebracht. Ihren Eltern war das

Sorgerecht entzogen worden, als die Kinder sieben Jahre alt waren, die Mutter hatte sie verwahrlosen lassen, und der Vater hatte sie wiederholt mißhandelt. Seit die Brüder vor einem Jahr angefangen hatten, als Bauhilfsarbeiter zu arbeiten, waren sie nicht mehr straffällig geworden. Es schien jetzt allerdings, als hätten sie das Jahr benutzt, um sich Kenntnisse im Umgang mit Waffen anzueignen. Katharina hatte sofort Streifenbeamte in die Neuköllner Wohnung geschickt, in der die beiden polizeilich gemeldet waren. Die Wohnung war, wie zu erwarten, leer gewesen.

»Irgendwo in Berlin sitzen die jetzt mit der geklauten Kartei«, sagte Katharina, während sie hin und her ging, mehr zu sich als zu Gerfried.

»Und mit dem Tonband«, sagte Gerfried.

»Glauben Sie?« Katharina blieb stehen, gerade noch rechtzeitig vor der Schreibtischkante. Seit ihrer Rückkehr vom Urlaub hatte sie noch keinen neuen blauen Fleck am Oberschenkel. »Ich weiß nicht«, sagte sie. »Wo wird denn Dr. Jeremy das Tonband aufbewahrt haben? Doch nicht vorn in der Anmeldung. Sondern eher in seinem Schreibtisch oder auf seinem Schreibtisch. Er erwartete ja meinen Besuch. Die Brüder Höpner haben das Untersuchungszimmer aber gar nicht betreten.«

»Können wir da sicher sein?« fragte Gerfried.

»Ja. Wir haben Schuhabdrücke in der Anmeldung, die nur von den Höpners stammen können. Diese Abdrücke fehlen im Behandlungs- und Untersuchungszimmer.«

Gerfried schwieg, zündete eine Zigarette an.

»Wären die im Untersuchungszimmer gewesen«, fuhr Katharina fort, »hätten die dann meine Visitenkarte in der Schreibunterlage stecken lassen? Und hätten sie diese beiden Karteikarten nicht mitgenommen?« Nach ein paar weiteren Schritten, und da Gerfried nur hinter den Rauchkringeln hersah, die er kunstvoll zu bilden verstand: »Die Frage ist, ob sie was Bestimmtes suchten. Oder ob sie die ganze Kartei wollten.«

Das Telefon schnarrte. Gerfried nahm ab, hörte zu, sagte: »Ja, danke. Ich hol mir die Unterlagen gleich ab.«

Er hing ein und erklärte: »Die Unterlagen über die Fälle Bordihn und Remper.«

Katharina sah ihn fragend an.

»Die beiden Kindsmörder«, sagte Gerfried.

Plötzlich erinnerte sich Katharina. Da waren vor zwei Jahren im Verlauf weniger Monate zwei Fälle von spektakulärer Kindestötung vorgekommen. In den Zeitungen war damals viel von Kurzschlußtat und Anschlußtat geschrieben worden.

»Gut, Gerfried«, sagte Katharina. Aber Gerfried reagierte nicht. Das Bild, das sie beide sich zu machen suchten, wurde um so unklarer, je mehr Einzelheiten sie erfuhren. Gerfried litt darunter.

»Ja«, sagte er schließlich, »wir müssen uns auch noch um die beiden Beamten, die am 14. Januar in die Adam-Nitze-Straße gerufen wurden, kümmern. Deren Namen und Dienstplan erfahre ich aber, wie gesagt, erst morgen früh. Dann können wir ihnen ja mal diese Eisenstange vorhalten. Sie ist meiner Meinung nach nicht zu unterscheiden von den Eisenstangen, die Sieberts Hausbesetzer Am Sandwerder verwendet haben.«

Katharina nickte.

»Also Schluß für heute«, sagte sie. »Wie geht's Doris?«

»Als ich anrief, schlief sie. Die Mutter meinte, sie wär wohl bald über den Berg.« Gerfried räusperte sich. »Ich hätte noch eine Bitte. Ob Sie mich bis zum Bahnhof Zoo mitnehmen können? Mein Wagen springt nicht mehr an.« Das Eingeständnis, daß sein so sorgfältig gepflegtes Auto versagte, fiel ihm sichtlich schwer. »Er steht drüben am Bayerischen Platz. Bis dahin bin ich noch gekommen.«

Hildegard schien, entsprechend der Lucki-Lucki-Methode, vor allem ein autoverschleißender Fall zu werden.

»Mensch, Gerfried«, sagte Katharina. »Nicht so feierlich. Ich fahr Sie rasch nach Hause.«

»Das ist aber ein Umweg«, gab Gerfried zu bedenken. Er wohnte in der Siedlung Waldidyll hinter dem Flugplatz Tegel. Es war in der Tat ein Umweg, ihn nach Hause zu fahren. Und Katharina erinnerte sich zu spät, wie sehr Gerfried ihr als Beifahrer schon auf die Nerven gegangen war. Sie beschloß, ihn unterwegs zu beschäftigen.

»Ach was, Umweg«, sagte sie. »Holen Sie sich die Akten Bordihn und Remper und lesen Sie mir das Wichtigste unterwegs vor.«

Es fing wieder an zu schneien. Katharina ließ die Scheibenwischer von Roberts Volkswagen surren und fuhr vorsichtig durch Dämmerung und schmutzigen Schnee. Der Verkehr nahm zu. Die Leute, die am Sonntagabend auswärts essen oder ins Kino wollten, machten sich auf den Weg.

Gerfried saß neben ihr und hatte die Akten auf den Knien. Er mußte sie gelegentlich umständlich gegen die Wagenbeleuchtung halten, um lesen zu können.

»Martin Bordihn, dreißig Jahre alt. Studienreferendar in Hamburg, dann wegen starker Zweifel an seiner Einstellung zu Verfassung und freiheitlicher Grundordnung nicht ins Beamtenverhältnis übernommen. Hat zuletzt aushilfsweise bei der Berliner Straßenreinigung gearbeitet. Eine Vorstrafe wegen gewalttätigen Widerstands gegen die Polizei bei seiner Verhaftung anläßlich einer illegalen Demonstration, 1968, Hamburg. Verheiratet, zwei Kinder. Die Ehefrau Elisabeth war ebenfalls früher Lehrerin. Martin hat sein verkrüppelt geborenes drittes Kind drei Wochen nach der Geburt getötet. Sollten wir jetzt nicht links einbiegen?«

»Was heißt verkrüppelt?«

»Das Kind kam ohne Arme und Beine zur Welt, Bordihn hat sich vor Gericht schuldig bekannt, nein, jetzt wieder geradeaus, so, ja. Schuldig bekannt, seine Tat aber, die er, wie er sagte, jederzeit wiederholen würde, hielt er für gerechtfertigt. Es schiene ihm unverantwortlich, ein so schwer verstümmeltes Kind in einer derart kinderfeindlichen Gesellschaft, wie es die unsere sei, aufwachsen zu lassen. Das Gericht würdigte seine Aufrichtigkeit, sah aber als erschwerend an, daß Bordihn das Kind gequält hatte.«

»Gequält?«

»Bordihn gab, während seine Frau zur Nachuntersuchung beim Arzt war, dem Kind die Flasche mit einem starken Schlafmittel. Dann ließ er es einschlafen. Es ist aber nicht an einer Schlafmittelvergiftung gestorben, sondern erstickt an Erbrochenem. Das hat der Staatsanwalt, wie ich hier sehe, groß herausgestellt. Und das Gericht ist seiner Auffassung gefolgt. Hier hätten Sie sich wohl rechts einordnen müssen.«

»Ist der Name des Arztes angegeben?«

»Ja. Warten Sie. Dr. Jeremy, Giesebrechtstraße.«

Katharina nickte.

Gerfried schlug die zweite Akte auf.

»Gerhard Remper, 35 Jahre alt, Schweißer, verheiratet, sieben Kinder. Eines Nachmittags, Ehefrau Maria ist für zehn Minuten zur Mütterberatung gegenüber gegangen, zerschmettert er mit einem Stuhlbein zweien seiner Kinder den Schädel, einem dreijährigen Mädchen und einem fünfjährigen Jungen. Möglicherweise hätte er noch weitere seiner Kinder getötet, wenn die größeren nicht schreiend zu den Nachbarn gelaufen wären. Hören Sie, das war aber knapp. Den hätte ich nicht vorbeigelassen, diesen Flegel. Remper hat vor Gericht kaum Aufschluß über seine Motive gegeben. Er wird als fleißiger, wenn auch etwas dumpfer Mann geschildert, der zum Jähzorn neigt, besonders unter Alkoholeinfluß. Zeugen haben behauptet, Remper hätte auch diesen Nachmittag getrunken und sei durch Zänkereien der Kinder gereizt worden. Seine Frau hat sich offenbar überhaupt nicht zur Sache geäußert. Nachbarn und Behörden halten sie für eine gute Mutter und gläubige Katholikin. Deshalb hat man ihr auch bis auf weiteres die Kinder gelassen, obwohl die Familie inzwischen in einer Obdachlosensiedlung wohnt.«

»Wo?«

Gerfried sah nach.

»Harke. Jetzt rechts, dann die erste links.«

Katharina bog rechts ein, dann in die erste links. Die Straße führte durch eine Siedlung mit kleinen Reihenhäusern.

»Hier bitte.«

Katharina hielt. Gerfrieds Frau arbeitete in einem Verlag als Buchhalterin. Nur unter großen Opfern hatten sie das Reihenhäuschen erwerben können. Sie würden bis zu seiner Pensionierung daran abzuzahlen haben. Das Häuschen sah im Dunkeln weniger genormt aus als die Nachbarhäuser. Vielleicht weil die Fensterläden frisch gestrichen waren und den Schein der Straßenlampen reflektierten. Im schmalen Vorgarten wuchs eine winzige Edeltanne.

»Vielen Dank, und entschuldigen Sie, Ledermacherin«, sagte Gerfried, »wenn ich während der Fahrt etwas nervös war.«

Er stieg aus, bevor sie antworten konnte. Zugleich wurde von innen die Haustür geöffnet. Gerfrieds Frau und die Zwillinge standen, hell beleuchtet vom Vorplatzlicht, in der Tür. Gerfried ging rasch durch den nassen Schnee zu ihnen hinüber, umarmte seine Frau und beugte sich zärtlich zu den Kindern, streichelte sie.

Während Katharina anfuhr, fiel ihr ein, daß Gerfried sie vor ihrem Urlaub gefragt hatte, ob er den Kindern seinen Arbeitsplatz zeigen könne. Katharina nahm sich vor, ihm morgen früh einen Termin vorzuschlagen.

Den Rest des Abends half sie zuerst Robert, die Bücherregale neu einzudübeln. Dann überlegte sie, ob sie noch zu Lotti Bensch gehen sollte. Aber plötzlich fühlte sie sich zu müde. Sie saß auf dem Stuhl vor dem Schreibtisch, breitbeinig wie eine erschöpfte Bäuerin am Abend, und sah Robert zu. Robert dübelte und gipste bis gegen elf. Dann rief noch Kathinka an. Sie hätte im Eisschrank bloß eine fast leere Wodkaflasche gefunden. Aber sonst gefiele es ihr gut in Katharinas Apartment.

13

Am nächsten Morgen um Viertel nach sieben fand Katharina auf ihrem Schreibtisch im Büro ein Schriftstück vor mit dem verschmierten Stempelaufdruck *Vertraulich*! Sie blätterte darin und hatte den Eindruck, daß außer ihr noch eine Reihe anderer Leute übers Wochenende gearbeitet haben mußten: die Hausbesetzer, ein Abteilungsleiter Dr. Hiller in der Senatsbehörde für Jugend und Sport, Herr Eberhard Schmöller und nicht zuletzt der anonym gebliebene Verfasser des Schriftstücks sowie diejenigen, die es Sonntagnacht oder heute sehr früh abgeschrieben und fotokopiert hatten.

Katharina stand auf und öffnete die Tür zu Gerfrieds Büro, um zu erfahren, was er darüber wußte. Gerfried telefonierte und nickte ihr nur kurz zu.

Sie setzte sich wieder an ihren Schreibtisch und rief den

Referatsleiter an. Aber der war noch nicht im Haus. Sie hatte gerade aufgelegt, da schnarrte ihr Apparat. Zobel meldete sich.

»Schönen guten Morgen, Ledermacherin. Haben Sie was auf Ihrem Schreibtisch entdeckt?«

»Allerdings.«

»Moment«, sagte er, »ich komm mal eben.«

Kaum zwei Minuten später saß er ihr gegenüber, auf dem Platz von Doris, korrekt, mit dezent übereinandergeschlagenen Beinen. Jetzt trug er dunkelgraue Socken. »Den Bericht«, sagte er, »haben Sie von mir. Und ich hab ihn vom Chef. Und der Chef hat ihn, dank seiner guten Verbindungen, vom Verfassungsschutz. Denn außer uns vom Sonderdezernat und den Engländern ist ja auch der Verfassungsschutz sehr daran interessiert zu erfahren, wo die anderen beiden Handgranaten geblieben sind und wer sie zu verwenden gedenkt.«

»Ich auch«, sagte Katharina. »Ich bin auch sehr daran interessiert.«

»Sie auch, natürlich.«

»Ich an erster Stelle«, sagte Katharina.

»Darüber bestehen bei uns, also beim Sonderdezernat, bereits Zweifel«, erklärte Zobel. »Übrigens auch beim Verfassungsschutz. Und bei den Engländern. Aber ich habe veranlaßt, daß Sie informiert werden.«

»Nett«, sagte Katharina.

»Ja.« Zobel grinste. »Ich finde das auch nett.«

»Mit anderen Worten«, sagte sie, »Verfassungsschutz, Sonderdezernat und Engländer sind sich nicht einig, wer für den Brocken zuständig ist, und deshalb lassen die mich erst mal weitermachen.«

»So ungefähr. Nun ist es dem Verfassungsschutz gelungen, einen V-Mann unter die Besetzer des Hauses Adam-Nitze-Straße einzuschleusen. Nachdem die erste Handgranate Am Sandwerder gelandet ist, könnte es ja sein, daß die beiden anderen Handgranaten in der Adam-Nitze-Straße landen.«

»Könnte sein, ja«, sagte Katharina.

»Nicht wahr? Um Gewißheit darüber zu erhalten, hat der V-Mann den Auftrag, die Besetzer des Hauses Adam-Nitze-

Straße im Fall von drohender Konfrontation mit der Polizei zum gewaltsamen Widerstand zu veranlassen.«

»Schwachsinn«, sagte Katharina.

»Wieso?« fragte Zobel beleidigt. »Natürlich hat der V-Mann ebenfalls den Auftrag, den Einsatz der Handgranaten zu verhindern, wenn er weiß, wer sie hat.«

»Läuft nicht.«

»Klar wird's laufen, Ledermacherin. Der Junge ist nicht von gestern. Der ist Schüler vom Pater Joseph und bloß rüber zum Verfassungsschutz, weil die ihm mehr geboten haben.«

Pater Joseph, so genannt wegen seines dunklen Bartes und seiner milden Redeweise, war Ende der sechziger, Anfang der siebziger Jahre ein besonders erfolgreicher Kriminalbeamter gewesen. Er hatte der Einsatzgruppe Ermittlung und Sonderdienste angehört, deren Aufgabe es war, sich als Demonstranten unter Demonstranten zu mischen, das Verhalten von oppositionellen Gruppen zu studieren und zu imitieren, um Demonstrationen und oppositionelle Aktionen auf diese Weise von innen kontrollieren und steuern zu können. Allerdings hatte sich Pater Joseph die politischen Auffassungen seiner Studienobjekte so sehr zu eigen gemacht, daß der Polizeiführung nicht mehr klar war, auf welcher Seite sich der Pater eigentlich befand. Er war dann aus der aktiven Tätigkeit zurückgenommen und an der Polizeiführungsschule in Hiltrup zum Dozenten für Methoden psychologischer Unterwanderung von Gegnern des Rechtsstaates gemacht worden. Jetzt wurden aber auch schon an der Polizeischule Zweifel laut, ob er nicht eher die Polizei mit linkem Gedankengut unterwanderte.

»Und inzwischen«, sagte Katharina, »hat euer Spitzel also ein kleines Kassettengerät in der Jeansjackentasche, mit eingebautem Richtmikrofon, nimmt alles auf, was so unter den Hausbesetzern geredet wird, und schmeißt jeden Abend heimlich die volle Kassette auf die Straße, einem alten Mütterchen, das zufällig vorbeikommt, direkt in die alte Schürze. Und dann bringt das alte Mütterchen die Kassette zum Verfassungsschutz, wo man aus dem Material einen spannenden Bericht zusammenstoppelt.«

»So ungefähr«, meinte Zobel. »Bis auf das alte Mütterchen. Dafür ist der Verfassungsschutz noch zu konventionell. Die werden vor dem Haus jemand stehen haben, der zehn Meter gegen den Wind wie ein getarnter Agent aussieht. Und das ist der einzige Punkt, der die Sache gefährden könnte.«

»Nicht der einzige«, sagte Katharina.

Nachdem Zobel gegangen war, und da Gerfried weiterhin telefonierte und die Kolleginnen, die Lotti Bensch beobachten sollten, sich aus ihren Büros noch nicht gemeldet hatten, las Katharina das Schriftstück nun mit widerwilliger, durch Unbehagen geschärfter Aufmerksamkeit.

Zweiter Bericht

Freitagabend. Die acht männlichen und drei weiblichen Hausbesetzer haben sieben Stunden lang im ersten Stock Fenster und Türen repariert. Delegationen von Berliner Oberschülern sowie Lehrlinge aus einigen Betrieben haben Quittungen über Einzahlungen für Wasser- und Lichtrechnungen der BEWAG gebracht. In führenden Rollen profilieren sich: Dr. Anna Hudetz, 27 Jahre alt, Helmut Behrmann, 22, Student der Soziologie, Karl Ernst, 23, Autoschlosser. Die drei kennen sich seit Jahren durch gemeinsame Arbeit in Jugendgruppen. Die anderen sind zum Teil erst achtzehn Jahre alt. Das Verhältnis der Hausbesetzer zur im Haus verbliebenen Rentnerin Therese Baier ist gut. Baier mit i. In der Wohnung Baier wurde ein Kanonenofen installiert.

Therese Baier: So, danke euch auch ... (unverständlich, Geräusche). So geht's ja wieder einigermaßen. Fast wieder Belletasch (Belletage?) Und ... (unverständlich) Wasser haben wir auch. Na, da gibt's gleich Kaffee, für alle. Hoffentlich kriegt ihr keinen Ärger wegen mir.

Einige Hausbesetzer (?): Wir haben das Haus besetzt, weil das ungerecht ist, daß es leersteht ... Wir wolln ... (unverständlich) den Kloss (?) hier (die Chose?) wieder benutzbar machen ...

Therese Baier: Schön wär es ja. Ich glaub bloß ... (unverständlich). Ihr kennt den Hausbesitzer nicht ...

Helmut (?): He, kommt mal rüber zu Oma Baier ... (unverständlich) rauf in den ersten Stock. Ich glaube, wir sollten mal erklären, wie wir uns das hier denken ... (unverständlich).

Hausbesetzer durcheinander: Laß Anna das erklären, Helmut ... (unverständlich). Die hat das besser drauf.

Anna: Also, Frau Baier, die Jungen und Mädchen hier sind Lehrlinge, Studenten, Buchhändler. Ich selbst bin Sozialarbeiterin. Und offiziell darf ich gar nicht mitgemacht haben, weil ich städtische Angestellte bin ... (unverständlich, Gerede der Hausbesetzer) ... habe aber mitgemacht. Eben. Deshalb. Denn seit Monaten suchen wir Räume, um ein Freizeitzentrum einzurichten für Jugendliche, eine Beratungsstelle für diejenigen, die Schwierigkeiten haben zu Hause, im Betrieb ... (unverständlich, Gerede.) Für diejenigen, die aus Erziehungshäusern entlassen sind oder die geflohen sind, für die wollen wir Kontaktstelle sein, wollen helfen auf der Suche nach Unterkunft, nach Freunden, nach Arbeits- oder Ausbildungsmöglichkeiten. Und die Drogenabhängigen, die versuchen, sich nicht länger zu betäuben, wollen wir in ihrem Kampf unterstützen.

Therese Baier: Das sind doch die mit dem Haschisch und dem Morphium oder so. Die will ich aber nicht hier haben. Die kotzen doch gleich aufs Parkett. Und das hat mein Mann selber ... (unverständlich) Otto Pedischer, Schuhmachermeister (?) ...

Hausbesetzer (?): Keine Sorge ... auf dein Parkett ist bloß der Hausbesitzer scharf ...

(Gelächter, Gerede.)

Dritter Bericht

Samstagvormittag, gegen zwölf Uhr. Dr. Hiller von der Senatsbehörde für Jugend und Sport hat wohl schon vor der Hausbesetzung Kontakte mit Hausbesetzern und dem Hausbesitzer, Herrn Eberhard Schmöller, gehabt. Außerdem muß er sich mit anderen Senatsstellen abgestimmt haben. Anders ist nicht zu erklären, daß er schon heute eine Delegation der Hausbesetzer, Dr. Anna Hudetz, Karl Ernst, Erwin Maus, mit Herrn Schmöller in seinem Büro zusammenbringen konnte.

Schmöller: Ich verhandle nicht. Das Haus Adam-Nitze-Straße gehört mir. Wer sich unberechtigt darin aufhält, begeht Hausfriedensbruch, Verehrteste.

Anna Hudetz: Wer vorsätzlich ein Haus vergammeln läßt, das unter Denkmalschutz steht, macht sich strafbar, oder?

(Protest, von Schmöller? Unverständlich) ...

Dr. Hiller: Trotzdem, Frau Doktor, können die Behörden die mehr oder weniger gewaltsame, mindestens jedoch unbefugte Inbesitznahme von leerstehenden Wohnungen nicht gutheißen ... Die zuständige Behörde beklagt es, daß Sie, Frau Doktor, uns gegenüber ins Zwielicht geraten sind durch offenbare Begünstigung einer derartigen Aktion. Andererseits setzen wir unsere Hoffnung auf Ihre anerkannten Fähigkeiten, einen allseits befriedigenden Kompromiß erzielen zu können. Schon lange brauchen wir in Kreuzberg, um gefährdete Jugendliche in die Gesellschaft einzugliedern, ein Rehabilitationszentrum. Darin sind wir mit Ihnen weiß Gott einig. Die Adam-Nitze-Straße läge günstig, ein historischer Bau erhielte neue Funktion. Vorausgesetzt das Einverständnis von Herrn Schmöller ...

Schmöller: Niemals. (Heftiger Protest von den Hausbesetzern. Gerede.)

Dr. Hiller: Dann ... (unverständlich) vergebens zusammengekommen.

Schmöllller: Es sei denn, die Mietfrage wird in befriedigendem Maß geregelt.

Dr. Hiller: Davon wollte ich sprechen. Die Stadt kann die Umstände, unter denen türkische Familien sich gezwungen sahen, ihre Wohnungen in der Adam-Nitze-Straße aufzugeben, nicht ... (unverständlich) (billigen?). Da die betreffenden Familien inzwischen anderweitig untergebracht wurden und sich überdies weigern, in die Adam-Nitze-Straße zurückzuziehen ...

Schmöller: Weigern ist gut. Die sind gekündigt.

Dr. Hiller: ... und ohne einer eventuellen gerichtlichen Klärung des fraglichen Sachverhalts vorzugreifen, lautet mein Vorschlag, nach Absprache mit den anderen damit befaßten Stellen, folgendermaßen: die Stadt mietet im Rosenius-Bau sämtliche Wohnungen des zweiten, des dritten und vierten Stocks.

Schmöller: Ausgezeichnet.

Dr. Hiller: Sie wird ihr Pressearchiv dorthin verlegen. Die beiden noch freien Wohnungen im ersten Stock neben der Wohnung Baier sollen Ihrem Gruppenexperiment, Frau Doktor, zur Verfügung gestellt werden. Die Stadt übernimmt auch hier die Miete.

Schmöller: Sehr beruhigend.

Dr. Hiller: Zweckgebundene begrenzte Zuschüsse könnten wahrscheinlich zur Verfügung gestellt werden. Zu unseren Auflagen würde aber gehören, daß kein Jugendlicher unter achtzehn Jahren in den von uns gemieteten Räumen übernachtet.

Anna Hudetz: Wir werden Ihre Vorschläge diskutieren.

Dr. Hiller: Und Herr Schmöller ... wird sich Herr Schmöller verpflichten, in den Rosenius-Bau endlich Türen und Fensterrahmen einzusetzen, um weiterem Verfall entgegenzuwirken.

Schmöller: Ich denke nicht daran.

(Protest der Hausbesetzer. Unverständliches Durcheinandergerede.)

Dr. Hiller: Als Grund für das rechtlich äußerst fragwürdige Herausreißen von Türen und Fensterrahmen aus einem sonst intakten Bau haben Sie angegeben, Sie hätten die sofortige Erneuerung längst disponiert.

Schmöller: Besprechen Sie das mit meinem Anwalt nächsten Montag. Ich muß jetzt zurück nach Frankfurt. Sie hören von mir.

Vierter Bericht

Samstagnachmittag. Adam-Nitze-Straße.

Weibliche Stimme: Abgesehen mal davon, daß der von den Behörden vorgeschlagene Vertrag, so wie er jetzt aussieht, ein sehr zweischneidiges Ei ist ... (unverständlich, mehrere Stimmen durcheinander).

Männliche Stimme: Der Vertrag sieht nicht vor, daß hier auch ausländische Arbeitnehmer einen Ort haben sollen, wo sie über ihre Sorgen reden können, wo ihnen Hilfe gegeben wird ... (Stimmen.)

Andere Stimme: Die sollen sich doch gegenseitig kennenlernen können. Darum geht's doch. Statt sich gegeneinander hetzen zu lassen, wie hier die Jugos gegen die Türken und so ...

Anna Hudetz: Wenn wir zuviel auf einmal fordern, kommen wir nicht durch.

... (unverständlich.)

Weibliche Stimme: Im Gegenteil. Wir müssen alles fordern, sonst kommen wir nicht durch.

Männliche Stimme: Ich finde, vor allem können wir nicht zustimmen, daß hier ein einzelner, also du, Anna, für uns verantwortlich sein soll ...

Stimmen, durcheinander: Wir sind alle für einander verantwortlich ... Ja, das muß in den Vertrag hinein.

Anna Hudetz: Ich denke, ihr vertraut mir, Helmut.

Helmut Behrmann: Aber auch die Behörden vertrauen dir, Anna. Das muß doch ... (unverständlich) ...

Anna Hudetz: Ist es nicht ... (unverständlich, Gerede) ...

Helmut Behrmann: Der da, das ist Manfred. Der ist heute früh abgehauen aus dem Erziehungsheim Oberstraße, als er mit einer Zahnbürste den Hausflur schrubben sollte.

Manfred (?): Ich hab zweimal Bruch gemacht, Kioske. War zweimal Blödsinn. Na ja, und dann kam das eben so.

Hausbesetzer, durcheinander: Komm her, Manfred. Setz dich hier ... (unverständlich) ... die Genossin Baier wird sicher noch einen Kaffee für dich haben.

Therese Baier: Was denn, was denn. Genossin? Soweit sind wir noch nicht.

Männliche Stimme: Die orthopädische Schuhmachermeisterswitwe wird dir ... (unverständlich) ...

Anna Hudetz: Soll ich mit deinem Bewährungshelfer reden?

Manfred: Mein Bewährungshelfer ... (unverständlich) ... Arschloch.

Anna Hudetz: Wie alt bist du?

Manfred: Siebzehn ...

Anna Hudetz: Erst mal bleibst du also hier. Dann sehen wir weiter.

Helmut (?): Auch über Nacht?

Anna Hudetz: Klar über Nacht.

Fünfter Bericht
Sonntagvormittag. Nachts hat sich ein Jugoslawe am Hauptwasserhahn im Keller zu schaffen gemacht. Ich nehme an, der ist von euch geschickt worden. Anna Hudetz, Helmut Behrmann, Karl Ernst und drei Buchhändlerlehrlinge von neunzehn, zwanzig, achtzehn Jahren, die auch nachts im Haus Adam-Nitze-Straße bleiben, Hudetz und Behrmann übrigens auf derselben Matratze, sind nicht aufgewacht. Auch nicht Therese Baier. Nur Manfred. Der ist runtergerast in den Keller und hat den Jugo zusammengeschlagen. Die Sache wurde heute früh sofort diskutiert, als erstaunlich früh, zwischen sieben und acht, auch die anderen Hausbesetzer wieder eintrafen. Allgemein wird die Ansicht vertreten, daß der Jugo im Auftrag des Hausbesitzers provozieren sollte, damit der Hausbesitzer einen Vorwand hat, den Vertrag nicht abzuschließen. Es wird beschlossen, Möglichkeiten dafür zu schaffen, daß eine steigende Anzahl von Jugendlichen in der Adam-Nitze-Straße übernachten kann. Zum Beispiel sollen die Berliner Betriebe und Schulen, in denen Geld für die Hausbesetzer gesammelt wurde, aufgefordert werden, Vertreter der Schüler in das besetzte Haus zu delegieren, um ihre Solidarität zu demonstrieren. Fragen der Heranschaffung von Lebensmitteln werden diskutiert.

(Anmerkung: Leider waren zur Zeit der Diskussion die Batterien des Geräts unseres Mitarbeiters erschöpft. Er hatte erst später Gelegenheit, am verabredeten Platz die neuen abzuholen.)

Gerfried kam herein. Im gleichen Augenblick rief Gerda Baumann von Jugend II an. Katharina schob Gerfried das Schriftstück hin, und während Gerfried las, verabredete sie mit Gerda Baumann Einzelheiten der Beobachtung von Lotti Bensch und des VW-Busses, in den sie einsteigen würde. Dann sah sie Gerfried an.

»Schmöller war also da«, knarrte Gerfried, »und wir haben keine Ahnung gehabt. Aber sonst, was soll das? Wer hat da einen Spitzel reingesetzt? Etwa wir?«

»Verfassungsschutz.«

»O je.« Niemand konnte so emotionslos wie Gerfried Ablehnung ausdrücken. »Von den dreien, die dafür in Frage kommen, halte ich die Frau allerdings kaum für einen Spitzel.«

Katharina nickte.

»Aber schließlich, was geht's uns an«, sagte Gerfried und seufzte. »Hier.« Er reichte Katharina einen Zettel. »Die beiden Beamten, die am 14. Januar in der Adam-Nitze-Straße waren. Der eine hat Urlaub. Der nimmt immer um diese Zeit Urlaub, weil er Ski fährt. Der andere ...«

»Ich seh schon«, sagte Katharina. Der zweite Name auf dem Zettel war: Obermeister Herbert Witt. Derselbe Beamte, der Hildegard in der Villa Am Sandwerder gefunden hatte.

»Witt ist heute ab acht zum Übungsschießen kommandiert«, sagte er. »Grunewald. Übrigens haben die mir eben das Ergebnis der Untersuchung der beiden Geschosse durchgegeben, mit denen Bernward und Ellen Jeremy getötet wurden. Höpners haben mit einer Walther geschossen, Typ PPK.«

Die Walther PPK war die Dienstwaffe der Kriminalbeamten.

»Erinnern Sie sich«, sagte Gerfried, »an Mohrmann in Spandau?«

Katharina erinnerte sich an ihre unfeine Schadenfreude, als vor einem halben Jahr Kommissar Mohrmann, der pedantische Mäkler, in Spandau in eine Kneipenschlägerei verwickelt worden war, bei der er einen Eckzahn und seine Dienstwaffe verloren hatte. Der Eckzahn war später von einem Streifenbeamten gefunden worden. Die Waffe war nie wieder aufgetaucht.

Katharina stand auf. »Ich fahr zu Witt auf den Schießplatz. Inzwischen bräuchte ich den letzten Stand der Adressen und eventuellen Arbeitsplätze von Frau Bordihn und Frau Remper. Ich ruf von unterwegs an.«

»In Ordnung, Ledermacherin.«

»Was macht die Bremer Handelsgesellschaft?«

»Angekurbelt. Läuft.«

»Und Hildegards Identifizierung?«

»Auch neu angekurbelt.«

»Leider müßte ja die Praxis noch mal durchgewühlt werden. Vielleicht haben wir doch was übersehen.«

»Ich würde mir gern die Wohnung vom kleinen Moritz ansehn, von diesem Pelz oder wie der heißt. Wenn das Tonband nicht in der Praxis ist, wenn die Brüder Höpner es nicht geklaut haben, bleibt nichts, als den Pelz zu filzen.«

»Vielleicht«, sagte Katharina. Sie stellte sich vor, wie Maurice Phelz als ältliche Katharina in einem Sessel kauerte und gierig, bei verdunkeltem Fenster, Dr. Jeremys Tonband abhörte. »Aber einen Durchsuchungsbefehl kriegen wir dafür nie«, fügte sie hinzu.

»Klar«, sagte Gerfried.

»Und dann, Gerfried, sollten wir eigentlich die Villa Am Sandwerder ständig unter Beobachtung halten.«

»Dafür kriegen wir keine Leute«, sagte Gerfried.

»Klar«, murmelte Katharina. »Wo ist die Eisenstange?«

Gerfried räusperte sich. Die Eisenstange befand sich dort, wo Gerfried sie gestern hingelegt hatte, fünfzig Zentimeter von Katharina entfernt, auf dem Schreibtisch von Doris. Genaugenommen handelte es sich um ein Eisenrohr mit angeschweißtem massiven Handgriff. Es sah genauso aus wie die Eisenrohre der von Siebert bezahlten Hausbesetzer.

»Um zwölf große Lage hier«, sagte sie.

14

Der Platz, den die Bereitschaftspolizei zu Schießübungen benutzte, lag unweit der Avus. Er war in letzter Zeit umgebaut worden. Einer der Ausbilder, ein ruhiger bärtiger Mann von Ende Dreißig, holte Katharina an der Einfahrt ab und begleitete sie, um ihr die Erdhügel und bepflanzten Wälle zu zeigen, zwischen denen Deckung und Annäherung geübt werden konnte. Es regnete nicht mehr. Aber es war naß und kühl. Eine Amsel hüpfte träge nur einen halben Schritt beiseite, als der Ausbilder und Katharina an ihr vorübergingen.

Der Ausbilder berichtete zufrieden von Erfolgen. Da die Arbeitslosigkeit zunahm, hatte die Polizei zum erstenmal seit Jahren keine Nachwuchssorgen. Im Gegenteil, man konnte unter den Bewerbern sorgfältig auswählen. Die einen kamen aus sportlicher Begeisterung. Die anderen, weil sie in Berlin nicht Soldat werden konnten. Alle wegen der sozialen Sicherheit.

Vor einer großen bemalten Panoramafläche, die zwischen die Erdhügel gestellt war und Häuser, einen Kirchturm, Hecken und Bäume zeigte, blieb der Ausbilder stehen. Zehn, zwölf junge Männer, die meisten kaum Zwanzig, nur zwei gegen Ende Zwanzig, einige langhaarig, einige mit Schnauzbart, alle im dunkelolivfarbenen Kampfanzug, die Jacken mit großen Munitionstaschen versehen, warteten in lässig geordneter Reihe unter einem hölzernen Regenschutz darauf, nacheinander vorgerufen zu werden. Der erste umklammerte mit einer Hand ein Schnellfeuergewehr. Mit der anderen nahm er von einem weiteren Ausbilder, einem kleinen agilen Lockenkopf, Munition für das Gewehr entgegen. Der Lockenkopf hielt die Munition auf einem Tischchen bereit, außerdem noch zwei Pistolen.

»Das ist das NATO-Gewehr, nicht wahr?« sagte Katharina. »Das G 3.«

Die beiden Ausbilder lächelten. Und die jungen Männer blickten fröhlich auf Katharina.

Auf der Panoramafläche wurde eine dunkle Scheibe sichtbar. Sie zeigte die Umrisse von Kopf und armlosem Oberkörper eines Menschen. Der junge Mann entsicherte das Schnellfeuergewehr.

»Zielansprache«, mahnte der Bärtige neben Katharina mit seiner ruhigen Stimme.

»Störer zwei Strich westlich von Kirche, halb verdeckt von Hecke, Entfernung etwa dreißig Meter.«

»Feuer frei.«

Der junge Mann schoß. Die Scheibe verschwand. Der junge Mann sicherte das Gewehr, gab dem Lockenkopf die nicht verbrauchte Munition zurück.

Der Lockenkopf reichte Katharina eine der Pistolen über den Tisch hinweg.

»Wollen Sie auch mal, Frau Oberkommissarin? Bißchen üben?«

Auf der Panoramafläche erschien eine neue dunkle Scheibe mit den Umrissen von Kopf und armlosem Oberkörper eines Menschen. Die jungen Polizisten blickten wieder auf Katharina.

»Ich habe gelernt, auf Oberarm, Hand oder Fuß zu zielen«, erklärte Katharina.

»Wir lernen, auf Herz oder Kopf zu zielen.« Der Bärtige war eine Spur kühler geworden.

»Ja«, sagte Katharina, »ich bin gerade hinter Leuten her, die das schon können. Wenn ich sie habe, überstell ich sie euch. Vielleicht bringen sie euch noch was bei. Inzwischen würde ich gern mit Obermeister Witt sprechen.«

Eine kurze Pause entstand. Die jungen Polizisten wendeten sich ab, machten unverständliche Bemerkungen. Dann sagte der bärtige Ausbilder ruhig: »Obermeister Witt, bitte begleiten Sie Frau Ledermacher zu ihrem Fahrzeug. Es handelt sich um die Identifizierung eines Beweisgegenstands.«

Ein langhaariger junger Mann trat aus der Reihe der Wartenden auf sie zu. Er war Katharina bisher nicht aufgefallen. Jetzt kam er ihr bekannt vor. Während sie den Weg zurückgingen, erinnerte sie sich, daß sie ihm vor Jahren in der Gothaer Straße begegnet war. Er hatte Nachtdienst gehabt und am frühen Morgen einen Rocker zur Vernehmung gebracht. Dabei war er vor Müdigkeit fast eingeschlafen.

»Sie wollten mal Schweißer werden, stimmt's?«

»Ja«, sagte Witt. »Ich weiß noch, daß Sie mich damals danach gefragt haben.« Plötzlich setzte er hinzu: »Und daß Sie den Rocker viel zu weich angefaßt haben.«

Die Amsel saß fast noch am gleichen Platz. Sie sah ihnen mit schiefgedrehtem Kopf entgegen.

»Wie meinen Sie das?« fragte Katharina.

»Und jetzt haben Sie was gegen unsere Zielübungen.«

Katharina schwieg. Hinter ihnen war wieder das G 3 zu hören.

»Versteh ich ja. Besser wär's, wenn's anders ginge. Aber anders geht's eben nicht mehr. Ich hab Ihnen damals gesagt, mein Vater ist Schweißer. Der hat sein Leben lang geschuftet. Und ich hab gedacht, bloß nicht so fertiggemacht werden, wie der fertiggemacht wird. Jetzt ist er hin und war nicht mal fuffzig. Aber das bißchen Lohnverbesserung, die paar Tage Urlaub mehr, das bißchen Rente mehr, was er so zusammengekriegt hat, das hat er nicht von den Rockern und den Anarchisten und den Terroristen gekriegt. Das hat er sich mit der Gewerkschaft geholt. Und je mehr die Anarchisten von den Arbeitern reden, um so dreckiger geht's den Arbeitern. Denn die mit dem Geld und der Macht, die schlagen ja zurück. Und die treffen als erstes den Arbeiter. Sehn wir ja jetzt. Also nichts wie weg mit den feinen Pinkeln und ihren verdammten Sprüchen und ihrem verdammten Hochmut und ihren verdammten Bomben. Die gehn alle dem Arbeiter in Arsch. 'schuldigung.«

Katharina betrachtete den jungen Mann, der jetzt neben Roberts Volkswagen-Kabrio stand. Sein Gesicht sah blaß aus, überanstrengt, als hätte Herbert Witt seit jenem Morgen vor drei Jahren, wo er todmüde neben dem Rocker saß, nicht mehr geschlafen. Sie wußte nicht, was sie ihm antworten sollte. Sie hätte Zeit haben müssen für ein Gespräch. Aber die hatte sie nicht. Sie öffnete die Haube des VW.

»Ich wollte Sie fragen, Herr Witt, ob Sie eine Eisenstange dieser Art schon mal gesehn haben.« Sie hielt das Eisenrohr hoch. Witt nahm es ihr aus der Hand, befühlte die Nahtstelle zum Handgriff.

»Dreck«, murmelte er. »Die schweißen wie der letzte Affe.« Und er legte das Rohr zurück. »Ja«, sagte er dann zu Katharinas Überraschung, »hab ich gesehn. Bei dieser Rentnerin im Haus Adam-Nitze-Straße. Nachdem die Jugoslawen da alles kaputtgeschlagen hatten. Wir kamen ja erst hin, als die Jugos schon abgehaun waren. Ich weiß noch genau, wie wir da durch die Trümmer gestiegen sind. Alles voll von Splittern und kaputten Möbeln. Und in der Küche saß die alte Frau auf dem einzigen heilen Stuhl. Durch die Fensterlöcher pfiff ganz schön der Wind rein, und sie hielt so 'ne Stange in der Hand und schimpfte. Die hamse vergessen, hat sie geschrien, aber wenn sie wiederkommen, dann kriegen sie die an den Kopf. Ich hab ihr die Eisenstange aus der Hand genommen. Dieselbe verwürgte Naht wie bei der Keule hier. Hätten sie auch gleich können mit Uhu kleben.«

»Was ist aus der Eisenstange bei Frau Baier geworden?«

»Keine Ahnung. Vielleicht hat die Baier sie noch.«

»Warum haben Sie die Stange nicht beschlagnahmt?«

»Keinen Befehl dazu gekriegt.«

»Haben Sie diesen Typ Eisenstange auch in der Villa Am Standwerder gesehn?«

»Nein.«

»Nein?«

»Ich hab da überhaupt keine Eisenstangen gesehn. Ich bin ja hinter dem Krankenwagen her.«

»Haben Sie später, als der Krankenwagen verschwunden war, einen VW-Bus mit rot-weiß karierten Vorhängen vor dem Haus Am Sandwerder gesehn?«

»Nein.«

Katharina schloß die Haube wieder.

»Danke, Herr Witt. Das wär's.« Sie hatte das Gefühl, noch etwas sagen zu sollen. Aber Witt grüßte schon, drehte sich um und ging zurück.

15

Harke war der Name eines toten Arms der Spree, der in den dreißiger Jahren zu einem Verbindungskanal ausgebaut werden sollte. Aber die Regulierungs- und Befestigungsarbeiten wurden durch den Krieg unterbrochen. Und nach dem Krieg brauchte man an dieser Stelle keinen Verbindungskanal mehr. Statt dessen wurde die Harke der Sammelplatz für die Kähne der Oderschiffer, die nach 1949 aus der DDR flüchteten. Für die Kähne der geflohenen Schiffer war der Wasserweg von Berlin zur Elbe gesperrt, und die wenigen Frachtaufträge innerhalb der Westberliner Gewässer reichten kaum für die West-Berliner Schiffer. Aber die Schiffer aus der DDR mochten sich auch nicht von ihren Kähnen trennen und wie andere Flüchtlinge auf dem Luftweg in die Bundesrepublik reisen. So blieben sie mit ihren Familien und den magerer werdenden Hunden auf ihren Kähnen in der Harke. Zum Teil waren es noch alte Holzkähne. Die wurden allmählich von ihren Besitzern zerhackt und im Verlauf von zwei, drei Wintern als Brennholz verkauft. Sie hausten so lange wie möglich auf den ausgeschlachteten, in die Uferböschung gesetzten Kahnresten, die aussahen wie riesige Fischskelette. Viele weigerten sich, den Ort zu verlassen, an dem sie ihre Schiffe zu Brennholz gemacht hatten. Wenn sie auch keine Kahnbesitzer mehr waren, sie wollten doch am Wasser bleiben. So baute die Stadt in der Mitte der fünfziger Jahre am Ufer der Harke einige primitive Baracken. Von Anfang an waren die sanitären Verhältnisse dort als ungenügend angesehen worden. Aber man hoffte, die Baracken in wenigen Jahren wieder abreißen zu können, wenn auch die letzten Schiffer vor dem Elend und dem Druck der Behörden kapituliert hätten.

Zwanzig Jahre später dienten die inzwischen umgebauten Baracken neben dem fauligen, stinkenden Gewässer als Obdachlosenasyl. Es war von einem rostigen Zaun umgeben, den man unmittelbar am Ufer verstärkt hatte, damit spielende Kinder nicht in die Harke fallen konnten. Für die nun aus Zement gefertigten einstöckigen Gebäude, die unverputzt, naß, grau durcheinanderstanden und nur durch Wäscheleinen, Elektrokabel und Fernsehantennen miteinander verbunden schienen, gab es eine Art Toreinfahrt.

Katharina ließ Roberts Auto davor auf einem Schotterweg oberhalb der Harke stehen, neben zwei zerbeulten Rostlauben, von denen es sich, wie Katharina beim Aussteigen feststellte, mit seinem geflickten Kabriodach nicht sehr deutlich abhob.

Während Katharina um Pfützen herumging und nach der Nummer der Baracke suchte, in der Maria Remper wohnen sollte, sah sie, daß die Fernsehantennen beschädigt und die Wäscheleinen unbenutzt waren. Einige Teile der Gebäude waren nicht mehr bewohnt. Das Lager schien unterbelegt. Offenbar sollte es aufgelöst werden. Katharina sah nur drei Kinder in einem Hauseingang kauern, und statt einem Dutzend streunender Hunde kam ihr nur einer entgegen, der gleich wieder umkehrte und hinter ein Haus lief. Die wenigen noch hier wohnenden Erwachsenen waren auf Arbeit oder Arbeitssuche, die paar, die vielleicht zurückgeblieben waren, verbargen sich hinter Gardinen. Katharina wußte, sie hatten einen genauen Blick dafür, ob jemand von der Fürsorge oder der Polizei sich näherte, und daß sie genau verfolgten, wen es diesmal traf.

Maria Remper wehrte sich sofort. Es gelang Katharina nicht, sich verständlich zu machen. Die Frau war Mitte Dreißig, untersetzt, Kittelschürze, straff gescheiteltes dichtes dunkles Haar, weiches Gesicht. Ihre Stimme war leise, aber nicht resigniert. Sie saß mit Katharina im größeren der beiden kleinen Räume, die ihr und den fünf Kindern zur Verfügung standen. An der nackten Zementwand hinter ihr hing ein Marienbild mit leerer Blumenvase, darunter stand ein metallenes Dreistockbett. Vom Nebenzimmer kam Kindergeschrei. Sie schlug mit der Faust gegen die dünne Zwischenwand, da verstummten die Kinder. Ein Boot tuckerte auf der Harke. Und ein entfernter Nachbar ließ dröhnend das Radio laufen.

»Sie sind geschickt, um sie mir wegzunehmen, nich?« sagte Maria Remper. »Aber ich geb sie nicht her.«

»Sie irren sich. Ich will Ihnen die Kinder nicht wegnehmen«, erwiderte Katharina ruhig.

»Doch, Sie wolln die Kinder.«

»Aber nein. Sie brauchen sie nicht einzusperren. Ich nehme sie nicht mit.«

In dieser Art redeten sie ein paar Minuten. Die Kinder fingen wieder an zu toben und zu kreischen, und Frau Remper schlug wieder an die Wand. Dann legte sie ihre Hände vor sich auf die frisch gebügelte ausgeblichene Tischdecke.

»Also denn, ich weiß ja auch nich«, sagte sie. »Kann ja sein, daß mein Mann aus dem Gefängnis abgehaun is, oder? Kann sein, nich, um uns hier rauszuholen, abgehaun aus dem Gefängnis. Und nu sind Sie hier, um ihn zurückzubringen.«

»Ihr Mann ist nicht aus dem Gefängnis abgehauen.« Aber Frau Remper hörte nicht zu. Sie fuhr fort, sich zu rechtfertigen.

»Im Prozeß hab ich nichts gesagt, was sollte ich da groß sagen, war ja alles entschieden, war ja alles entschieden. Aber was war, das war, daß der Hausbesitzer von dem Haus, wo unsere Wohnung war, er hat Eigenbedarf angemeldet oder wie, nich, und wir mußten raus. Und da war's eben so, daß wir keine Wohnung fanden, nich, nirgendwo. Wenn die hörten, sieben Kinder, gleich war nichts mehr, gar nichts war mehr. Die Firma hat auch nichts gefunden. Dabei hätten wir zahlen können, dreihundert, dreifuffzig! Siebzehnhundert brachte er ja nach Haus, mit allen Zuschlägen, nich. Aber dafür gab's keine Wohnung, nirgendwo. Mein Mann hat immer gesagt, wir kommen zu den Obdachlosen, genau dahin, und davor ham wir uns gefürchtet, und er hat sich hintersonnen, er hat's nich mehr gepackt, es hat ihn ...«

Maria Remper brach ab, aber bevor Katharina endlich den Grund ihres Besuchs erklären konnte, redete sie schon weiter.

»Und nu sind wir ebent hier, nu is es genauso gekomm. Wenn ich meinen Glauben nicht hätte, ich weiß nicht, was wär mit mir und die Kinder. Ich halte die Kinder in der Ehrfurcht für den Vater, er war immer ein guter Vater, bis auf den Alkohol, aber die Kinder wissen das, nich. Daß sie 'n guten Vater ham. Daß sie keine Angst vor ihm ham brauchen. Was ihm da überkommen ist, das war nur ...«

Maria Remper schwieg wieder. Katharina schwieg auch. Sie sah ein, daß sie die Frau mit ihren Fragen jetzt nicht erreichen würde. Maria Remper schlug, wie mechanisch, an die Wand, obwohl die Kinder nur leise miteinander redeten und vor sich hin kicherten.

»Der kleine Jürgen«, sagte sie. »Der kleine Jürgen. Und die kleine Sophie da oben. Die werden ihm verziehn haben.«

Wieder Pause.

Dann, in anderem Ton: »Morgens und abends geh ich putzen. Sonnabends und sonntags, die Nacht bis zwölf, da arbeite ich bei Buletten-Paul, Uhlandstraße. Und nachmittags kommt Opa, der ist noch sehr rüstig und paßt auf die Kleinen auf. Die haben ihre Ordnung. Und die Heidi ist schon dreizehn, die Große, die schafft schon gut mit, ich warte nur, daß sie endlich aus der Schule kommt, da kann sie gleich Geld verdien.«

Wieder der Schlag gegen die Wand, hinter der sich die Kinder jetzt vollkommen ruhig verhielten.

»Die kommen da nich raus, die nehmen Sie mir nicht weg.«

»Wirklich nicht, Frau Remper. Ich will Sie nur was fragen.«

»Denn wenn er das so hört und weiß, da im Gefängnis, der Gerhard, wenn ich ihn da so besuch und er fragt wieder, wo wir wohnen, er weiß doch längst, wir mußten da raus, wo wir gewohnt haben, und ich hab's ihm doch längst gesagt, nich. Damals ist er ganz käsig im Gesicht worden, so wie damals, danach. Ich sag ihm jedesmal, wir kommen ja bald auch wieder raus hier. Aber ich hab's nich geglaubt, Sie, ich hab's nich geglaubt. Bloß neulich, als ich den Doktor wiedergetroffen hab ...«

»Welchen Doktor?« fragte Katharina schnell dazwischen.

»Jeremy nennt er sich. Er hat mich mal behandelt, ich hatte's an der Brust, nach der letzten, der Monika. Und bei Buletten-Paul, Sonnabend vorige Woche, da wollte er 'ne Bulette, und wie ich sie ihm rüberlege, erkennt er mir. Und fragt. Na, da hab ich gesagt, wie's ist. Und er hat gesagt, er will sehn, ob er was weiß für uns.«

»Dr. Jeremy ist tot«, sagte Katharina. Sie wollte es behutsamer sagen. Aber das war ihr nicht gelungen. Sie brachte es auch nicht fertig hinzuzufügen: er wurde umgebracht.

Frau Remper sah sie starr an. Dann nickte sie.

»Fast hab ich wieder gedacht, es wär möglich, hier rauszukommen. Fast, nich«, murmelte sie. »Und nu also nich. Da hält man auf sich, da macht man's sich sauber, aber durchregnen tut's ja doch. Und die andern hier, so verkommen wie die sind, mit denen ham wir ja gar keinen Umgang. Nie nich«, bekräftigte sie. »Aber frei komm wir deshalb nu doch nich wieder, nu müssen wir bleiben, wo der Doktor tot ist. Und wenn sie uns täten hier rauslassen, kämen wir ja doch bloß in ein anderes Asyl, nich. Wo sie das hier doch zumachen wolln. Ja, da müssen wir ebent auf den Gerhard warten, hier oder anderswo. Kann doch sein, nich, daß mein Gerhard uns rauskriegen kann, er wär ja doch der einzige, der's könnte schaffen, doch ja, der einzige, nich. Bloß manchmal, da kommt das so, da denk ich, was haste für 'n Mann, schlägt deine Kinder tot, nich. Manchmal kommt's so, aber es vergeht auch.«

Nebenan begann wieder Geschrei und Toben. Frau Remper reagierte nicht darauf. Sie murmelte: »Wie die Gören hier hinter meine Kinder herrufen: Mörderkind, Mörderkind.« Dann nahm sie die Hände von der Tischdecke und sagte: »Ich wär froh, wenn ich ihn könnte jetzt hier haben, den Gerhard. Wir täten ihn schon brauchen, unsern Vater. Aber wir müssen ebent die Jahre noch warten, nich.«

Der Kindergarten war zu ebener Erde in den Räumen einer ehemaligen Drogerie untergebracht. Die Straße gehörte zu einem der stillen Wohnviertel von Friedenau, und das war auch der Grund, warum die Drogerie hatte schließen müssen: keine Laufkundschaft. Aber der Kindergarten florierte, das sah Katharina sofort. Sie stand in einem mit winzigen Stühlen und Tischen möblierten Raum. Wände und Möbel waren bunt bemalt. Autos, Puppen und Teddys lagen umher. Dazwischen eine zerfledderte Berliner Morgenzeitung. Die Schlagzeile der ersten Seite war deutlich zu erkennen: *Bekannter Berliner Frauenarzt ermordet!* Aus den hinteren Räumen kam rhythmischer Krach. Da schlugen Kinder auf Töpfe und Bleche und sangen laut. Katharina kannte das Lied. So ähnlich, nicht so berlinisch, hatte sie es, als sie noch Seminaristin war, mit den Kindern in Dillingen, in Süddeutschland, gesungen, abends im Schlafsaal, leise, denn die Heimleiterin war gegen das Lied gewesen. Sie hielt es für vulgär, für nicht geeignet zur Bildung der zarten Kinderseelen.

Des Sonntags halber dreier,
da geht Familie Meier
mit ihrem ganzen Haus
zum Schlachtensee hinaus.

Und ihre fuffzehn Kinder,
die laufen vor und hinter,
der Atze fällt in Dreck,
Frau Meier schreit vor Schreck.

Eine blasse, dünne Frau kam durch die offenstehende Tür vom Flur herein. Sie war ein paar Jahre jünger als Frau Remper. Das blonde Haar fiel ihr auf die Schultern und in die Stirn, sie hatte die Angewohnheit, es mit einer nervösen Handbewegung zurückzustreichen. Sehr helle Augen blickten Katharina aufmerksam an. Unter dem rechten Auge zuckte ein kleiner Muskel.

»Ja?« sagte sie. »Sie wollten mich sprechen?«

Hinten schrien die Kinder:

Ruff, ruff, ruff,
was kommt denn da gefahren?
Ruff, ruff, ruff,
das ist der Zuchthauswagen.

Ruff, ruff, ruff,
wer sitzt denn da wohl drin?
Herr Meier und Frau Meier
mit ihrem erschlagnen Kind.

Zwei kleine Mädchen, halbnackt, mit Töpfen und großen Holzlöffeln, kamen in den Raum gerannt, lachten, schrien, umklammerten Elisabeth Bordihn, versuchten, sie mit sich zu zerren. Aber sanft und beharrlich befreite sich die junge Frau von den Kindern, »lauft man wieder zu Ines und Eva, ich muß erst was bereden mit dieser Frau«, und die Kinder ließen sich, nach einigem »Warum? Wie lange denn?« auch hinausschieben. Elisabeth Bordihn schloß die Tür hinter ihnen.

»So. Mein Gott, das ist nun schon seit Monaten ihr Lieblingslied. Wollen Sie ein Kind anmelden?«

Katharina schüttelte den Kopf. »Ich bin von der Kriminalpolizei.«

Elisabeth Bordihn sah sie starr an. »Ist was mit meinen Kindern?«

»Nichts mit Ihren Kindern, Frau Bordihn. Auch nichts mit Ihrem Mann«, setzte sie rasch hinzu, um der nächsten Frage zuvorzukommen. »Ich bin wegen Dr. Jeremy da.«

Frau Bordihn blickte auf die Zeitung am Fußboden.

»Ach«, meinte sie erleichtert, »dann kommen Sie also wegen der Kartei. Ist mir nur recht. Die können Sie haben. Vorige Woche waren Bullen da, die haben so Fragen gestellt, wegen Lorenz wohl. Bei Freunden von mir haben sie die Wohnung auseinandergenommen. Besser, das Zeug verschwindet. Sind Sie mit dem Auto da? Wir können gleich hinfahren. Ich sag Ines Bescheid.«

Elisabeth und ihre Kinder wohnten mit einem Volkswirtsehepaar und deren Kindern zusammen in einer Sechs-Zimmer-Wohnung in Tempelhof. Während der Fahrt berichtete sie knapp, mit vielen Pausen, in denen sie ihr Haar zurückstrich oder einfach nur auf die Straße blickte, Einzelheiten über Dr. Jeremys ausgelagerte Kartei. Etwa alle sechs Monate fotokopierte er seine Karteikarten und brachte die Fotokopien zu Frau Bordihn. Die bewahrte sie in zwei großen alten Koffern auf. Vor vierzehn Tagen etwa hatte er angerufen und angekündigt, daß er die beiden alten Koffer demnächst abholen werde. Für Katharina war damit die Notiz auf der Praxis-Karteikarte von Frau Bordihn klar: K. abholen. Was ihr nicht klar war: warum Dr. Jeremy Fotokopien seiner Kartei anfertigte und auswärts lagerte. Elisabeth Bordihn konnte nichts darüber sagen. Dr. Jeremy hatte ihr nie einen Grund genannt.

»Haben Sie sich nicht darüber gewundert?«

»Doch. Aber wir dachten, er wird schon wissen, was er tut. Wir trauten ihm einfach.«

»Sie kannten Dr. Jeremy also gut, Sie und Ihr Mann?«

»Bernward war nicht nur ein hervorragender Arzt. Er war auch der beste Freund von Martin und mir.«

»Warum wurde Ihr Mann in Hamburg nicht ins Beamtenverhältnis übernommen?«

»Warum wollen Sie das wissen?«

»Ich möchte verstehen, warum Dr. Jeremy Ihnen Fotokopien seiner Kartei anvertraut hat.«

»Haben Sie über Martin nicht genug in den Akten?«

»Akten«, sagte Katharina. »Das wissen Sie doch, was Akten sind.«

Elisabeth Bordihn antwortete erst nach einer längeren Pause. »Wissen Sie«, sagte sie, »was ich gedacht habe, als Sie sagten, Sie sind von der Kripo? Daß der Martin durchgedreht ist.« Weitere Pause. »Es wär kein Wunder nach alldem, was er hinter sich hat. Und er weiß ja, wie die Leute jetzt über uns reden. Ich hab Angst«, setzte sie hinzu, »daß ihr ihn verändert.«

Katharina konzentrierte sich darauf, einem Lastwagen auszuweichen, der in der Gegenrichtung einen Omnibus überholte und genau auf sie zufuhr.

»Ich wär zu nervös zum Autofahren«, sagte Elisabeth Bordihn. Und dann, nach einer ihrer Pausen, in denen es manchmal schien, als hätte sie Mühe, sich zu konzentrieren:

»Da waren damals zwei Sachen. Einmal der Widerstand gegen die Staatsgewalt, bei der großen Anti-Springer-Demonstration Ostern 1968, nach dem Attentat auf Rudi Dutschke. Beamte in Zivil haben ihn von hinten angesprungen, er hat sich gewehrt, er wußte ja nicht, daß es Polizeibeamte waren. Und weil er früher beim Bundesgrenzschutz war...«

»Aktiv?«

»Aktiv, ja. Leutnant. Jedenfalls er hat gelernt, wie man heimtückische Angreifer aufs Kreuz legt. Die zweite Sache war später, 1973, sein Verhalten in der Schule, wie sie das nannten. Er wollte eine andere Sorte Deutschunterricht machen, zum Beispiel. Nicht mehr das trostlose Runterleiern von Klassikern. Er wollte gesellschaftliche und soziale Hintergründe zeigen. Bei ihm war mehr die Rede von den Löhnen für Schulmeister, Bauern und Manufakturarbeiter im Jahre 1825 als von Wanderers Nachtlied, mehr von der realen Unterdrückung der Freiheit als von den Dramen, die Schiller darüber geschrieben hat. Aber er ging natürlich immer von Wanderers Nachtlied oder von Don Carlos aus. Das gefiel dem Schulrat schon nicht, so was kann sich ja auch kaum ein etablierter Studienrat erlauben, so weit weg vom Lehrplan zu unterrichten. Außerdem hat er als Gast ein paar Monate in einer DKP-Lehrergruppe mitgearbeitet, und das gab wohl den Ausschlag. Parteimitglied war er nie. Zur gleichen Zeit wurde mir, nach vierjähriger Probezeit, mitgeteilt, ich könnte wegen einer früheren Mitgliedschaft in der Sozialistischen Deutschen Arbeiterjugend ebenfalls nicht Lehrerin werden. Da war ich gerade schwanger, aber ich wußte es noch nicht. Menstruation weiter wie sonst, keine Übelkeit, keine Gier nach sauren Heringen oder Schokolade. Wir hingen rum, ohne Existenz, ohne Aussicht auf irgendwas, während eine Kollegin in Lübeck, Mitglied des NPD-Bundesvorstands, gerade Oberlehrerin wurde. Da habe ich eine Menge von diesen Anti-Depressions-Tabletten geschluckt. Ja. Und erst hier in Berlin hab ich von Bernward gehört, daß ich im vierten Monat bin.«

»Warum sind Sie nach Berlin gezogen?«

»Eine Freundin von mir, eben die Ines, hatte hier einen Kindergarten aufgemacht. Eine Mischung aus den früheren antiautoritären Kinderläden mit dem üblichen. Da brachten liberale gutverdienende Eltern ihre Kinder hin. Und Ines wurde Unternehmerin.«

»Unternehmerin?«

»In Kindergärten. Jetzt hat sie insgesamt fünf. Und eine Eigentumswohnung am Gardasee. Ja. Die war auch mal Sozialistin.«

»Warum soll eine Sozialistin keine Eigentumswohnung am Gardasee haben«, murmelte Katharina.

»Na klar. Warum soll ein Sozialist nicht Unternehmer sein. Sag ich doch.«

»Ines hat Sie also rübergeholt?«

»Ja. Die ist trotzdem ein guter Kumpel geblieben. Jetzt die nächste Querstraße.«

Katharina begriff, daß sie von Elisabeth Bordihn nichts darüber erfahren konnte, warum Dr. Jeremy seine Karteikopien ausgerechnet bei Bordihns gelagert hatte. Sie würde Martin Bordihn in der Vollzugsanstalt Tegel fragen müssen.

»Sie kennen Frau Remper?«

»Einmal kurz gesehn. Als Martin bei der Straßenreinigung war, hat er den besoffenen Gerhard Remper mal aus einer Kneipe nach Hause gebracht. Und die Frau Remper hatte was an der Brust.«

»Da haben sie Dr. Jeremy empfohlen?«

»Ja.«

»Sie haben keine Verbindung mehr mit Frau Remper?«

»Kann ich nicht. Das wäre zu … Ich bin dem einfach nicht gewachsen.« Pause. »Ja, hier.«

Katharina bremste.

»Wissen Sie«, sagte Elisabeth Bordihn, »ich war nach der Geburt so fertig, so entsetzlich fertig, ich hätte das selbst gemacht, wenn ich nicht so fertig gewesen wäre. Ich hätte es selbst umgebracht, glauben Sie mir.«

Während Katharina ausstieg, fragte sie ruhig: »Warum erzählen Sie mir das?«

»Weil Sie mich nicht danach gefragt haben«, sagte Elisabeth Bordihn. Die Art, wie sie das sagte, veranlaßte Katharina, sich nach ihr umzudrehen. Was sie in den hellen Augen von Frau Bordihn sah, war Haß.

Die Volkswirtin, die gerade das Mittagessen für alle vorbereitete, und Elisabeth Bordihn sahen vom Flur aus zu, wie Katharina einen Koffer nach dem anderen hinunterschleppte. Und sie sahen vom Fenster aus zu, wie Katharina das Verdeck des Autos öffnete, um die Koffer unterbringen zu können. Sie rührten keine Hand, um ihr zu helfen. Frau Bordihn verabschiedete sich auch nicht. Sie ließ Wasser in die Badewanne laufen, um Kinderhemden zu waschen.

16

Katharina kam durchfroren kurz vor zwölf auf dem Hof der Gothaer Straße an. Sie schleppte die Koffer in den Raum des Pförtners, wobei ihr wiederum niemand half. Der diensttuende Beamte las Zeitung, und zwar den Bericht über die Ermordung Dr. Jeremys und seiner jungen schönen Frau. Kurz nach zwölf ging sie an ihrem Büro vorbei und einige Zimmer weiter zum Vorzimmer des Chefs, trat ein, nickte der Sekretärin zu und war schon im Zimmer des Leiters des Referats Tötung, bevor die Sekretärin ihr hatte sagen können, daß sie erwartet wurde.

Der Chef saß mit Nering, dem Leiter der Pressestelle, am wackligen Rauchtisch vor seinem Schreibtisch. Er rauchte nicht. Die Pfeifen lagen unbenutzt auf dem Tisch. Er zupfte sich Fusseln von einem Papiertaschentuch aus dem Mundwinkel, nieste, suchte nach einem neuen Papiertaschentuch. Nering hatte Akten vor sich, und der Pressechef machte seine typischen kauenden oder mahlenden Bewegungen mit dem Unterkiefer, was bedeutete, daß ein Problem vorlag. Es betraf, wie sich sofort herausstellte, Dr. Jeremy.

»Wir werden gefragt, ob ein Zusammenhang mit dem Fall ›des toten Mädchens in der Wannseevilla‹ besteht«, sagte er, nachdem Katharina, trotz der einladenden Handbewegung des Chefs, sich nicht auf einen der knarrenden Holzsessel gesetzt hatte, sondern stehengeblieben war.

»Kein Zusammenhang«, antwortete sie.

Der Referatsleiter sah sie an.

»Für die Öffentlichkeit«, fuhr sie fort. »Ich möchte nicht,

daß die beiden Verdächtigen erfahren, daß wir sie identifizieren konnten. Näheres später.«

Der Referatsleiter nickte und suchte weiter nach Fusseln in seinen Mundwinkeln.

»Und überhaupt«, sagte Katharina, »kein Wort von mir in allen Mitteilungen. Die Untersuchungen macht weiterhin Gerfried, fertig.« Sie dachte an ihre Verabredung mit Schulz. Wenn in der Öffentlichkeit bekannt wurde, daß eine Frau die Untersuchungen über den Tod des Mädchens in der Wannseevilla leitete, würde er sich möglicherweise unerwünschte Gedanken über Frau Boncœur machen. Wahrscheinlich tat er das ohnehin schon längst.

Der Referatsleiter nieste. Es gelang ihm rechtzeitig, unter Nerings Papieren ein weiteres Taschentuch zu finden und an die Nase zu halten. Dann betrachtete er es deprimiert.

»Der Leiter der Asservatenkammer«, sagte er, ohne den Blick vom Taschentuch zu nehmen, »hat ernste Besorgnis über die Schweizer Paßgeschichte geäußert.«

»Ich teile seine Besorgnis«, sagte Katharina.

»Auch ich habe Bedenken«, sagte der Chef.

»Ich teile Ihre Bedenken.«

Der Referatsleiter lächelte, warf das Papiertaschentuch an Nering vorbei neben den Papierkorb, strich sich mit der anderen Hand erst den kahlen Schädel, dann den gepflegten grauweiß melierten Bart und richtete schließlich den Blick auf Katharina, die immer noch wartend dastand. »Und was gibt's bei Ihnen, Ledermacherin?«

»Ich kündige«, sagte Katharina. Nering vergaß zu mahlen, der Chef unterbrach die Suche nach einem neuen Papiertaschentuch. Plötzlich kam Katharina die Idee, der Chef könnte seine Grippe von Doris haben. Der Gedanke erheiterte sie. Lächelnd fuhr sie fort: »Ich kündige der Ordnung halber an, daß ich Unterschriften sammeln werde für eine Protestresolution.«

»Protestresolution?«

»Falls Gesetz wird, was jetzt schon geübt wird. Kriminalbeamte sind keine Soldaten. Soldaten sind zum Töten ihres Gegners verpflichtet. Ich bin verpflichtet, meinen Gegner vor seinen Richter zu bringen. Äußerstenfalls darf ich ihn kampf- oder bewegungsunfähig machen. Schon das erscheint mir schwierig genug. Wenn Polizisten zum Töten ihrer Gegner aufgefordert werden, ist die freiheitliche Ordnung unseres Rechtsstaates in Gefahr.«

»Sie spricht wohl vom Musterentwurf des einheitlichen Polizeigesetzes«, erläuterte Nering dem Chef. Er sah plötzlich aus, als kondoliere er dem Referatsleiter.

»Nun«, sagte der Chef, »diese Dinge werden doch in der Innenministerkonferenz erst andiskutiert. Sehr fraglich, ob sie auch so Gesetz werden. Ich denke«, setzte er milde hinzu, »Sie werden freiheitliche Ordnung und Rechtsstaat nicht verteidigen müssen, Ledermacherin.

»Ich bin dazu ständig verpflichtet«, sagte Katharina. »Außerdem werde ich dafür bezahlt.«

Die Herren seufzten.

»Morgen haben Sie erst mal eine Aktennotiz. Bitte entschuldigen Sie mich jetzt. Ich hab's eilig. Bis später, bei Mölling.«

Im Büro saß Gerfried und wartete auf sie. Und neben Gerfried saß Doris, blaß, offensichtlich wieder munter, aber mit stumpfen Haaren, die zum Teil unter einem Kopftuch verborgen waren. Katharina umfaßte Doris' Schultern, sagte ein paar Worte über die Grippe als Stimulans zu erhöhtem Lebensgenuß, merkte zu spät, daß gerade diese Hinweise wieder die falschen waren, setzte sich rasch auf die Heizung, ließ sich von Gerfried über seine heimliche Durchsuchung der Wohnung von Maurice Phelz berichten. Das Tonband hatte er nicht gefunden. Sie nickte.

»Und wo bleiben Baumann und Leo?« fragte sie.

»Baumann und Leo waren verhindert«, erwiderte Doris. »Die mußten sich um einen zehnjährigen Jungen kümmern, der in Spandau vor dem Parterrefenster einer Rentnerin ›O du fröhliche‹ gesungen hat. Die Rentnerin hat ihm daraufhin mit einem Flitzbogen einen Pfeil in den Bauch geschossen. Der Junge wird überleben.«

»Aber wer hat sich denn dann um Lotti Bensch gekümmert?« fragte Katharina beunruhigt.

»Ich«, sagte Doris. Sie war glücklich, wieder dabei zu sein.

Katharina lächelte. »Also berichten Sie.«

»Die Lotti aus dem Vogelsberg«, sagte Doris, »die stand

schon zehn Minuten vorher an der Ecke Schlüter/Kant. Der VW-Bus kam Punkt neun, mit einem Fahrer und mit einer Frau.«

»Mit einem Fahrer und mit einer Frau«, sagte Katharina. »Hatte der VW-Bus vielleicht auch karierte Vorhänge?«

»Ja. Blau-weiß.«

»Blau-weiß?«

Doris stand auf, öffnete das Fenster. Katharina und Gerfried stellten sich neben sie, sahen hinunter auf den dunkelgrauen VW-Bus am Straßenrand. Vor seinen Fenstern hingen blau-weiß karierte Vorhänge.

»Das liegt am Mondlicht«, erklärte Gerfried.

»Blau-weiß kann ich nicht leiden«, murmelte Katharina. »Für die Küche kommt nur rot-weiß in Frage.« Sie blieb am Fenster stehen, blickte auf den VW-Bus. »Bitte weiter, Doris.«

»Die fuhren mit der Lotti sofort los in Richtung Zoo, dann Hansa-Viertel. Ich mit Petersen und Dröger hinterher.«

»Zum Schwedenhaus«, sagte Gerfried.

»Nicht direkt. Unter der S-Bahn, zwischen Tiergarten und Bellevue, gibt's vier Großgaragen. Der VW-Bus fuhr in die Lessing-Garagen. Der alte Mann, der da als Pförtner sitzt, kannte den VW-Bus, grüßte, ließ ihn einfahren. Ich bin sicher, der Pförtner hat weder die Lotti noch die Frau gesehen. Denn schon in der Kant zogen sie die Vorhänge vor den Fenstern dicht zu.«

»Der VW-Bus hat in der Garage seinen Platz?«

»Ja. Und zwar in der letzten Halle. Von dieser Halle aus führt eine kleine Tür ins Freie. Man muß also, wenn man seinen Wagen abgestellt hat, nicht unbedingt wieder am Pförtner vorbei. Jeder Platzmieter erhält auch einen Schlüssel für diese kleine Tür. Um diese Zeit sind die meisten Autofahrer längst im Büro. Die Garage ist in den Vormittagsstunden also praktisch leer und nur ganz selten kommt jemand durch. Wenn trotzdem während des Eingriffs jemand stört, läßt der Fahrer des VW schnell den Motor an und tut, als müsse er manövrieren. Der Eingriff wird wie üblich bei Bewußtsein der Kundin vorgenommen. Ist alles vorbei, verlassen die Kundin, die Frau, die den Eingriff ausführte und der Fahrer die Garage durch die kleine Tür. Draußen wartet ein Taxi, das rechtzeitig bestellt wurde, und bringt die Kundin nach Hause.«

»Beachtlich«, sagte Katharina und schloß das Fenster. »Sie haben den Fahrer und seine Begleiterin also schon vernommen?«

»Ja. Und den Taxifahrer. Aber der wußte effektiv von nichts. Die beiden wollen sich übrigens weiterhin nur in Gegenwart eines Rechtsanwalts äußern. Denn im Werkzeugkasten habe ich zwei interessante Gegenstände gefunden. Erstens eine Hantel.«

»Hantel?« Katharina wandte sich vom Fenster ab und Doris zu. »So zum Stemmen und Fitmachen?«

»Ja.«

»Wie schwer?«

»Fünf Kilo. Zweitens eine Vakuumpumpe. Das Labor hat schon Blutspuren gefunden, von der Blutgruppe AB positiv.«

Katharina nickte anerkennend. Doris servierte ihre Neuigkeiten effektvoll.

»Hildegards Blutgruppe«, sagte Gerfried. Er stand vorm Berliner Stadtplan, der etwas vergilbt und ausgefranst an der Wand hing. »Mit anderen Worten, die beiden haben an Hildegard herumgepfuscht, und als es schiefgegangen war mit der Saugerei, da haben entweder sie oder Herr Schulz die Brüder Höpner herbeigerufen, die ihrerseits Kaisers Krankenwagen ins Schwedenhaus bestellten, das, wenn ich richtig sehe, höchstens fünfhundert Meter von den S-Bahn-Garagen entfernt liegt. Na bitte. Das wird ja.« Gerfried konnte seine Erleichterung kaum verbergen.

»Die Namen der beiden?« fragte Katharina.

Doris blätterte in ihrem Notizbuch. »Ferdy Müller und Berta Börner«, sagte sie. »Der Ferdy sieht schon so aus, als trainierte er mit Hanteln. Petersen und Dröger durchsuchen gerade seine Wohnung in Steglitz.«

»Schwester Berta«, sagte Katharina. »Na also.« Sie merkte, daß sie ähnlich wie Gerfried redete. Sie hatte befürchtet, den Namen Hannelore Krause zu hören.

»Über Schulz war von Schwester Berta und Ferdy nichts zu erfahren?« fragte sie.

»Kein Wort.«

Katharina wandte sich an Gerfried: »Ich möchte mit den beiden sprechen.«

Gerfried telefonierte.

»Und Lotti Bensch?« fragte Katharina.

»War verärgert«, antwortete Doris. »In Berlin klappt aber auch gar nichts, hat sie gesagt. Und ist sofort zum Flughafen gefahren.«

»Ohne Gepäck?«

»Sie hatte ihr Gepäck dabei. Der Rückflug war schon gebucht.«

»Sie wollte unmittelbar nach dem Eingriff ins Flugzeug steigen?«

»Da ist doch nix dabei, hat sie gesagt. Ich bin gut beieinand, unverwüstlich, ich halt viel aus. So ungefähr.«

Jetzt saß die unverwüstliche Lotti Bensch schon im Zug von Frankfurt nach Nieder-Ellmoos. Und Katharina hatte nicht mehr richtig mit ihr geredet. Ebensowenig wie sie mit Herbert Witt, Elisabeth Bordihn, Maria Remper das Richtige geredet hatte. Das Gefühl der Hilflosigkeit, das sie während ihrer Tätigkeit als Heimerzieherin gekannt hatte und das während der ersten Polizeijahre verschwunden war, kam zurück. Sie verscheuchte es. Statt dessen dachte sie an die Waldarbeiterin, die jetzt ein weiteres Kind, Lottis Kind, großziehen würde. Und sie beneidete Lotti Bensch um ihre Mutter.

Die Frau saß ganz vorn auf einem der Holzstühle im Vernehmungszimmer und hielt eine solide kunstlederne Handtasche auf den Knien. Sie war Ende Vierzig und machte auf den ersten Blick einen freundlichen, zuverlässigen Eindruck. Unter dem Kopftuch ringelten sich aschblonde Locken hervor. Berta Börner gehörte kaum zu denen, die mit dünnlippiger protestantischer Munterkeit jahrzehntelang Leidende und Sterbende pflegen. Sicher war sie früher empfindlicher gewesen. Und nur durch vorsätzliche Kühle hatte sie dem Mitleiden widerstehen können. Das war ihr anzusehen: eine erzwungene Härte um Mund und Augen. Der Mann neben ihr wirkte ein wenig bieder, ein wenig schwerfällig. Graue Haare umkräuselten seine Stirnglatze, die Augen gingen schnell und besorgt hin und her. Pullover und Jackett spannten um Bauch und Brust. Seine Arme, die er verschränkt hielt, wirkten ungewöhnlich kräftig. Zwischen Ferdy Müller und Berta Börner stand ein leerer Stuhl. Für Katharina war klar, daß Schwester Berta auf Distanz achtete.

Katharina sagte ihren Namen, die beiden erhoben sich und murmelten ebenfalls ihre Namen.

»Setzen Sie sich doch«, sagte Katharina.

Aber die beiden blieben stehen. Sie umklammerten, der eine mit der rechten Hand, der andere mit der linken, die Lehne des Stuhls, der zwischen ihnen stand.

Katharina blieb also ebenfalls stehen. Sie lehnte sich gegen die kahle Wand des Vernehmungszimmers, betrachtete Schwester Berta, Bruder Ferdy und den vor sich hin dösenden uniformierten Beamten, der zwischen den Fenstern an der Wand saß, genau unter der Stelle, wo früher Neu-Ruppin zu sehen gewesen war.

»Sie waren früher Krankenschwester?« fragte Katharina.

Die Frau nickte.

»Und Sie? Krankenpfleger?«

Der Mann nickte.

»Seit wann sind Sie's nicht mehr?«

Schweigen.

»Und warum sind Sie nicht mehr Krankenschwester?«

Schweigen.

Doris kam herein, im Mantel. Sie brachte einen Zettel, den sie Katharina auf den Tisch legte. Sie hatte es eilig.

»Wir gehn jetzt«, sagte sie. Sie wollte mit Gerfried noch mal in der versiegelten Praxis von Dr. Jeremy nach dem Tonband suchen. Während Katharina nickte und den Zettel las, war Doris schon wieder draußen. Der Mann und die Frau hatten Doris mißtrauisch beobachtet. Jetzt blickte sie starr auf den Zettel.

»Bitte«, sagte Katharina. »Wenn Sie sich informieren wollen.« Und schob ihnen den Zettel hin. Zögernd griff der Mann danach und hielt ihn so, daß auch die Frau lesen konnte. Auf dem Zettel waren die Vorstrafen für beide vermerkt: die Krankenschwester Börner hatte vor zwei Jahren aus dem verschlossenen Giftschrank der Privatklinik Salus Opiate gestohlen. Der Krankenpfleger Müller hatte vor vier

Jahren mehrmals kleinere Unterschlagungen im Klinikum Steglitz begangen. Außerdem war das Ergebnis der Wohnungsdurchsuchung der beiden angegeben: nichts Besonderes in der Wohnung Börner. In der Wohnung Müller: schwere Hanteln und Gewichte zum Stemmen.

»Was haben Sie seit Ihrer Entlassung gemacht?« fragte Katharina die Frau.

Die zuckte die Schultern.

»Babysitter. Vertretungen. Sprechstundenhilfe. Immer so lange, bis das rauskam.«

»Und Sie?«

Der Mann zuckte ebenfalls die Schultern, zerknüllte den Zettel in der schweren Hand.

»Was man so macht.«

»Was macht man denn so?«

»Markthalle, Gemüseausladen. Schlachthof, Viehreintreiben. Gewichtheben auf Jahrmärkten in der Bundesrepublik.«

»Als Ferdy, stärkster Mann der Welt?«

Der Mann lächelte ein wenig.

»Ja, so etwa.«

»Frau Börner, wofür haben Sie damals die Opiate gebraucht?«

Schweigen.

»Und Sie, Herr Müller, wozu brauchten Sie das Geld?«

Schweigen.

»Wann haben Sie Schulz kennengelernt?«

Schweigen.

»Wir wollten ja«, sagte der Mann schließlich, »erst mit einem Anwalt sprechen.«

»In Ordnung«, sagte Katharina und ging zur Tür. In der Tür drehte sie sich um, sah in die überraschten Gesichter der beiden, fragte: »Warum sind Sie eigentlich hinter Kaisers Krankentransportwagen hergefahren? Was wollten Sie am Sandwerder?«

Schweigen.

»Ich will's Ihnen erzählen«, sagte Katharina. »Als Ihnen das Mädchen unter den Händen gestorben war, weil Sie idiotischerweise versuchten, mit der Vakuumpumpe zu arbeiten, von der Sie keine Ahnung hatten, da kriegten Sie natürlich das große Bibbern. Sie haben Schulz angerufen, stimmt's? Und der hat dann angeordnet, daß die Brüder Höpner die Leiche zum Haus Am Sandwerder schaffen sollten, stimmt's, Frau Börner?«

Katharina hatte beim Namen Höpner ein kurzes Zucken um die Augen der Frau bemerkt.

»Sie kennen doch Kurt und Kuno Höpner, oder?«

Die Frau nickte unwillkürlich. Der Mann blickte sie verärgert an, ließ die Stuhllehne los.

»Aber als die Höpners längst mit der Leiche unterwegs waren, da ist Ihnen, Herr Müller, was Besseres eingefallen, stimmt's? Da fuhren Sie mit Frau Börner in Ihre Wohnung und haben Gewichte und Hanteln in den VW-Bus geladen. Sie wollten das Mädchen aus dem Keller der Wannseevilla wieder rausholen und im Wannsee versenken. Stimmt's?«

Der Mann antwortete nicht.

»In den Teltow-Kanal«, sagte die Frau leise. Sie umklammerte jetzt die Stuhllehne mit beiden Händen und kümmerte sich nicht um die beschwörenden Blicke des Mannes. »Damit sie, wenn sie trotzdem treibt, in den Osten treibt.«

»Wissen Sie den Namen des Mädchens?«

Die Frau schüttelte den Kopf.

»Nach Namen fragen wir nicht.«

»In der Kleidung war kein Ausweis?«

»Unsere Kundinnen haben meist keinen Ausweis bei sich, wenn sie zu uns kommen. Nur Geld.«

»Wie viele solcher Kundinnen haben Sie gehabt?«

»Vielleicht zweihundert. In anderthalb Jahren. Nie was passiert.«

»Und nie Ärger mit der Abrechnung gehabt?«

Das hatte Katharina den Mann gefragt. Aber der schwieg weiter.

»Nie«, sagte die Frau, »der würde keinen Pfennig behalten, der ihm nicht gehört.«

»Warum redest du?« fragte der Mann verzweifelt.

»Ich muß das mal loswerden«, sagte die Frau.

Den Rest des Nachmittags verbrachte Katharina damit, die fotokopierten Karteikarten von Dr. Jeremy Name für Name zu prüfen. Zwischendurch erfuhr sie telefonisch, daß die Brüder Höpner in Malmö, in Rom und in der Alt-Spandauer

»Kutscherkneipe« gesehen worden waren, daß Hildegards Identität noch immer nicht geklärt worden war und daß die Bremer Kollegen die Beantwortung der Anfrage nach der Bremer Handelsgesellschaft für morgen früh verbindlich zugesagt hatten. Außerdem rief die Frau des Rechtsanwalts an, um sich nach dem Zustand der Garderobe von Frau Boncœur zu erkundigen.

Kurz vor achtzehn Uhr war sie beim Buchstaben K angekommen und fand darunter: Krause, Hannelore. Sie hielt die Karte ruhig in der Hand, überlegte, schaltete die Schreibtischlampe an und aus. Da wurde sie zum Referatsleiter gebeten.

Mölling saß schon im Zimmer. Die beiden Herren hatten offenbar ein anregendes Gespräch geführt. Katharina sah, daß Mölling zur Ruhe und Freundlichkeit entschlossen war. Das kam ihren eigenen Vorsätzen entgegen. Zunächst plauderte man also von schönen Urlaubsorten. Mölling kannte Teneriffa, aber leider nicht Lanzarote, wo es einzigartig schön sein müsse. Und bei allen Schattenseiten des Massentourismus sei es ja doch erfreulich, daß dadurch der Lebensstandard der ansässigen Bevölkerung gehoben werde.

»Gehoben?« sagte Katharina. »Weiß ich nicht. Ich habe mit Leuten gesprochen, die auf der Lava wohnen. Die jedenfalls haben vom Tourismus nichts, das Geld, das die Touristen bringen, geht zurück aufs Festland, und die Arbeiter, die Hotels und Bungalows bauen, kommen aus Madrid und sind anschließend wieder arbeitslos. Aber die Fischer brauchen stabile neue Kutter, moderne Fangvorrichtungen, fischverarbeitende Industrie am Hafen, einen Schulbus, der die Kinder von den weit verstreut liegenden Anwesen zur Schule holt. Die müssen jetzt bis zu vier Stunden täglich laufen, wenn sie was lernen wollen. Einer von den Männern, mit denen ich geredet habe, ein ehemaliger Matrose, der ein paar Brocken Deutsch und Englisch konnte, der hat sich selber das Lesen beigebracht. Mit Don Quijote.«

Sie dachte wieder an Lottis Mutter. Sie stellte sich vor, wie Frau Bensch Goethes Faust buchstabierte, im Wald, auf einem Baumstumpf hockend.

»Ja«, meinte Mölling gedehnt, »ist ja schön, wenn man mit den Leuten ins Gespräch kommen kann.«

»Man erfährt dann auch«, sagte Katharina, »was die Polizei dort macht, wenn die Leute ihre Forderungen öffentlich vortragen und diskutieren.«

»Stundenlange Verhöre, Wohnungsdurchsuchungen, Festnahmen, nicht wahr?«

»Ja«, sagte Katharina.

»Genau wie hier, nicht wahr? Das wollen Sie doch sagen. Da sprechen sich ein paar junge Leute öffentlich für die Einrichtung von Jugendzentren aus, in denen Gastarbeitern geholfen werden soll oder drogenabhängigen Jugendlichen. Und schon haben sie die Polizei am Hals und in den Wohnungen.«

»Ja«, sagte Katharina.

»Nun«, Mölling lehnte sich behaglich im knackenden Sessel zurück, »ich möchte auf diesem Planeten eine einzige staatliche Polizei sehen, die sich nicht ähnlich verhielte. Die Spanier werden ja möglicherweise die Forderungen Ihrer Fischer nicht unberechtigt finden. Und ich halte es für eine Schwäche unserer Gesellschaftsordnung, daß sie nicht imstande ist, ausländische Arbeiter zu integrieren. Oder so vielen Jugendlichen kein anderes Ideal zu vermitteln als sich mit Rauschgiften oder Alkohol vollzupumpen. Aber es ist nicht Aufgabe der Polizei, die Gesellschaft zu verbessern. Ich habe das schon oft betont. Es ist Aufgabe der Polizei, den Staat als ganzes und den Bürger als einzelnen vor Gesetzbrechern zu schützen. Für die Verbesserung der Gesellschaft müssen die Bürger und die von ihnen gewählten Politiker sorgen. Herrgott, Ledermacherin«, sagte Mölling, »das wissen Sie doch, daß die Guardia Civil hinter Ihren Fischern leider Separatisten und Umstürzler vermuten muß. Wie wir es hier mit einer ausgedehnten Grauzone von Sympathisanten der Anarcho-Terroristen zu tun haben.«

»Nein«, sagte Katharina. »Ich wußte nicht, daß ich in Ihrer Grauzone lebe.«

Mölling betrachtete sie nachdenklich. »Reden wir also nicht drumherum«, antwortete er schließlich. »Nach der Freilassung von Lorenz mußten wir Spuren verfolgen. Übrigens erhielten wir detaillierte Anweisungen und Listen vom Bundeskriminalamt. Sollten Übergriffe vorgekommen sein, werde ich Untersuchungen einleiten. Das habe ich schon im

Fernsehen gesagt. In Ihrem Fall bin ich bereit, mich zusätzlich zu entschuldigen. Ich persönlich ...«

Katharina wehrte ab. Zugleich machte auch der Referatsleiter unwillkürlich eine ähnliche Handbewegung. Sie fürchteten beide dasselbe: daß Mölling ihnen wieder mit den neun Ertrinkenden kommen wollte, die er persönlich aus Spree und Havel gerettet hatte. Mit denen kam er immer, wenn die Bereitschaftspolizei kritisiert wurde. Aber Mölling fuhr fort: » ... bin übrigens der Auffassung, daß es verfehlt ist, Sie als potentielles Sicherheitsrisiko in Betracht zu ziehen.« Vor dem Wort »verfehlt« hatte Mölling eine kleine Zäsur gemacht, als habe er ein anderes Wort gesucht. »Der Hamburger Kollege«, sagte Mölling, »äußerte sich in dieser Richtung.«

Katharina sah an Mölling vorbei aus dem Fenster und betrachtete die Wolken über Berlin. Eine Pause entstand.

Der Referatsleiter nieste, säuberte sich die Nase und betrachtete ohne Vergnügen, was er im Taschentuch hatte. Und Mölling betrachtete sein Lebensrettungsabzeichen. Er trug es am Revers, und er konnte es sehen, wenn er mit eingezogenem Sportlerkinn an sich hinunterblickte.

Schließlich redeten sie noch über belanglose Aktennotizen. Katharina beeilte sich, in ihr Büro zurückzukommen.

Da saß sie, knipste wieder die Bürolampe an und aus und dachte über Hannelore Krause und die Unterhaltung mit Mölling nach. Sie hatte Hunger. Sie war zu müde, um noch in die Giesebrechtstraße zu fahren. Sie war auch zu müde, um gleich nach Hause zu fahren. Sie rief Robert an.

»Hallo, Schulmeister. Wie geht's den Aufsätzen?«

»Die werden Mittwoch geschrieben. Ich hab mir die Stunden schon besorgt.«

»Und sonst?«

»Ich lese gerade die neuen Bonus-Malus-Analysen für die Zulassung zum Studium. Das macht einen nicht gerade fröhlicher. Ich frage mich, wozu ich überhaupt da bin.«

»Ich frage mich gerade auch, wozu ich da bin.«

»Du sollst der Gerechtigkeit zum Sieg verhelfen, ganz einfach.«

»Und du sollst geeigneten Nachwuchs für die Universitäten heranbilden. Auch einfach.«

»Ja, meine Schöne. So ist es.«

»Ja. Dicker. Hast du was von meinem Kind gehört?«

»Ich höre Freßgeräusche deines Kindes aus der Küche. Es scheint aus dem Exil zurückgekehrt zu sein. Und wie sieht's bei dir aus?«

»Keine Ahnung, wie's bei mir aussieht. Aber ich habe die Frau von einem getroffen, der wollte genau die Sorte Deutschunterricht machen, die du machst. Sie haben ihn nicht ins Beamtenverhältnis übernommen.«

»Na klar«, sagte Robert, »diese Sorte Deutschunterricht kann man auch erst machen, wenn man Beamter ist.«

Eine halbe Stunde später saß sie im Schaukelstuhl in Roberts Arbeitszimmer. Robert hatte Abendschule. Sie verschlang Schinkenbrote, trank abwechselnd Wein und heißen Pfefferminztee und rief zwischendurch den Vikar in Nieder-Ellmoos an, um ihm seine »verdammte pseudoprogressive Leichtfertigkeit«, wie Robert das nannte, um die Ohren zu schlagen und ihm dringend zu empfehlen, schwangere Mädchen nicht einfach nach Berlin zu schicken, nur weil ein paar blöde Theologiestudenten irgendwas von einem Herrn Schulz gefaselt hätten. Der Vikar wirkte verlegen. Vielleicht aber nur deshalb, weil er harte Worte von einer Kriminalbeamtin hörte, die gleichzeitig kaute, schluckte und ihn beschimpfte. Etwas später rief Kathinkas Vater aus Zürich an. Er wollte mit Kathinka während der Osterferien nach Florenz, Rom, Neapel und Paestum reisen. Katharina hatte nicht viel Lust, mit ihm zu reden, und rief gleich nach Kathinka. Die kam mißgelaunt aus ihrem Zimmer geschlurft, das sie, wie sie erklärte, »nur vorübergehend« wieder bewohnte, griff nach dem Telefon, hörte lange zu, protestierte ein wenig, sagte plötzlich mit unerwarteter Entschiedenheit: »Dann kleb dir deine bekackten Altertümer doch gleich hinters Ohr«, und hing ein. Es schien ein Abend der harten Worte zu werden.

»Hat er das bei dir auch immer so gemacht?« fragte Kathinka. »Erst muß man einen Haufen Kunstbücher lesen, und er kontrolliert auch, ob man sie gelesen hat. Und wenn man dann vor dieser Säule oder Kirche steht, dann liest er einem noch mal was vor, und man muß ganz still in der

Knallsonne stehn und ehrfürchtig aussehen. Eine Meise hat der vielleicht.«

»Er meint's doch gut«, meinte Katharina.

»Er meint's so gut«, sagte Kathinka, »daß du ihn ja auch gar nicht verlassen hast.« Sie zog sich wieder in ihr Zimmer zurück, kam noch mal heraus, um mitzuteilen, daß sie ehrlich ab morgen nicht mehr hier wohnen werde, und verschwand endgültig.

In diesem Moment rief Gerfried an.

»Ledermacherin, wir haben das Tonband.«

»Wo war's?«

»Hier.«

»Was heißt: hier? Giesebrechtstraße?«

»Gothaer Straße. Erkennungsdienst.«

»Erkennungsdienst?«

»Ja.«

»Erzählen Sie«, sagte sie etwas mühsam.

»Der Kollege hatte nicht genug Folien und Plastiksäckchen bei sich, als er in die Praxis von Dr. Jeremy gerufen wurde. Er brauchte was zum Einpacken, der Liebe. Da sah er auf dem Schreibtisch die Tonbandhülle.«

Katharina stöhnte.

»Ja, Ledermacherin. Er steckte das Tonband in seine Manteltasche und nahm die Pappschachtel für seinen Krempel.«

Katharina dachte daran, daß Zobel nie ohne Quelle- oder Neckermann-Einkaufstüten bei einer Leiche erschienen war.

»Und heute abend fiel's dem Guten wieder ein«, sagte Gerfried. »Gerade als Doris und ich aus der Giesebrechtstraße zurückkamen. Völlig fertig, kann ich Ihnen sagen.«

»Ich glaub's«, sagte Katharina. »Warum hat er nicht einfach einen Briefumschlag aus dem Schreibtisch genommen?«

»Er wollte nichts verändern«, sagte Gerfried.

»Wie rücksichtsvoll.«

»Ja«, sagte Gerfried, »sehr rücksichtsvoll. Doris und ich waren nicht ganz so rücksichtsvoll mit ihm. Er sagt, seine Frau ist ihm weggelaufen. Hat sich die ganze Nacht von Sonnabend auf Sonntag mit Korn und Bier beschüttet. Er war total durcheinander, sagt er, als er in der Praxis ankam. Soll ich einen Bericht schreiben?«

»Laßt mich erst mit ihm reden. Morgen.«

»Und das Tonband?«

Katharina wollte sagen: auch morgen. Aber sie sagte: »Ihr habt sicher schon reingehört.«

»Ja.«

»Und?«

»Eine Art Liebesgeschichte.«

»Du lieber Gott.«

»Studenten. Sie erwartet ein Kind. Ein Freund von ihm vermittelt die Abtreibung in der Schweiz. Anfang der sechziger Jahre war so was ja nicht unüblich. Und das wird nun von beiden abwechselnd erzählt. Mal er, mal sie. Ich versteh ja nichts davon. Aber es hört sich professionell an. Doris findet das auch. Ein gewisser Günter stellt Fragen, auf die antworten dann die beiden. Aber der Günter selbst kommt nicht mehr vor.«

»Wie heißen die beiden?«

»Roswitha und Michael. Nachnamen werden nicht genannt. Beide haben Krach mit den Eltern. Ihr Vater ist praktischer Arzt, seiner Ingenieur.«

»Und der Freund?«

»Von dem gibt's den ganzen Namen: Henry Lülsdorf. Ein Werbefilm-Hersteller. Er läßt sie in einem Werbefilm mitmachen, damit sie das Geld für die Abtreibung zusammenkriegt.«

»Kommt einer als Schulz in Frage?«

»Schwer zu sagen. Im Prinzip ja. Wir finden aber keine konkreten Anhaltspunkte. Vielleicht Lülsdorf. Vielleicht der Junge. Michael ist ja einer von diesen eigensinnigen querköpfigen Idealisten. Er studiert Medizin, um später Landarzt zu werden. Und denkt darüber nach, ob er als künftiger Landarzt Beihilfe zur Abtreibung mit dem Eid des Hippokrates vereinbaren kann. Vielleicht ist er nicht Landarzt, sondern Schulz geworden. Und dann ist noch von Roswithas Tante Kordel in Heidelberg die Rede, einer Weinhändlerin. Vielleicht ist der wahre Schulz ja eine Frau. Roswithas Schwester Hildchen, deren Mann Glyzerin verkauft. Die erwartet ebenfalls ein Baby, weil sie nämlich mit ihrem Mann und einem Geschäftsfreund und dessen Frau Doppelkopf gespielt hat.«

»Doppelkopf?«

»Ein Kartenspiel«, erklärte Gerfried ernsthaft.

»Aha«, sagte Katharina. Ihr fiel der Kommissars-Stammtisch ein, jeden dritten Dienstag in der Kneipe am Bayerischen Platz. Sie war lange nicht hingegangen. Sie fürchtete die Eheprobleme der Kollegen, die sie, bei vielen Maltesern, anhören, diskutieren, ernst nehmen mußte. Die Kommissare wiederum fürchteten sie als Skatspielerin, weil sie völlig unernst spielte und oft überreizte. Sie beschloß, am Dienstag nächster Woche Skat zu spielen.

»Ich möchte das Band gleich hören«, sagte Katharina. Sie war plötzlich nicht mehr müde. »Bitte, schicken Sie's mir rüber.«

»Mach ich.«

»Samt Tonbandgerät.«

Es war zwar nicht erlaubt. Diensttonbandgeräte außerhalb der Diensträume zu benutzen. Aber Katharina konnte mit Roberts kompliziertem Gerät nicht umgehen. Sie erwartete, daß Gerfried jetzt mißbilligend hüstelte.

Aber er sagte nur: »Klar.«

Eine halbe Stunde später brachten zwei Streifenbeamte das Tonbandgerät und eine alte Pappschachtel, in der das Tonband seit über zwölf Jahren aufbewahrt worden war. In Dr. Jeremys Schrift stand mit Rotstift groß darüber geschrieben: SCHULZ. In Gerfrieds zierlicher Schrift war noch angefügt: Geschwindigkeit 4,5.

Kurz danach kam Robert. Aber er hörte nur den Anfang mit an, gähnte und ging schlafen. Kathinka ließ sich nicht mehr blicken. Katharina saß allein in Roberts Schaukelstuhl, hatte alle Lampen bis auf die Schreibtischlampe ausgeschaltet und den Ton so leise wie möglich gestellt. Sie trank den Rest Pfefferminztee und hörte weiter der dunklen Stimme einer jungen Frau zu, die, in Heidelberg, von ihrem Studium erzählte, von der Doktorarbeit über einen französischen Bestsellerautor aus dem 12. Jahrhundert, vom Ungenügen am Alleinsein, von Michael, von der Angst vor dem Kind. Und sie hörte der hellen Stimme des jungen Mannes zu, der, in Berlin, stockend von Roswitha erzählte, die ihn nicht heiraten wollte, von seinen Selbstzweifeln, von seinem Freund Lülsdorf, von Tante Kordel, die gegen den Föhn Kirschwasser trinken mußte von seinen Briefen an Roswitha, auf die er keine Antwort mehr bekam.

Gegen halb eins ging sie ins Bett. Robert murmelte, indem er sich auf die Seite drehte: »Hast du ihn, deinen Schulz?« und schlief schon wieder fest, bevor sie ihm antworten konnte. Ja, hatte sie sagen wollen, so gut wie sicher.

17

In den frühen Morgenstunden des folgenden Tages stürzte eine tragende Wand in der Villa Am Sandwerder ein. Dadurch verlor der Kamin seinen Halt. Er stürzte ebenfalls nach innen. Die Nachbarn glaubten außer dem Krach auch Schreie gehört zu haben. Herbeigerufene Beamte entdeckten dann unter den Trümmern von Wand und Kamin Teile der Kartei von Dr. Jeremy.

Katharina war gegen fünf Uhr in die Villa gerufen worden. Es war kalt und finster, Schneeregen setzte ein. Wegen der Einsturzgefahr trugen sie und Gerfried wieder Feuerwehrhelme. Sie stapften im Licht von Scheinwerfern in den Trümmern umher und beobachteten die Feuerwehrmänner, die vorsichtig Schuttschichten abhoben und beiseite räumten, auf der Suche nach Verschütteten. Nach einer Stunde stand fest: es gab keine Verschütteten. Schwitzend, durchnäßt, frierend verließen die Feuerwehrmänner die Ruine. Gerfried und Katharina befragten noch einige unwillige Nachbarn, die sich nach der Störung ihrer Nachtruhe gerade wieder zum Schlafen hingelegt hatten.

Auf kostbaren Persern und Auslegeteppichen hinterließen sie Lehmspuren und Regenwasserflecken. Aber sie erfuhren nichts. Niemand hatte Leute gesehen, die Koffer oder Taschen in die Ruine getragen hatten. Niemand hatte Leute gesehen, die sich vor der Ruine aufgehalten hatten. Und niemand hatte je einen VW-Bus mit karierten Vorhängen gesehen.

Gerfried saß am Steuer von Roberts Auto, als sie über die Avus nach Hause fuhren. Katharina hatte nicht fahren wollen. Sie saß neben ihm, fröstelte und gähnte. Auf den Rücksitzen lagen Tonbandgerät und Tonband. »Also. Gesehn haben die nichts«, sagte Gerfried. »Aber Schreie haben sie gehört.«

»Käuzchenschreie«, sagte Katharina und gähnte abermals.

»Käuzchenschreie?«

»Oder Wildschweinschreie.«

Gerfried sah sie von der Seite an.

»Oder Katzen. Ich habe vorhin eine Katze gesehn. Oder eine baumelnde quietschende Regenrinne. Zeugen nehmen gern wahr, was nicht ist. Und sie übersehn, was ist. Das wissen wir doch.«

»Da helfen eben nur Suggestivfragen«, sagte Gerfried. Er unterdrückte ein Gähnen. Und Katharina antwortete ernsthaft: »Ja.«

»Aber Sie haben denen keine Suggestivfragen gestellt.«

»Zu müde«, sagte Katharina. »Außerdem wozu? Lag ja keiner unter dem Schutt. Und den VW-Bus haben wir.«

Nach einer Pause sagte Gerfried endlich seinen Lieblingssatz: »Also. Fassen wir mal zusammen.«

Weitere Pause.

»Höpners klauen die Kartei von Dr. Jeremy. Wir können annehmen, sie haben nicht vorgehabt, den Arzt und seine Frau zu erschießen.«

»Nein.«

»Das ist ihnen passiert, weil sie überrascht wurden. Weil sie Anfänger sind. Auf diesem Gebiet.«

»Ja.«

»Sie hatten nicht damit gerechnet, daß die Jeremys auch sonntags in der Praxis sind.«

»Richtig.«

»Wir können weiterhin annehmen, daß die Höpners im Auftrag von Schulz gehandelt haben.«

»Können wir.«

»Wenn das stimmt, können wir ebenfalls annehmen, daß Schulz sauer war wegen der Ermordung der Jeremys.«

»Sicher.«

»Dann haben die Höpners also die Kartei, statt sie Schulz abzuliefern, aus Verärgerung über das Verhalten von Schulz in die Ruine gekippt.«

»Weiß ich nicht.«

»Nein?«

»Ich glaube eher, sie haben die Kartei aus Ordnungsliebe in die Ruine gekippt.«

Gerfried sah Katharina wieder von der Seite an, schwieg aber.

»Weil sie ordentliche Leute sind«, sagte Katharina. »Weil sie finden, das Zeug gehört dahin, wo sie auch Hildegard hingetragen haben. Irgend so was muß es sein. Denn Schulz ist ja gar nicht an der Kartei interessiert. Ging mir eben, in der Ruine, plötzlich auf.« Gähnen. »Er war nur daran interessiert, daß sie gestohlen wurde. Daß der Diebstahl in der Öffentlichkeit bekannt wurde. Damit die Kundinnen eines so beliebten und erfolgreichen Frauenarztes abgeschreckt werden. Und sich nach einem besseren, einem diskreten Friseur umsehn. Nach Schulz eben. Und deshalb sollen wohl auch die anderen beliebten Ärzte, die in Hildegards Notizbuch standen, demnächst den Verlust ihrer Kartei beklagen. Die standen doch drin, damit wir uns mit ihnen beschäftigen. Damit wir die Karteien beschlagnahmen. Da weder unsere politischen Kollegen noch wir das getan haben, wird es eben Schulz tun. Und die Propaganda für Dauerwellen verstärken. Genau wie er es Frau Boncœur angekündigt hat. Mit anderen Worten, die Brüder Höpner sind aller Wahrscheinlichkeit nach nicht in Malmö oder Rom, sondern auf dem Weg nach Hof, Rottweil oder Husum.«

»Falls sie nicht doch in Spandau sind«, sagte Gerfried und gähnte jetzt ebenfalls unverhohlen. »Übrigens wüßte ich gern, ob Frau Boncœur heute abend Herrn Schulz treffen wird.«

»Wüßte ich auch gern.«

»Und wie sie ihn anreden wird.«

»Ich denke«, Katharina gähnte zugleich mit Gerfried, »guten Abend, Herr Lülsdorf.«

Im Büro war es warm und geradezu gemütlich. Doris goß heißes Wasser aus dem verbeulten Elektrokocher in drei Tassen und verrührte Zucker und Nescafé. Ein normaler Arbeitstag hatte mit mindestens zwei Tassen Kaffee zu beginnen. Insofern war heute der erste normale Arbeitstag seit Katharinas Rückkehr aus dem Urlaub.

Gerfried ließ das Band zurücklaufen und Katharina las inzwischen den neuen Bericht aus der Adam-Nitze-Straße. Draußen wurde es langsam hell.

Sechster Bericht
Versammlung der nunmehr siebzehn Hausbesetzer. Nachdem Senat und Hausbesitzer ihre Zustimmung zum geplanten Vertrag zurückgezogen haben, weil entgegen der Abmachung ein Jugendlicher unter achtzehn Jahren im Haus übernachtet hatte, wenn auch bei Frau Baier, aber das wurde von beiden Seiten nur als Verschleierung gewertet, soll nun darüber diskutiert werden, wie es weitergehen soll. Die große Haustür ist schon verbarrikadiert, man kann das Haus nur durch den Hintereingang ... (unverständlich) sehr eng, außerdem ... (unverständlich)

Hausbesetzer (weiblich): ... Deine Meinung, Helmut ... (Stimmen ... Unverständlich) ...

Helmut (?): Die bisherige Entwicklung hat gezeigt, daß Verhandlungen uns nicht weiterbringen. Der Gewalt gegenüber hilft nur Gewalt. Wir müssen uns verteidigen, und zwar so lange, bis Arbeiter, Studenten und Schüler in der ganzen Stadt sich mit uns solidarisieren und massenhaft für uns demonstrieren, weil sie begriffen haben, daß hier ... (unverständlich) in der Adam-Nitze-Straße 15 ihre Sache ausgefochten wird.

Stimmen: Klarer Standpunkt ... (unverständlich) ... Anna, jetzt du.

Anna: Ich bin gegen Gewalt. Sie bringt uns auch nicht weiter. Und der erhofften Solidarität mißtraue ich. Sie kann gar nicht zustande kommen, weil die Arbeiter, Studenten, Schüler viel zuwenig, ach was, gar nichts über uns wissen. Ich bin für hinhaltenden Widerstand. Sollen sie uns doch einzeln und unter größten Schwierigkeiten aus der Wohnung tragen, schleppen, schleifen. Sie werden uns einen Tag, vielleicht auch zwei behalten, erkennungsdienstlich behandeln, dann wieder entlassen. Und kaum entlassen, kehren wir hierhin zurück. Machen wir das mehrmals, werden wir bekannt und viele unserer Freunde werden kommen, um uns zu helfen. Um das Haus zu besetzen, für uns, während wir von der Polizei verhört werden, und mit uns, wenn wir zurückkommen. So schaffen wir langsam Solidarität. Abgesehen davon, wie sollen wir uns verteidigen? Womit, Helmut?

Helmut: Ich kann Waffen kriegen. Erstklassige Waffen. Ich hab sie schon.

Männliche Stimme: Wo?

Weibliche Stimme: Was für Waffen? ... (unverständlich) ...

Männliche Stimme: Quatsch, Waffen (Gerede. Unverständlich) ...

Stimme (weiblich): Manfred soll auch was sagen.

Manfred (?): Weiß nicht. Gewalt, das ist so 'n Wort. Gelernt hab ich, wem ich als erster in die Fresse schlage, der schlägt mir nicht mehr in die Fresse. Aber schießlich ist da bloß die Zahnbürste bei rausgekommen, mit der ich den Flur schrubben mußte, und die Flucht zu euch, und die Schwierigkeiten, die ihr jetzt meinetwegen ... (unverständlich) ...

Baier: Wenn ich dazu mal was sagen ... (unverständlich) ...

Männliche Stimme: Oma Baier, ja, die soll auch ... (Baier:) wollte ich sagen, nämlich, es gibt Momente, da haben die oben uns inner Mangel, egal was wir tun, da haun sie uns in die Pfanne. Und so 'n Moment ist wieder jetzt. (Gerede, Unverständlich) ...

Helmut (?): Wenn so ein Moment jetzt wieder ist, dann ist es besser, sich zu wehren, bevor man in die Mangel kommt. Vielleicht geht die Mangel dabei kaputt ... (unverständlich) ...

Stimmen: Karl will was sagen, Karl.

Karl: Helmut hat recht. Wir müssen ein Beispiel setzen. Her mit den Waffen. Ihr werdet sehn, die Bevölkerung ist auf unserer Seite. Zehntausende ... (unverständlich) ...

Weibliche Stimme: Schwachsinn. Halt's Maul.

Männliche Stimme: Was für Waffen sind denn ... (unverständlich. Gerede) ...

Anna (?): Keine Waffen!

Männliche und weibliche Stimmen durcheinander: Abstimmung, Abstimmung ...

Die Abstimmung endet vierzehn zu drei für Anna, also für hinhaltenden Widerstand.

Katharina schob das Schriftstück beiseite und trank den Kaffee mit einem Zug aus. Sie wußte jetzt, wer der Spitzel war. Und sie wußte, daß in den nächsten Tagen die Polizei die Hausbesetzer vertreiben würde. Was sie nicht wußte: ob dieser Helmut bluffte, wenn er von Waffen sprach. Oder ob er wirklich welche hatte. Ob er die beiden Handgranaten hatte.

Das Tonband war zurückgelaufen und startbereit. Doris rührte in ihrem Kaffee, ohne zu trinken. Sie sah grau und erschöpft aus, als habe sie nicht geschlafen. Und sie schien auch wieder Fieber zu haben. Katharina dachte, daß sie Doris eigentlich wieder nach Hause schicken sollte. Aber Doris würde sich diesmal nicht schicken lassen. Katharina suchte in ihrer Umhängetasche nach einem Zettel, auf den sie ein paar Zahlen geschrieben hatte. Sie blickte auf die Zahlen und ließ das Band wieder vorlaufen. »Hier ungefähr«, murmelte sie. »Hier müßte es sein.« Sie drückte auf zwei Tasten, drehte am Tonregler. Sofort war die dunkle Stimme der jungen Frau zu hören, gequetscht, weil das Band leierte, aber deutlich.

»Etwas zu früh«, sagte Katharina. »Lülsdorf kommt gleich.«

Die junge Frau ging offenbar in einem Zimmer hin und her, ihre Stimme näherte sich und entfernte sich in unregelmäßigem Rhythmus.

»... hätte das Kind wahrscheinlich mit Wurstbrot und Riesling und an Föhntagen mit Freiburger Kirsch ernährt, aber sie hätte es durchgebracht. Und ich wäre zwischen Vorlesung und Seminar, zwischen Provençalisch und Mittelhochdeutsch und nach jedem Abschnitt meiner durch die Jahre kriechenden Doktorarbeit Mutter gewesen. Ich habe es mir genau vorgestellt. Und dann wußte ich, es geht nicht. Ich bin zu schwach. Für mich geht nur: entweder — oder. Entweder die Arbeit eines Mannes tun oder die einer Frau. Später vielleicht, wenn ich fertig bin, wenn ich so was wie eine Basis habe, dann gelingt es mir vielleicht, Frau und Mann zugleich zu sein. Jetzt muß ich dabei bleiben, Mann zu sein, oder ich mache aus meinem Leben einen Kloß von sinnlosen Halbheiten. Und in diesem mühseligen Vorstadium, wo ich mein Gehirn an Exaktheit und Systematik zu gewöhnen suche, würde mich jede weibliche Woge aus der Bahn tragen. Mein Gehirn ist begabter, beweglicher, logischer als die meisten männlichen Gehirne rings um mich herum. Ja. Auch wenn Sie grinsen, Günter. Niemals wäre es damit zufrieden, nur und ausschließlich eine Hausfrau und Mutter zu dirigieren, es würde wegen Unterbeschäftigung bösartig werden, es würde die Hausfrau und Mutter im Laufe der Jahre heimtückisch vergiften. Ich kann nicht mehr zurück. Ich will auch nicht. Wenn ich ein Kind hätte, könnte ich nichts anderes denken als: mein Kind. Mit irgendeiner mechanischen Arbeit würde ich Geld verdienen. Andreas Cappellanus und Hartlieb würden mir entgleiten, mein Gehirn würde sie nicht mehr begreifen. Nie mehr. Und mein Kind hätte eine zärtliche, eine vergiftete, eine unerträgliche Mutter.«

Sofort folgte die helle Stimme des jungen Mannes, in einem anderen Zimmer.

»Jetzt«, sagte Katharina.

»Wir brauchten Hilfe, und helfen konnte jetzt nur mein Freund Lülsdorf. Henry Lülsdorf, dessen Visitenkarte goldumrändert und mit einer kleinen Krone rechts oben ...« Der junge Mann brach ab, fing wieder an: »Er behauptet immer, Lucchino Visconti und er seien in der Welt die einzigen Filmregisseure vom alten Adel. Aber von Henry war bis dahin noch kein Film zu sehen gewesen, und der alte Adel ... Obwohl er ja immer die Fotokopie eines Dokuments aus dem 13. Jahrhundert bei sich trug, in dem vom Grafen Lülsdorf auf der Lülsburg die Rede ist.

Henry hat oft Geld, und vor allem hat er Verbindungen. Damals studierte er Soziologie und Volkswirtschaft in München, letztes Semester, saß aber meistens in der Kantine der Bavaria. Und fuhr den kleinen Alfa Romeo. Ich bin hin zu ihm und habe ihm alles erzählt. Er sagte, das würde tausend Mark kosten und wäre legal nur in der Schweiz zu machen.

Die Spielregeln waren einfach. Henry kam nach Heidelberg, extra unseretwegen, um sie uns beizubringen. Außerdem brachte er tausend Mark mit. Wir mußten unterschreiben, daß wir die Gage für den Film *Der glücklichste Tag* empfangen hätten.

Ich hielt das für einen seiner üblichen Einfälle. Zum Beispiel, er setzte sich immer, wenn er ein Haus betrat, eine kleine verblichene Kardinalskappe auf, auch wenn er ins Theater, ins Kino, in die Universität ging. Er hatte nämlich schon eine ziemliche Glatze und litt darunter. Aber sowie er draußen war, nahm er die Kappe ab. Weil er fest daran glaubte, daß Sonne, Regen, Wind dem Wachstum seiner Haare guttäten. Er sagte, es käme darauf an, daß Roswitha und ich ... Wir sollten den Eindruck hervorrufen, uns zu hassen. Vielmehr, ich sollte desinteressiert sein, übel, kalt, und Roswitha derartig angeekelt von der Vorstellung, ein Kind dieses Mannes gebären zu müssen, daß für ihr seelisches Gleichgewicht zu fürchten ... Na ja, Selbstmord sollte drinliegen, als reale Möglichkeit.

Henry bereitete Roswitha auf die Testfragen vor, sprach von Diskontinuität und Aporie, hinterließ die Adresse eines Heidelberger Psychologen und verschwand. Noch aus dem Auto rief er uns zu, jetzt seien wir auf dem besten Weg, nur Mut, alles werde sich automatisch zum Positiven ...

Gut, ich bin Medizinstudent. Sie kennen das, jeder Arzt schwört den Eid des Hippokrates. Unter anderem, daß er niemals gegen das keimende Leben und so weiter. Abgesehen davon, daß ich hier beteiligt war ...«

Katharina hielt den Mittelfinger auf die Vorlauftaste. Aber sie zögerte.

»Ich habe keine Meinung. Nein, ich habe zu viele Meinungen. Ich kann jeden Standpunkt einnehmen. Oder vielmehr: ich bin außerstande, ihn nicht einzunehmen. Was immer ich betrachte, ich wiege die Argumente, für, wider, und fast immer heben sie sich auf. Mein Vater ... Er weiß immer, was gut, was böse ist. Also kann er sich mit Aussicht auf Erfolg, auch das Vergnügen des Selbstbetrugs leisten. Ich dagegen ... Aber das wollte ich gar nicht sagen. Vielleicht schwöre ich ja den Eid. Vielleicht mache ich aber auch ganz was anderes und schwöre ihn nicht. Aber das wollte ich auch nicht sagen.

Ich brauche Roswitha. Sie ist genau wie ich, nur mutiger. Sie entscheidet sich trotzdem. Immer.«

Ein fahrendes Auto. Regen. Surren von Scheibenwischern. Die Stimme der jungen Frau:

»In diesen zehn oder zwölf Tagen, bevor wir nach Basel fuhren, habe ich ihn geliebt. Ich war frei, ich brauchte nicht zu heiraten, ich —«

Katharina drückte die Vorlauftaste, blickte wieder auf den Zettel mit den Zahlen.

»Gut«, sagte Gerfried, während das Band quäkend um die Spule sauste, »der Junge wird's nicht sein, das hört man beim zweitenmal deutlich. Aber wieso Lülsdorf?«

Katharina schwieg. Plötzlich war ihr eingefallen, daß sie ihrer Freundin Hannelore Kummer machen mußte. Und daß es überflüssig war, Doris und Gerfried noch mal das Band abhören zu lassen, wenn sie nicht von Hannelore redete. Aber sie ließ das Band weiterlaufen, jetzt mit normaler Geschwindigkeit.

Die Stimme der jungen Frau, im Zimmer, näher und ferner:

»... netter alter Herr mit weißem Bart und Kneifer, ganz Hausarzt, ganz Opa Doktor, gar nicht wie ein Gynäkologe oder Chirurg ... Er hatte die Aufgabe, mir möglichst weh zu tun, damit ich ... Damit ich eben nicht wiederkäme. Ein für allemal. Denkzettel. Pädagogisch. Sie haben es ja auch geschafft. Mir wurde kotzübel, wenn Michael in meine Nähe kam. Die Liebe tot, alles öde ... Wir sind getrennt zurückgefahren. Lassen Sie, Günter. Kümmern Sie sich nicht darum. Ich heule nur so vor mich hin, es ist gleich vorbei. Ich dachte, ich könnte jetzt ... Ich könnte schon darüber reden. Aber ich kann es vielleicht doch noch nicht ...«

Unmittelbar darauf der junge Mann: »Roswitha ist ja hart im Nehmen. Kein Wort damals, keine Klage, keine Träne. Aber es war nichts zu machen. Es war aus. Ich habe dauernd versucht, wieder Verbindung mit ihr ... Dann bin ich hierher nach Berlin gegangen. Ich schreibe ihr, ziemlich oft, aber sie antwortet nicht.

Wir haben uns nur noch einmal gesehen, vor der St. Benedikt-Kirche, als Sie uns kennenlernten. Das war nicht zu vermeiden. Wir konnten Henry Lülsdorf keine Scherereien machen. Er war sehr anständig zu uns gewesen. Dieser Werbefilm war seine erste reelle Chance. Abgesehen davon hatten wir unterschrieben. *Der glücklichste Tag* läuft schon, sagte Henry. Die Autofirma soll sehr zufrieden sein.

Henry wird natürlich überschnappen. Er ist einigermaßen eitel. Die Idee mit dem Brautpaar, das aus der Kirche direkt ins neue Auto steigt, hat er zum Einfall des Jahres auf dem Gebiet der Werbung erklärt. Das ist Henry.«

Wieder das fahrende Auto, und die Stimme der jungen Frau:

»Zu Hause war's schlimm. Ich hätte nicht hinfahren dürfen. Aber ich war zu kaputt. Diese Sentimentalität oder was es ist. Sehnsucht nach Geborgenheit, Verkriechenwollen in der heimatlichen Höhle.

Meine Schwester war auch da. Hubert hatte geschäftlich irgendwohin fliegen müssen, und Hildchen erwartete ein Baby. Mama ging verklärt auf Zehenspitzen umher, Papa versetzte in Anbetracht des bevorstehenden freudigen Ereignisses die Witwe, die er gerade behandelte, und redete sogar wieder mit mir. Das Haus war weihevoll durchtränkt, und Mama sagte: Roswitha, möchtest du Hildchen nicht ein Kissen bringen? Und Papa sagte: Es ist besser, wenn Roswitha auch Hildchens Bett macht, Hildchen muß sich schonen, und Hildchen, die sich schonen mußte, hatte tausend Wünsche am Tag, eine Schere, eine Zeitschrift, einen Hering, Hildchen saß frech und faul im Sessel, das blühende Leben, und ließ ihr Doppelkopf-Baby wachsen, ihr Glyzerin-Baby, ihr kombiniertes Ehe- und Geschäfts-Baby, und ich konnte mich vor Schwäche und Blutverlust nicht auf den Beinen halten. Schließlich, damit sie mich in Ruhe ließen, habe ich ihnen gesagt, was ich hinter mir hatte. Die Folgen verheerend, Mama heulte bloß noch, Papa redete nicht mehr mit mir und behandelte die Witwe wieder, und Hildchen war sauer, weil ich ihr die Show geklaut hatte.

Ich bin abgefahren. Was sollte ich ...«

Lange Zeit nur Regen und Geräusch der Scheibenwischer. Dann redete die junge Frau weiter:

»Ich will Ihnen noch was sagen, Günter. Als ich anfing, mit Ihnen Tee zu trinken und im Auto herumzufahren, da dachte ich, wenn ich alles noch mal erzähle, nicht gelogen wie beim Psychologen, sondern die Wahrheit, so wie es wirklich war, wenn mir jemand zuhört und mich die Wahrheit erzählen läßt, dann werde ich wieder normal. Ich bin jetzt auch wieder einigermaßen normal. Aber das verdanke ich Henry Lülsdorf. Denn nicht nur Sie haben mich besucht die letzten Monate. Henry war noch öfter da. Ich bin zwischendurch sogar zwei Wochen mit ihm verreist gewesen. Damit Sie auch das wissen. Henry ist einer von denen, die … Er schlägt. Er kann nicht anders. Nach diesen Schmerzen, nach dem, was der Opa Doktor in Basel … anders hätte ich mit einem Mann nicht mehr gekonnt. Ich hätte mit keinem Mann mehr gekonnt. Henry hat mich wieder gesund geschlagen. Ich habe heute morgen zwei Briefe abgeschickt. Einen an Henry, einen Abschiedsbrief. Einen an Michael. Ich weiß nicht, ob ich, später, die Frau eines …«

Katharina schaltete das Tonbandgerät aus. Dann schaltete sie es wieder an und ließ das Band zurücklaufen.

18

Während das Band zurücklief, hantierte Doris wieder am klapprigen Elektrosieder. Er hatte nicht mehr alle Kontakte zusammen. Schon seit Monaten mußte ihn Doris mehrmals schütteln, bevor er heizte. Irgendwann würde sie mit dem Ding wahrscheinlich die Hauptsicherung der Kriminalpolizei durchjagen.

Gerfried rauchte. Katharina schwieg. Doris klopfte den Elektrosieder wie eine Hebamme ein Neugeborenes und fragte: »Und was jetzt?«

Nebenan schnarrte das Telefon. Gerfried ging hinüber in sein Zimmer. Katharina hörte, wie er die Bremer Kollegen begrüßte.

»Jetzt werden wir eben alle ein bißchen telefonieren«, sagte sie. »Bitte rufen Sie Maurice Phelz an und fragen Sie ihn nach einem Fernseh- oder Filmschaffenden namens Henry Lülsdorf. Ich versuch dasselbe mit dem Regisseur in Rom. Wie heißt der?«

»Henrichsen.« Doris schob ihr die Namensliste aus Hildegards Notizbuch zu. Während Katharina sich bemühte, nach Rom durchzukommen, achtete sie auf den Dialog zwischen Maurice Phelz und Doris. Es war nicht fair, Doris anrufen zu lassen. Außerdem wäre es angebracht gewesen, Herrn Phelz für seine Umsicht den Höpners gegenüber zu danken. Sie würde das nachholen. Im Moment mochte sie die Klagen und Anklagen nicht direkt hören, die deshalb Doris als Filter über sich ergehen lassen mußte. Denn natürlich hatte Phelz bemerkt, daß jemand in seiner Wohnung gewesen war. Offenbar hatte er sowohl die Kriminalpolizei in Verdacht wie auch Komplicen der Mörder Dr. Jeremys. Mehr aber die Kriminalpolizei. Er fühlte sich gefährdet, von allen Seiten bedroht. Und menschlich enttäuscht von der so sehr geschätzten Kommissarin. Doris versäumte nicht, durch Wiederholung dessen, was Phelz sagte, Katharina an dem Gespräch teilnehmen zu lassen. Im übrigen hatte Phelz Strafanzeige gegen Unbekannt erstattet und seinen Namen auf die Liste derer gesetzt, die gegen Wohnungsbeschädigung und andere Übergriffe der Polizei protestierten. Er hatte schon mit einem freundlichen Lehrer, der alle diese Proteste koordinierte, ausführlich gesprochen.

Phelz auf Roberts Liste, beinah hätte Katharina gelacht. In diesem Fall würde sie sich wie Mölling verhalten. Sie würde von Übergriffen eines ihr unterstellten Beamten nichts wissen. Und sie war zornig auf die Frau, die dem Kollegen vom Erkennungsdienst ausgerechnet in diesen Tagen weggelaufen war. Sie hätte früher weglaufen sollen. Oder gefälligst noch ein paar Tage warten können.

Beim zehnten oder zwölften Versuch meldete sich die Frau des Regisseurs. Fast zugleich gelang es Doris, Phelz nach Henry Lülsdorf zu fragen. Und während die Frau des Regisseurs erschöpft mitteilte, sie habe der italienischen Polizei, dem Bundeskriminalamt und der Berliner Polizei schon mehrmals erklärt, ihr Mann produziere gerade beim Westdeutschen Fernsehen, erfuhr Doris, daß Phelz den Namen Lülsdorf noch nie gehört hatte.

Doris warf den Hörer zurück auf die Gabel und blickte auf den Elektrosieder. Das Wasser siedete. Nebenan hörte sie Gerfried Zahlen wiederholen. Und dann auch einen Namen: »Schmöller 51 Prozent? Ja, das ist interessant. Das ist sehr interessant.«

Doris füllte wieder heißes Wasser in Tassen, verrührte Nescafé, und Katharina rief Köln an, fragte sich durch mehrere Fernsehabteilungen durch, mit ihrer amtlichsten Stimme, wurde überall freundlich weiter- oder rückverbunden, sprach zweimal mit derselben Sekretärin, schlürfte den Kaffee und erreichte schließlich einen jungen Mann, der nervös zugab, Herr Henrichsen befände sich zehn Meter von ihm entfernt. »Aber er probiert gerade.«

»Was probiert er?« fragte Katharina ungeduldig.

»Wie bitte?«

»Könnte er die Probe nicht einen Moment unterbrechen?«

»Zahlen Sie die Kosten, wenn er Ihretwegen überzieht?«

»Zahlen Sie die Kosten, wenn ich Ihretwegen Herrn Henrichsen nicht sprechen kann?«

Der junge Mann wandte sich vom Telefon ab und rief in einen Raum hinein, aus dessen Hintergrund Gemurmel an Katharinas Ohr kam: »Es ist dringend.« Und dann, nah, zu Katharina: »Moment. Er kommt.«

Und dann ein etwas zu wohlklingender Bariton: »Henrichsen.«

»Oberkommissarin Ledermacher, Kriminalpolizei Berlin. Ich hoffe, ich muß Sie nicht lange aufhalten. Aber wir haben in der Angelegenheit des Mädchens, in dessen Adressenbuch Sie standen, noch eine Frage.«

»Seid ihr da immer noch nicht weiter? Eure politischen Heinis haben mir schon genug Ärger gemacht.«

»Kennen Sie einen Film- oder Fernsehregisseur Henry Lülsdorf?«

»Lülsdorf, Lülsdorf. Ich kannte mal einen Lülsdorf. Aber das ist Jahre her. Der soll heute in der Industrie sein. Damals hat er Werbefilme gemacht, das ist wahr. Was ist mit dem?«

»Wir brauchen ihn als Zeugen. Das mit den Werbefilmen könnte stimmen. Erinnern Sie sich, wann Sie Lülsdorf kennenlernten?«

»So vor zwölf Jahren. Zweiundsechzig, dreiundsechzig muß das gewesen sein. Ich habe ihn durch Leute kennengelernt, die ich interviewte. Damals habe ich noch für den Rundfunk gearbeitet.«

»Worum ging es in dem Interview? Wissen Sie das noch?«

Katharina sprach etwas hastiger als zuvor.

»Ein kompliziertes Liebespaar.« Henrichsen schien geschmeichelt von Katharinas Interesse. »Sie hatte eine Abtreibung hinter sich und saß in Heidelberg, und er studierte in Berlin. Ich bin dauernd zwischen beiden hin und her gefahren. Mein Gott, habe ich investiert in diese Sache!«

Katharina hatte inzwischen das Verzeichnis der Namen aus Hildegards Notizbuch wieder aufgeblättert. Mit dem Kugelschreiber deutete sie auf den durch Tippfehler fast unleserlichen Vornamen, der hinter Henrichsen stand: Günter. Doris schlug sich leicht mit dem Kaffeelöffel gegen die Stirn.

»Mann«, sagte sie im besten Zobel-Ton, »daß das keiner von uns geschnallt hat.«

»Und Henry Lülsdorf«, fuhr Henrichsen fort, »hat den beiden geholfen, das Geld für die Abtreibung zusammenzukriegen. Ich hoffe, ich belaste nachträglich niemanden mit diesem Hinweis.«

»Keine Sorge, Herr Henrichsen.«

»Lülsdorf war übrigens ziemlich eitel. Er hat schon damals darauf bestanden, daß er mit vollem Namen erwähnt wird. Trotz möglicher juristischer Konsequenzen. Er hat die beiden in einem Werbefilm für eine Autofirma mitmachen lassen. Ich habe vergessen, für welche Marke. Die Idee war für damalige Verhältnisse nicht schlecht: Brautpaar verläßt Kirche und steigt ins neue Auto, rauscht ab. Ich kam zufällig vorbei, als die das drehten. Und da hatte ich gleich die Idee: da machst du ein O-Ton-Feature draus.«

»Ein was?«

»O-Ton. Original-Ton. So nennt man das. Mein Gott, das waren noch Zeiten.«

Henrichsen schien es nicht mehr eilig zu haben.

»Durch Henry Lülsdorf bin ich überhaupt zum Fernsehn gekommen. Ich dachte mir: was Henry kann, kann Henrichsen auch.« Henrichsens Stimme klang wehmütig. »Aber das Radio damals, das gute alte Dampfradio. So schön kann Fernsehen nie werden. Ja«, rief er in den Raum zurück, »sofort.«

»Haben Sie, als Sie Henry Lülsdorf kennenlernten, schon in Italien gewohnt?«

»Ja. Ich wohne in Rom seit 1962. Für meine jeweiligen Funkarbeiten komme ich dann immer rüber.«

»Kannten Sie Dr. Jeremy?« fragte Katharina übergangslos. Aber Henrichsen war nicht überrascht.

»Ja, aus dieser Zeit. Er hatte sich gerade in Berlin niedergelassen. Das heißt, meine Frau kannte ihn. Ich habe ihn nie gesehen. Sie war damals allerdings noch nicht meine Frau. Sie meinte, Dr. Jeremy müsse zu meinen Interviews einen wissenschaftlichen Kommentar sprechen. Sie hat ihm, glaube ich, eine Arbeitskopie der Interviews geschickt. Aber irgendwie ist es nicht dazu gekommen. Oder die Kopie ging verloren. Jedenfalls, ein Schweizer Psychologe hat dann den Kommentar gesprochen. Und mit diesem Kommentar ist die Sache dann später auch, leicht verändert, gesendet worden. Was ist mit Dr. Jeremy?«

»Er ist tot«, sagte Katharina. »Man kann's lesen. Die Zeitungen haben ausführlich darüber berichtet.«

»Während der Arbeit lese ich keine Zeitungen. Aber es tut mir leid. Meine Frau hielt viel von ihm. Statt Dr. Jeremy sagte sie: Dr. *chèr ami*. Er muß ein Bilderbucharzt gewesen sein. Bei armen Patienten zahlte er zu, bei reichen holte er sich's wieder. Könnten Sie mich jetzt aus der Befragung entlassen? Sonst bricht mir hier der Laden zusammen.«

»Ja, Herr Henrichsen. Ich danke Ihnen. Sie haben uns sehr geholfen.«

»Aber bitte. Es war mir ein Vergnügen. Nehmen Sie's mir nicht übel, wenn ich hinzufüge: hoffentlich das letzte.«

Als Katharina aufblickte, stand Gerfried vor ihr und schwenkte einen Zettel.

»Die Verhältnisse in der Bremer Einkaufs- und Handelsgesellschaft sind etwas undurchsichtig«, sagte Gerfried. »Aber fest steht, daß sie dieser Schweizer Spielwarenfirma das Einwickelpapier liefert, und zwar bereits bedruckt. Ferner steht fest: 51 Prozent der Firma …«

»Gehören Schmöller«, ergänzten Doris und Katharina.

»Und 49 Prozent gehören Henry Lülsdorf«, fuhr Gerfried fort. Er freute sich sehr über den Gesichtsausdruck von Doris und Katharina.

19

In den folgenden Vormittags- und frühen Nachmittagsstunden hatte Katharina einige Gespräche mit dem zuständigen Vernehmungsrichter und mit dem zuständigen Staatsanwalt. Glücklicherweise handelte es sich nicht um Lohmann, dessen ständig energisch zusammengepreßten Lippen nur mit Mühe sachliche Äußerungen zu entringen waren. Oberstaatsanwalt Dr. Kleedorn hingegen war liebenswürdig, besonnen, ein durch und durch vornehmer Junggeselle, der mit einem Richter und zwei Internisten gern Streichquartett spielte.

Kleedorn lebte und dachte so weit entfernt von Katharina, daß sie nie zusammengestoßen waren. Aus großer Distanz sendeten sie sich höfliche Signale zu, die auch entsprechend lange brauchten, bis sie von dem anderen aufgenommen und beantwortet werden konnten. Beide redeten daher nichts Überflüssiges, kamen rasch aufs Wesentliche, argumentierten ausschließlich sachlich und waren sich nach einer Stunde in allen Punkten einig. So konnte Katharina im erfreulich guten Einvernehmen mit der Staatsanwaltschaft die Fahndung nach Kurt und Kuno Höpner auf einige wenige Orte konzentrieren und die Verhaftung des Mannes vorbereiten, den Frau Boncœur als Schulz kennengelernt hatte. Allerdings beschloß sie, auf Frau Boncœur dabei zu verzichten.

»Es gibt drei Möglichkeiten«, setzte sie Gerfried und Doris auseinander. »Erstens, Lülsdorf läßt sich in Berlin nicht mehr sehn, weil's ihm hier zu ungemütlich geworden ist nach der Festnahme von Bruder Ferdy und Schwester Berta. Dann holen wir ihn uns in Bremen. Weil er eitel ist, wird er es nicht für möglich halten, daß wir soviel über ihn wissen, wie wir wissen. Und er wird seine 49 Prozent nicht einfach aufgeben wollen, um, sagen wir, nach Südamerika zu fliehen.«

»Oder nach Liechtenstein«, sagte Doris.

»Richtig. Zweitens, von Bruder Ferdy und Schwester Berta hat er nichts zu befürchten, weil die tatsächlich kaum was über ihn wissen. Er wird also heute abend zum Treffen mit Frau Boncœur gehen — falls ihm Frau Boncœur noch vertrauenswürdig genug vorkommt. Ich bin mir da nicht so sicher. Wir werden seine unauffällige Festnahme im Flughafenrestaurant Tempelhof vorbereiten. Aber ich glaube, daß wir ihn mit größter Wahrscheinlichkeit vorher woanders finden werden. Und deshalb müssen wir, drittens, seine Festnahme am Breitenbachplatz ebenfalls vorbereiten.«

Als sie erläuterte, in wessen Wohnung sie Lülsdorf vermutete, blickte Gerfried sie kurz an, stellte aber keine Fragen.

Am Breitenbachplatz gingen die Stadtviertel Wilmersdorf und Steglitz ins Villenviertel Dahlem über. Der einst mondäne Südwestkorso, daneben eine in die Jahre gekommene Künstlerkolonie, dann einige mühsam gegen das Steglitzer Einkaufszentrum ankämpfende Kleingeschäfte und mit Anstrengung gutbürgerlich gehaltene Wohnhäuser verbanden sich hier harmonisch. Jetzt war die architektonisch gelungene Ellipse des Platzes durch den Bau einer Schnellstraße, die in Höhe seiner Bäume quer durch ihn hindurchführen sollte, zerteilt worden. Harmonie und Architektur beschädigt, die Proteste der Anwohner vom Senat zunächst unbeachtet gelassen, dann, nach Beginn der Bauarbeiten, mit der Erklärung beschieden, nun sei leider nichts mehr zu ändern.

Es dämmerte. Der Büroschlußverkehr staute sich an der Baustelle. Um Hannelores Wohnung zu erreichen, mußte Katharina zwischen weiterdrängenden heimkehrenden Berufstätigen hindurch über aufgerissenen Asphalt und nassen Schutt hinwegsteigen. Wie kann die tagsüber bei dem Arbeitslärm bloß schlafen, dachte Katharina und blickte sich um. Die Polizeifahrzeuge waren unauffällig in Seitenstraßen geparkt, mögliche Fluchtwege gesichert.

Die Haustür neben der hellerleuchteten Konditorei stand offen. Langsam stieg Katharina die Treppe hinauf. Ihre Überlegung war einfach gewesen: Hannelore schlief gewöhnlich bis gegen vier Uhr nachmittags. Erst danach hatte sie Zeit für Freunde. Ihr Lieblingsparfum war Irish Moos. Und als sich Frau Boncœur mit Schulz getroffen hatte, war noch eine Spur von Irish Moos an ihm gewesen. Er hatte

Hannelore also möglicherweise angerufen. Er hatte sie höchstwahrscheinlich besucht, bevor er zur Verabredung mit Frau Boncœur gegangen war. Allerdings, aus einer bloßen Annahme zu schließen, Schulz werde es diesmal wieder genauso halten, war kühn. Lohmann hätte sich auf Abenteuer dieser Art kaum eingelassen. Aber Dr. Kleedorn, seit Monaten mit den unbegreiflichen harmonischen Wagnissen der letzten Beethoven-Quartette beschäftigt, fand Katharinas Plan überzeugend.

Während sich Katharina dem dritten Stock näherte, dachte sie: was sage ich ihr? Hannelore, könnte sie sagen, damit hättest du doch gleich rausrücken können, daß dein momentaner schlagender Liebhaber eben der Schulz ist. Und daß der Schulz in Wirklichkeit Lülsdorf heißt. Und du hättest doch zugeben können, daß du längst nicht mehr Patientin von Dr. Tronck bist, wahrscheinlich weil auch du einem so alt gewordenen Arzt nicht mehr traust. Statt dessen hast du, würde sie sagen, letzten Samstag deinen neuen Arzt angerufen. Vielleicht hattest du ja doch bei Schulz mitmachen wollen. Aber nach dem Gespräch mit mir warst du unsicher. Also versuchtest du, von Dr. Jeremy was über Schulz zu erfahren. Und dabei hast du wohl auch erwähnt, daß der Schulz nicht Schulz, sondern Lülsdorf heißt. So muß es gewesen sein. Wirklich, wollte sie sagen, du hättest mir eine Menge Umwege erspart, und vielleicht lebten die Jeremys noch, wenn du gleich von Lülsdorf erzählt hättest.

Sie stand vor der Wohnungstür im dritten Stock. Die Tür hatte zwei Schlösser. Eins davon war ein Sicherheitsschloß. Wenn Katharina Hannelores Gewohnheiten richtig beurteilte, würde sie den Sicherheitsriegel nur vorschließen, wenn sie schlief. War sie wach oder hatte sie Besuch in der Wohnung, blieb das Sicherheitsschloß offen. Katharina lauschte eine Sekunde. Im Treppenhaus war es still. Keine Geräusche von der Straße. Auch aus der Wohnung war nichts zu hören. Tut mir leid, dachte sie, daß ich euch stören muß. Und holte aus ihrer Umhängetasche einen Dietrich. Mühelos ließ sich das Türschloß öffnen. Die Wohnungstür knarrte ein wenig. Katharina gelang es, sie ohne Knarren wieder zu schließen. Sie stand im dunklen veloursausgelegten Flur. Nur aus der angelehnten Schlafzimmertür fiel schwaches

Licht. Katharina sah, daß das Telefon auf dem zierlichen Garderobentisch ausgehängt war. Die lange Telefonschnur führte ins Schlafzimmer. Sie stieß die Tür behutsam auf und blickte auf die breite Doppelcouch.

Die Couch wurde vom gedämpften Licht einer mit Plüsch und Troddeln behängten Stehlampe beschienen. Auf zerknüllten orangefarbenen Laken schliefen zwei nackte junge Frauen und ein nackter junger Mann. Nur seine Füße waren von einer flauschigen Wolldecke verhüllt. Es war sehr warm im Zimmer und völlig still. Die drei Schläfer atmeten leise und gleichmäßig. Katharina brauchte einige Zeit, bis sie begriff, was sie sah. Denn eine der jungen Frauen war Kathinka. Sie lag, mager und eckig, halb in den Armen, halb an den Rundungen der üppigen Hannelore. Deren linke Hand ruhte zärtlich auf Kathinkas Hüfte. Kathinkas rechte Hand ruhte auf der matt schimmernden Brust des jungen Mannes.

Aus den Wölbungen und Buchten der friedlich ausgestreckten Leiber kam milder Duft von Sekreten und Irish Moos. Katharina, betroffen, im Moment auch ratlos, trat vorsichtig in den dunklen Flur zurück.

Etwa drei Stunden später sah Katharina vom Eingang des Tempelhofer Flughafenrestaurants über leere Tische und Stühle. Vier Männer saßen in beträchtlichen Entfernungen voneinander und aßen schweigend, beobachtet von zwei Kellnern. Stimmengewirr von unten, Lautsprecherdurchsagen aus der Abfertigungshalle, gelegentliches Heulen von Triebwerken draußen. Falls hier ein Treffpunkt von Agenten war, so kannte Katharina die Hälfte der im Moment anwesenden persönlich. Sie gehörten der Kriminalpolizei an und standen unauffällig an allen Ein- und Ausgängen. Die einsam essenden Männer hingegen mußten Meister der konspirativen Täuschungskunst sein. Sie beachteten sich gegenseitig überhaupt nicht.

Hinter einer Säule — halb verborgen — saß der fünfte vor einem halbgeleerten Glas Bier. Schulz. Katharina hatte es nicht zu hoffen gewagt. Sie ging auf ihn zu.

Schulz sah ihr entgegen, begriff noch nicht, überlegte, begriff, wollte aufspringen, faßte nach der schweren Reisetasche auf dem Stuhl neben ihm, sah sich um. Er blickte in das faltige Gesicht von Gerfried, der im Eingang stand, in das leicht gerötete Gesicht von Doris, die vor dem Zugang zur Küche stand, und er sah zwei Herren im Hintergrund, die Hände in den Manteltaschen. Die Kellner waren verschwunden. Schulz ließ den Griff der Reisetasche los, erhob sich langsam.

»Guten Abend, Herr Siebert«, sagte Katharina und setzte sich ihm gegenüber. Schulz setzte sich ebenso langsam, wie er aufgestanden war. »Oder Herr Harding«, sagte Katharina. »Wenn Sie den hübscheren Namen Lülsdorf nicht doch vorziehen. Von mir aus können wir aber auch bei Schulz bleiben. Und es uns bequem machen. Sie sehen, ich habe auf meine Perücke verzichtet. Vielleicht mögen auch Sie auf Ihr Toupet verzichten. Und vor allem auf Ihr Korsett. Es hat Sie ja wirklich sehr beengt während Ihres Gesprächs mit Frau Boncœur.«

»Lassen wir die Konversation«, erwiderte Schulz kühl. »Reden wir vom Geschäft.« Er zitierte Frau Boncœur. Aber die Ironie mißlang ihm. »Warum stürzen sich Ihre Hilfstruppen nicht auf mich? Legen mir Handschellen an? Schleppen mich zur Vernehmung? Wie?«

Katharina schwieg. Zufrieden stellte sie fest, daß Schulz nicht nach Irish Moos roch.

»Was wollen Sie von mir?« fragte Schulz schließlich.

»Also«, sagte Katharina, »ich habe mir ja eine Menge Gedanken über Sie gemacht, Herr Lülsdorf. Und ich wüßte gern, ob es die richtigen Gedanken waren. Ich fragte mich zum Beispiel, nach welchen Gesichtspunkten Sie die Namen in Hildegards Adreßbuch zusammengestellt haben.«

»Hildegards?«

»Hieß sie anders?« fragte Katharina schnell.

»Ich weiß nicht, wovon Sie reden.«

»Zunächst haben Sie wahllos aus Telefonbüchern Namen herausgesucht. Diese Namen nun haben Sie dann mit den Namen einiger Ärzte kombiniert, die von Ihnen als lästige Konkurrenten auf dem Abtreibungsmarkt angesehen wurden. Aber der in Rom lebende Regisseur paßt da nicht rein. Ich habe mich gefragt, warum Sie einen Bekannten aus früheren Jahren ins Adreßbuch geschrieben haben.«

»Ich? Wieso ich?«

»Oder schreiben ließen. Werden unsere Schriftsachverständigen prüfen. Außerdem habe ich mich gefragt, ob der Name von Dr. Jeremy wohl im Adreßbuch erschienen ist, weil er zu den lästigen Konkurrenten gehört. Oder weil er ebenfalls ein Bekannter aus früheren Jahren war.«

»Ich kenne Dr. Jeremy nicht.«

»Mag sein. Aber vielleicht hatten Sie über Henrichsen, damals, von ihm gehört.«

»Damals?«

»Als Sie Roswitha halfen, in die Schweiz zu fahren.«

»Ach.«

»Ich nehme an, das war sozusagen Ihr Debüt als Organisator einer Abtreibung.«

Schweigen. Schulz blickte auf die Reisetasche. Katharina folgte seinem Blick. Sowie er den Versuch machte, sie zu öffnen, würden sich Gerfried, Doris und die beiden Beamten auf ihn stürzen.

»Dann habe ich mich gefragt«, fuhr Katharina fort, »warum Sie das Opfer der letzten von Ihnen organisierten Abtreibung ausgerechnet in die Villa Am Sandwerder schaffen ließen. Und da erinnerte ich mich an einen Mann in Lichtenrade.«

»Ich begreife den Zusammenhang nicht. Lichtenrade?«

»Lichtenrade. Er hatte seine Frau umgebracht«, erklärte Katharina freundlich. »Wenn ihn Nachbarn nach der Frau fragten, sagte er: hab sie erwürgt und neben den Sonnenblumen in meinem Garten vergraben. Und er zeigte den Nachbarn die frisch aufgeschüttete Erde. Die Nachbarn hielten das für den makabren Witz eines Mannes, der von seiner Frau verlassen worden war. Sie waren überzeugt, daß die Frau in der Bundesrepublik mit einem anderen Mann lebte. Einer wollte sie sogar gesehen haben, vor dem Kölner Dom, mit einem Chauffeur, der Pakete hinter ihr hertrug. Jedenfalls, alle waren beruhigt. Sie wußten Bescheid. Und niemand fragte den Mann mehr nach der Frau. Zehn Jahre später, durch einen Zufall, stellte sich heraus: er hatte sie tatsächlich erwürgt und neben den Sonnenblumen verscharrt. Sehen Sie, Herr Lülsdorf, in Ihrem Fall verlief das doch ganz ähnlich. Oder? Und das hat uns ja auch ganz schön verwirrt, muß ich zugeben. Denn Sie waren ja nach

Berlin gekommen, um im Auftrag von Herrn Schmöller die möglichst schnelle und gründliche Zerstörung der Häuser Am Sandwerder und in der Nitze-Straße vorzubereiten. Die Brüder Höpner sollten den von Ihnen angeheuerten Hausbesetzern eine Handgranate bringen. Aber da kam der Tod dieses Mädchens dazwischen. Und Sie hatten den Polizeieinsatz gegen die Besetzer des Hauses Am Sandwerder vielleicht nicht so bald erwartet. Also waren zwei Probleme möglichst rasch zu lösen: das Beseitigen einer Leiche und die Handgranatenlieferung für die Hausbesetzer. Beides wollten Sie kombinieren. Aber irgend etwas klappte dabei nicht. Jedenfalls haben Schwester Berta und Bruder Ferdy Ihren Plan überhaupt nicht kapiert und die Leiche aus der Villa wieder rausholen und in den Teltow-Kanal schmeißen wollen. Was ich mich nun frage war: warum sollte die Leiche unbedingt in die Villa Am Sandwerder? Teltow-Kanal wäre doch wirklich plausibler gewesen, oder? Und ich fragte mich, warum die Handgranate ausgerechnet in Einwickelpapier verpackt wurde, das Ihre Bremer Handelsgesellschaft in die Schweiz liefert. Ich fragte mich, ob das also ungeheuer raffiniert von Ihnen konstruiert war, um uns reinzulegen. Damit wir uns sagen: Da will jemand auf die plumpste Weise die Bremer Handelsgesellschaft diffamieren, die kann also überhaupt nichts mit der Sache zu tun haben. Oder ob das alles was ganz anderes bedeutete. Der Mann der seine Frau neben den Sonnenblumen eingebuddelt hatte, der erklärte nämlich, als wir ihn festnahmen: Gott sei Dank. Ich hab's doch deutlich genug gesagt, immer wieder. Ich habe Angst gehabt, mich zu stellen. Ich dachte, jemand kommt und hilft mir. Aber zehn Jahre habt ihr gebraucht. In Ihrem Fall, Herr Lülsdorf, haben wir nicht ganz so lange gebraucht.«

Katharina brach ab und sah zu, wie Schulz aus einem goldenen Etui, auf dem eine kleine Krone eingraviert war, eine Zigarette mit goldenem Mundstück nahm. Das Etui hatte drei Zigaretten enthalten. Seine Hände zitterten nicht, als er die Zigarette anzündete. Aber er war noch blasser geworden. Er schwieg.

»Ich nehme an«, sagte Katharina, »daß Ihnen diese kombinierten Abschreibungs- und Abtreibungsgeschäfte über den Kopf wuchsen. Daß Sie Angst kriegten vor Ihren eigenen Ideen. Daß Sie aussteigen wollten. Besonders nach dem Tod des Mädchens. Und dringend nach dem Tod von Dr. Jeremy und seiner Frau. Das nehme ich an. Sie sind nicht der harte Geschäftsmann, der Sie gern sein möchten. Sie sind empfindlich. Sie lassen zwar laufen, was angekurbelt ist. Sie kurbeln sogar noch emsig weiter. Aber gleichzeitig möchten Sie nichts mehr damit zu tun haben. Ein hartgesottener Geschäftsmann und Kenner aller krummen Touren geht nicht zu so einer windigen Verabredung mit einer so obskuren Frau Boncœur. Zumindest nicht zum zweitenmal. Es sei denn, man wünscht insgeheim, daß die Sache auffliegt.«

Schulz zerbrach die Zigarette im Aschenbecher.

»Warum sollte man das wünschen«, murmelte er. »Man tut doch Gutes, oder? Man bietet Hilfe, wo keiner hilft.«

»Und ganz selbstlos«, sagte Katharina.

»Nicht selbstlos. Aber effektiv.«

»Siehe Hildegard«, sagte Katharina. Und ohne Übergang fragte sie: »Wo sind die beiden Handgranaten?«

Schulz betrachtete seine aschegrauen Finger, zuckte die Schultern.

»Wo sind die Höpners?«

»Ist das jetzt ein Verhör?«

»Nein.« Katharina stand auf. »Ich war nur neugierig auf Sie. Verhört werden Sie anschließend vom Vernehmungsrichter.«

Gerfried und Doris kamen näher. Schulz sah ihnen ausdruckslos entgegen, erhob sich ebenfalls. »Ich möchte mit meinem Anwalt sprechen.«

»Sagen Sie das dem Vernehmungsrichter.«

Unter dem Toupet hervor rann Schweiß auf die Stirn von Schulz. Er war immer noch sehr blaß, und jetzt zitterte seine Hand, als er sich am Stuhl festhielt.

»Sie gestatten?« fragte Gerfried und durchsuchte Schulz unauffällig und gründlich nach Waffen.

»Korsett«, sagte er zu Katharina. Katharina nickte.

»Dieser Mann mit den Sonnenblumen«, fing Schulz an, als Gerfried von ihm abgelassen hatte.

»Ja?« sagte Katharina.

Aber Schulz sprach nicht weiter. Er sah Gerfried zu, der die Reisetasche auf den Tisch neben das Bierglas hob.

»Sie gestatten?« fragte Gerfried wieder. Und öffnete die Tasche. Doris und er prüften schnell den Inhalt. Er bestand aus Wäsche, Rasierapparat, Zahnbürste, Briefpapier, Hemden, Pullovern, einer Hose und drei Kriminalromanen.

»Sie sind gerade angekommen?« fragte Doris.

»Nein«, sagte Schulz.

»Sie wollten abfliegen?«

»Nein«, sagte Schulz.

»Dann haben Sie sich wohl schon auf die Untersuchungshaft vorbereitet, wie?«

Schulz schwieg. Gerfried und Doris sahen Katharina an.

»Ich hätte ja gern noch gewußt«, meinte Katharina, »ob die Roswitha jetzt Mutter von vier Kindern und Frau eines Landarztes ist.«

»Mutter von zwei Kindern«, antwortete Schulz zögernd, »ja. Sie ist Lehrerin in der Nähe von Celle.« Er schien etwas hinzusetzen zu wollen, unterließ es, griff nach der Reisetasche, sagte dann doch: »Übrigens, sie sieht Ihnen ähnlich. Wie Ihre Schwester.« Und nach einer weiteren Pause: »Auch wie die Schwester von Frau Boncœur.«

Als er langsam auf den Ausgang des Flughafen-Restaurants zuging, versuchte er, wie ein bedeutender, wenn auch erschöpfter Staatsmann im Kreis seiner Leibwächter zu wirken. Aber niemand beachtete ihn.

Die vier sitzenden Männer hatten sich beim Abendessen nicht stören lassen. Katharina blieb zurück, um dem Kellner, der sich näherte, das Bier von Henry Lülsdorf zu zahlen, gegen Quittung.

Eine Stunde später bestand Gerfried darauf, daß Katharina ihn diesmal nicht nach Hause, sondern nur bis zum Bahnhof Zoo fuhr. Sein Auto sollte morgen wieder aus der Werkstatt kommen.

Er räusperte sich.

»Daß die Zwangsräumung des Hauses Adam-Nitze-Straße morgen früh um sieben stattfinden wird, wissen Sie?« fragte er.

»Nein«, sagte Katharina. »Wußte ich nicht.«

»Dann hat man wohl vergessen, es Ihnen durchzugeben.«

»Hat man wohl. Aber Ihnen wurde es durchgegeben?«

Gerfried räusperte sich wieder. »Ja.«

»Dann muß da wohl jemand eine ziemlich spezielle Vergeßlichkeit entwickelt haben«, sagte Katharina ruhig.

»Kann schon sein«, meinte Gerfried so leichthin, wie er das mit seiner harten Stimme konnte.

20

Gegen halb fünf Uhr früh ging das Telefon. Hildegard schien über alle Kategorien hinaus vor allem ein Fall der morgendlichen Schlafstörungen zu werden.

Aber es war Kathinka.

»Mami? Bist du wach?« kam eine kleine Stimme.

»Nicht sehr«, murmelte Katharina unwillig und setzte sich auf den Schreibtisch. Sie war erbittert über Roberts tiefen Schlaf. Noch nie war er vom Telefon geweckt worden.

»Mami«, sagte Kathinka. »Es ist aber wichtig. Bitte wach auf.«

»Ich versuch's. Was ist los? Bist du in der Krummen?«

»Ich bin nicht in deinem Apartment. Ich war gestern — ich hatte einiges zu erledigen.«

Einiges zu erledigen. Katharina empfand unklar Bedauern. Sie hätte ihrer Tochter, wenigstens für den Anfang, die große Liebe gewünscht, nach guter romantischer Art. Statt dessen war eine Mischung von sportlicher Veranstaltung und Zärtlichkeit daraus geworden. Vielleicht ja nicht das schlechteste, dachte Katharina, wenn man geistliche Freuden in den Armen einer Freundin lernt. Vielleicht muß ich da umdenken.

»Dann bin ich in die Adam-Nitze«, sagte Kathinka, »um da zu übernachten. Als Delegierte meiner Schule. Aus Solidarität, verstehst du. Es sind noch welche aus anderen Schulen da. Wir haben die ganze Nacht diskutiert. Bis jetzt. Hörst du zu?«

»Ja«, sagte Katharina schläfrig.

»Du sagst nichts.«

»Was soll ich sagen.«

»Es geht nämlich um folgendes. Ich habe mich geirrt. Als du auf Lanzarote warst, als wir da telefonierten, erinnerst du dich? Da hab ich gesagt, die stehen nicht auf Handgranaten.«

Jetzt war Katharina hellwach.

»Und?«

»Sie stehen aber. Wenigstens zwei von ihnen. Der Helmut und der Karl.«

»Heißt das, die haben Handgranaten?«

»Ja. Selbst gesehen. In einer Kiste neben Helmuts Luftmatratze. Zwei Stück.«

»Was ist das für einer, der Helmut?«

»Der ist sonst in Ordnung. Bloß zu fanatisch.«

»Du glaubst, er schmeißt die Dinger auch?«

»Weiß ich nicht.«

»Und Karl?«

»Den kenn ich weniger. Der ist aber vielleicht noch fanatischer als der Helmut. Sieg oder Tod, sagt er.«

»Würde Karl mit Handgranaten schmeißen?«

»Weiß ich nicht. Die anderen sind dagegen. Besonders die Anna.«

Pause. Dann: »Mami, ich bin heimlich abgehaun.«

»Von wo telefonierst du?«

»Telefonzelle Ecke Muskauer.«

»Was hast du vor?«

»Deshalb ruf ich ja an, Mami.«

»Du willst zurück?«

»Ich glaube. Ich weiß nicht.«

»Wissen die anderen, welchen Beruf deine Mutter hat?«

»Ja. Hab ich gleich gesagt.«

»Und?«

»Helmut findet mich ein Sicherheitsrisiko. Deinetwegen. Ich soll mich bewähren.«

Katharina lachte.

»Ich bin auch ein Sicherheitsrisiko, deinetwegen.«

Kathinka lachte nicht.

»Und? Bewährst du dich?« fragte sie ernsthaft.

»Keine Ahnung. Fang bloß nicht an, dich bewähren zu wollen. Wer sich bewähren will, hat schon verloren.«

»Warum?«

»Weil er keinen klaren Kopf mehr hat.«

Pause.

»Kathinka?«

»Ja. Vergiß jetzt mal, daß du Polizistin bist. Was würdest du tun, wenn einige deiner Freunde verrückt spielen? Verläßt du sie dann? Oder bleibst du nicht erst recht bei ihnen, gerade weil sie verrückt spielen? Muß ich nicht zurück zu den anderen? Aber geh ich zu ihnen zurück, bin ich politisch ein Schwachkopf. Geh ich nicht zurück, bin ich menschlich eine Sau.«

»Entweder — Oder. Das ist Karls Trip. Sieg oder Tod. Schwachkopf oder Sau. Mensch, du hast doch Verstand. Benutz ihn gefälligst.«

»Aber Anna ...«

»Muß sich entscheiden wie du.«

Pause. Dann Kathinkas ruhige Stimme: »Weißt du, Mama, soviel ist wohl klar: egal was ich tu, etwas geht kaputt.«

»Ja«, sagte Katharina.

»Oder ist schon kaputt. Objektiv gesehen bin ich jetzt ja so was wie ein Spitzel. Weil ich dir das mit den Handgranaten gesagt habe. Aber schön, ich werd's schon richtig machen. Keine Sorge.«

»Kathinka ...«

Aber da hatte Kathinka schon aufgelegt. Katharina schwitzte am ganzen Körper und fror zugleich. Sie hatte das Gefühl, als habe sie über Leben oder Tod ihrer Tochter entschieden. Dieses Gefühl fand sie albern, unangemessen. Aber sie konnte es nicht loswerden.

Sie machte Licht in Kathinkas Zimmer. Es war nicht mehr Kathinkas Zimmer. Alles, was zu Kathinkas Leben gehörte, fehlte: Plattenspieler, Kleider, Jeans, Bücher. Sie schaltete das Licht aus und ging in die Küche. Dort zog sie sich an, schrieb Robert einen Zettel, den sie neben ihn aufs Kopfkissen legte, holte aus dem Eisschrank ein halbes Huhn, eine Flasche Milch, eine Flasche Fruchtsaft und verließ leise die Wohnung.

Draußen war es dunkel und kalt. Die Metallflächen der geparkten Autos glänzten im Straßenlampenlicht. Eine alte Frau ging langsam und leise redend mit einem Hund zwischen Pissoir und Kirche hin und her. Herr und Frau Mörschel. Über die Fahrbahn der Krummen Straße taumelte ein später Kneipenheimkehrer und brüllte. In Charlottenburg wurde nachts viel gebrüllt, bei Vollmond, bei Neumond und besonders an Zahltagen. Im Flur ihres Apartments fand sie, übereinandergeschichtet, Kathinkas Sachen. Sie bezog die Schlafcouch neu, stellte Huhn und Getränke in den Eisschrank. Dann rief sie Gerfried an.

Gerfried wirkte erstaunlicherweise hellwach und klar.

»Was gibt's, Ledermacherin?«

»Tut mir leid, Gerfried. Aber die Handgranaten sind in der Nitze. Bitte benachrichtigen Sie Mölling. Ich kann das im Moment nicht.«

»Sind Sie krank?«

»Weiß ich nicht. Wird sich rausstellen.«

»Ich fahr hin.«

»Nicht nötig.«

»Doch, mach ich. Gute Besserung.«

Anschließend setzte sich Katharina vor ihren leeren staubbedeckten Schreibtisch und wartete. Sie blickte auf das ebenfalls verstaubte Bücherregal neben dem Schreibtisch, wo Horst saß, Kathinkas welker Teddy, den Kathinka nur noch zum Plattenabstauben benutzte. Horsts Schnauze war senil geöffnet, und er blickte mit seinem einzigen Auge kühl über Katharina hinweg. Sie dachte an Karl, den Spitzel des Verfassungsschutzes, der von Sieg und Tod faselte. Sie dachte an den Wodkarest im Eisschrank. Aber sie rührte sich nicht. Sie war, nach dem Telefongespräch, zu nichts anderem mehr fähig, als zu warten. Gegen jede Vernunft sitz ich da und warte auf meine Tochter, dachte sie. Mutter Solveig. Das hab ich mir immer gewünscht.

Kathinka kam nicht. Kurz nach halb sieben bestellte Katharina ein Taxi und ließ sich in die Adam-Nitze-Straße fahren.

Die Vorbereitungen der Bereitschaftspolizei waren beendet. In einiger Entfernung vor dem Haus Adam-Nitze-Straße standen ein Wasserwerfer, drei Mannschaftswagen, zwei gepanzerte Einsatzwagen und vier Fahrzeuge der Feuerwehr und Unfallhilfe. Beamte hockten mit Schutzschilden hinter Bäumen und in den Eingängen der verlassenen und halbzerstörten Häuser auf der gegenüberliegenden Straßenseite. Graue Dämmerung, in der Fahrzeuge und Menschen dunkel und lautlos warteten. Kein Laut, kein Lichtschimmer hinter den verbarrikadierten Fenstern des ersten Stocks im belagerten Haus.

Mölling hatte herausgefunden, daß Hausbesetzer ohne Kinder um diese Zeit ihren Tiefschlaf hatten, weil sie gewöhnlich erst in den frühen Morgenstunden zur Ruhe kamen. Außerdem waren weniger Störungen durch Sympathisanten der Besetzer zu befürchten, weil die entweder ebenfalls noch schliefen oder zur Arbeit mußten, es also eilig hatten. Trotzdem sah Katharina an der Ecke am unteren Ende der Straße, wo das Taxi hielt, etwa zwanzig meist junge Leute, einige Türken darunter, außerdem ein paar Penner, die alle schweigend auf das fünfzig Meter entfernte Haus und auf einige Beamte blickten, die vor ihnen standen und sie daran hinderten, näher heranzugehen. Einer der Beamten kam auf Katharina zu, um sie zurückzuweisen. Als er nahe genug war, erkannte sie ihn.

»Sie auch hier, Herr Witt?« fragte sie und wußte, wie hilflos diese Bemerkung war. Sie hätte fragen sollen, ob er über die Handgranaten informiert war. In Witts fahlem, durch die Dämmerung konturlosen Gesicht war keine Regung zu erkennen. Er schwenkte kurz seinen Schutzschild auf und nieder. »Ja«, meinte er, »bin wohl abonniert auf hier.« Wahrscheinlich war er überrascht, Katharina zu sehen. Sie konnte ihm schlecht erklären, daß sie nicht dienstlich, sonder ihrer Tochter wegen gekommen war.

In diesem Augenblick hörte sie von einem der gepanzerten Einsatzwagen dröhnendes Lautsprecherknacken. Jemand versuchte zu sprechen, aber der Lautsprecher versagte. Zugleich erfaßte ein Suchscheinwerfer zwei Männer in Jeansanzügen, die sich vom oberen Ende der Straße her den Einsatzfahrzeugen genähert hatten, und aus dem Wasserwerfer schoß ein dicker, harter Strahl gegen die beiden. Die schrien, versuchten zu fliehen, stolperten, wurden von dem Strahl gegen die Haustür des belagerten Hauses gedrängt und dort umgeworfen. Die beiden Männer rappelten sich auf, nahmen die Hände nach oben und gingen triefend und fluchend auf die Einsatzwagen zu, von denen der Wasserwerfer sie weggetrieben hatte. »Das sind die vom Verfassungsschutz«, sagte Witt und grinste.

Jetzt war leises Lautsprecherknacken zu hören. Vom ersten der gepanzerten Einsatzwagen her näherte sich ein Mann im Trenchcoat. Er hielt ein batterieverstärktes Megafon und richtete es gegen die Fassade des Hauses Nummer 15.

»Achtung!« Unverkennbar Gerfrieds Stimme. Vielleicht ließen sie ihn reden, weil er in Zivil war. Das sollte wohl entgegenkommend auf die Hausbesetzer wirken. Er ging ganz dicht an das Haus heran. Keinem schien das aufzufallen.

»Zurück, Gerfried«, schrie Katharina.

Gerfried hörte nicht. Nur Witt blickte sie an.

»Achtung, hier spricht die Polizei«, dröhnte krachend und pfeifend Gerfrieds verstärkte Stimme. »Wir wenden uns an die Besetzer des Hauses Adam-Nitze-Straße 15. Wir bitten Sie, das Haus freiwillig zu räumen. Glauben Sie uns, auch der Polizei macht es keinen Spaß, diejenigen zu schützen, die aus bewohnbaren Räumen Fensterrahmen und Türen reißen, und gegen diejenigen eingesetzt zu werden, die Fensterrahmen und Türen wieder einfügen. Aber sowohl wir wie Sie, wir müssen uns an die Gesetze halten. Kämpfen Sie für die Änderung der Gesetze. Aber kämpfen Sie nicht gegen uns.«

Stille. Warten. Witt ging auf Gerfried zu und zog ihn hinter seinen Schutzschild und dann ein paar Meter zurück. Plötzlich richteten sich fünf gleißende Suchscheinwerfer auf die Fassade. Die wirkte sofort wie die beleuchtete Kulisse eines Freilichttheaters. Dazu Möllings unverstärkte Kommandostimme hinter den Einsatzwagen: »Räumen!« Und an Gerfried vorbei stürmten die Beamten zur Haustür, schlugen mit Äxten die Eingangsbarrikade auseinander, zerhackten die Türreste, drangen in das Haus ein. Einen Augenblick später war aus dem Haus ein Schuß, dann eine Detonation zu hören. Eins der verbarrikadierten Fenster im ersten Stock flog heraus, Steine, Hölzer, Glassplitter prasselten auf die Straße, eine Mörtelstaubwolke stieg aus der Fensterhöhle auf.

»Idioten«, schrie Gerfried, »die lassen eine Handgranate im Zimmer hochgehen!«

»Na und?« schrie jemand zurück. »Hast du lieber, sie geht dir unterm Arsch hoch?«

Katharina starrte auf das zerborstene Fensterloch, aus dem jetzt dichter Qualm drang. Sie nahm kaum wahr, daß Gerfried zum Haus lief, über Balken und Türreste stieg und im Eingang verschwand. Sie starrte auf den Feuerschein hinter dem Qualm. Langsam senkte sich der Mörtelstaub auf die durcheinanderrennenden und schreienden Menschen, auf Scheinwerfer, Schutzschilde, Tragbahren. Mit Sirenengeheul rasten Einsatzwagen und Feuerlöschzüge heran, Feuerwehrleute und Angehörige des Rettungsdienstes liefen an Katharina vorbei. Sie stand unbeweglich vor dem brennenden Haus und wartete. Sie starrte auf die verletzten, stöhnenden, mörtelbedeckten Jungen und Mädchen, die von den Beamten aus dem Haus geführt und geschleppt wurden.

Eine bewußtlose dunkelhaarige junge Frau wurde von einem Feuerwehrmann über der Schulter getragen. Eine grauhaarige alte Frau lag wimmernd und beide Hände vor die Augen pressend auf einer Bahre. Ein blonder junger Mann, dessen Gesicht und Hände verbrannt waren, schrie unaufhörlich, während er an Katharina vorbeigetragen wurde. »Laßt mich los, ihr Schweine, laßt mich los, ihr Schweine.« Plötzlich groß widerhallend Möllings Stimme über der Straße: »Sofort das Haus räumen, Zufahrt frei für Löschzüge.«

Und dann, inmitten von Rauchschwaden, im Eingang, Gerfried mit rußgeschwärztem Trenchcoat, der einen Beamten stützte, dessen Hosen zerfetzt herunterhingen. Aus dem rechten Oberschenkel quoll stoßweise Blut. Katharina lief auf sie zu. Sie war noch vor dem Feuerwehrmann da und fing Witt auf, legte ihn vorsichtig auf das Pflaster. Witt war noch bei Bewußtsein. »Nicht so schlimm«, murmelte er immer wieder, während Katharina vor ihm kniete und versuchte, die Ader abzudrücken.

»Hallo, Ledermacherin«, sagte Gerfried, als sei er gerade von einer Reise zurückgekommen. Seine Augen tränten, und er schwankte. Aber er sträubte sich gegen den Feuerwehrmann, der ihn wegführen wollte. Katharina hockte noch vor Witt, der inzwischen bewußtlos geworden war, und wartete, bis er auf eine Bahre gehoben wurde. Dann richtete sie sich auf, wischte sich Witts Blut aus dem Gesicht und sah Gerfried an.

»Bin wieder klar«, murmelte Gerfried neben ihr. Er hustete, hielt sich ein Taschentuch an die Stirn. »Ist nur ein kleiner Kratzer. Falls Sie auf jemand gewartet haben sollten, Ledermacherin: die sind jetzt alle draußen, die in diesem Kasten waren. Und da war auch niemand dabei, den Sie kannten.«

Sie wurden von einem Feuerwehrmann weggedrängt. Das Haus brannte lichterloh. Knackend zersprangen die Dachziegel. Sie waren kaum zwanzig Meter entfernt, da schien das Haus zu explodieren. »Die zweite Handgranate«, sagte Gerfried. Und krachend, funkensprühend, in prasselndem Feuer sank der Rosenius-Bau hinter der Jugendstilfassade in sich zusammen.

21

In der Gothaer Straße duschte sie, zog sich um. Sie hatte, für Notfälle, Wäsche und Kleidung im Schrank ihres Büros liegen. Die Sachen waren bisher noch nie von ihr benutzt worden. Sie informierte kurz den Referatsleiter, der schon Bescheid wußte, nahm aber an der sofort angesetzten Konferenz sämtlicher leitender Beamter des Referats nicht teil.

Sie hatte drei Nachrichten auf ihrem Schreibtisch vorgefunden. Einen Zettel von Zobel: »Bin Lehrgang. Nächste Woche zurück. Gruß auch an D. und G. Zobel.« Dann die Wiedergabe einer von der Telefonzentrale entgegengenommenen Mitteilung der Mutter von Doris: »Fräulein Wingert liegt wieder mit hohem Fieber zu Bett.« Schließlich ein Fernschreiben aus Husum. Kuno und Kurt Höpner waren verhaftet worden.

Sie hatte den Telefonhörer in der Hand, um Husum anzurufen, da hörte sie im Flur vor dem Büro jemand husten.

»Gerfried«, sagte sie, als die Bürotür geöffnet wurde. »Sie sollten zunächst im Krankenhaus bleiben.«

»Zunächst war ich ja da«, sagte Gerfried, kam näher, ein Pflaster auf der Stirn, hustete, »erkältet«, sagte er und blickte auf den Schreibtisch. »Aber jetzt könnte ich ja in Erholung fahren. Was halten Sie davon?«

Katharina sah ihn an.

»An die Nordsee«, sagte Gerfried heiser. »Bad Husum. Ich krieg noch die Morgenmaschine nach Hamburg.«

Den Rest des Tages verbrachte Katharina damit, die Verhaftung von Eberhard Schmöller vorzubereiten. Sie telefonierte mit der Senatsbehörde für Bauwesen, mit Bremen und mindestens zehnmal mit den Frankfurter Kollegen. Und setzte beim Referatsleiter durch, daß sie nach Frankfurt fliegen durfte. Am späten Nachmittag kam ein Anruf aus Husum. Gerfrieds Stimme krächzte ärger denn je, sie schien rauch- und rußgeschwärzt. Aber sie klang munter.

»Die Zwillinge haben unterschrieben, Ledermacherin.«

»Was haben sie unterschrieben?«

»Ein schönes, saftiges Geständnis. Jeremy. Sandwerder, Mohrmanns Pistole. Alles. Und daß sie den Auftrag von Siebert hatten, Hildegard mit der Handgranate in der Villa am Sandwerder in die Luft zu jagen. Bloß, sie kamen eben zu spät. Deshalb hat's nicht mehr geklappt. Gut, was?«

»Sehr gut, Gerfried. Wie haben Sie das hingekriegt?«

»Oh«, meinte Gerfried bescheiden, »auf die nordfriesische Art eben. Die kam an bei den Jungs.«

Gegen Abend öffnete sie leise die Tür des Apartments in der Krummen Straße. Sie hatte sich nicht getäuscht. Kathinka lag auf der Couch und schlief fest. Die Milch war getrunken, das Huhn gegessen. Katharina glaubte einen leichten Duft von Irish Moos zu riechen.

Nachts schlief sie angeklammert an Robert. Der brachte sie am nächsten Morgen zum Flugplatz.

»Du bist so angespannt«, sagte er, »das macht mir Sorge. Deine Arme waren wie Schraubstöcke.«

Sie legte seine Hände um ihr Gesicht. »Das wird sich schon wieder lösen, was da so angespannt ist«, sagte sie. »Heute abend komm ich ohne Schraubstöcke.«

Ein wenig löste sich die Anspannung schon, während sie, mit der Bordkarte in der Hand, im Schnellrestaurant neben der Abfertigungshalle einen lauwarmen Kaffee trank und gleichzeitig versuchte, den *Tagesspiegel* so zu halten, daß sie ihn lesen konnte. Es war auch hier so finster wie oben im großen Restaurant. Sie überblätterte einen Bericht von der Schlacht der Polizei gegen die Hausbesetzer. Aber die Erklärung, die ein Senatssprecher gestern auf einer Pressekonferenz zu den Vorfällen in der Adam-Nitze-Straße abgegeben hatte, las sie genau:

»Anläßlich des Polizeieinsatzes gegen die Besetzer des Hauses Adam-Nitze-Straße 15 mußten die Beamten leider von der Schußwaffe Gebrauch machen. Auf noch nicht geklärte Weise wurde von den Hausbesetzern eine Handgranate gezündet. Eine zweite detonierte infolge Hitzeeinwirkung durch das ausgebrochene Feuer. Beide Handgranaten sind britischer Herkunft. Es ist ebenfalls ungeklärt, wie sie in die Hände der Hausbesetzer gelangten. Bei den Kämpfen wurden zwei Beamte und zehn Personen zum Teil schwer verletzt. Die Mieterin Therese Bauer verlor durch Parkettsplitter ein Auge. Sie befindet sich im Krankenhaus und wird nach Abschluß der Behandlung in ein städtisches Pflegeheim übersiedeln.«

Ein kurzer Kommentar der Zeitung war angefügt. »Also wird der historische Rosenius-Bau bei so schwerer Beschädigung für eine Restaurierung kaum noch in Frage kommen. Der Denkmalschutz wird entfallen, das Gebäude wird der Spitzhacke und den Planierraupen zum Opfer fallen. Zweifellos werden wir demnächst an seiner Stelle, günstig an der künftigen Kreuzberger Schnellstraße gelegen, ein kombiniertes Büro- und Apartmenthaus erblicken.«

Katharina faltete die Zeitung zusammen. Sie dachte an ihren Flug nach Lanzarote, an die Fischer. Dann dachte sie, daß sie immer noch nichts wußte über Hildegard, die niemand zu vermissen schien. Sie dachte, wieso jemand, der eine Leiche mit einer Handgranate unkenntlich machen will, dann noch ein Adreßbuch für die Leiche fälscht, das doch mit der Leiche zerrissen würde. Und sie dachte an Elisabeth Bordihn, Maria Remper und Anna Hudetz. Warum hatte Dr. Jeremy seine Kartei umständlich kopiert und dann bei Bordihns gelagert? Und wie war Henry Lülsdorf an Kurt und Kuno Höpner gekommen? Und sie dachte, daß sie keine Aktennotiz über die Schießübungen der Bereitschaftspolizei gemacht hatte. Und daß im Moment ihre Kollegen und Kolleginnen es wahrscheinlich sehr richtig fänden, wenn

Störer möglichst rasch erschossen würden. Jedenfalls, bevor sie Handgranaten werfen konnten. Sie dachte an den blutenden Obermeister Witt. Und ob der V-Mann des Verfassungsschutzes wohl unter den Verletzten war. Und wer wohl die Handgranate gezündet hatte. In diesem Augenblick kam eine Durchsage über Lautsprecher: »Frau Katharina Ledermacher bitte zum Informationsschalter. Frau Ledermacher bitte.« Während sie aufstand und langsam hinaus und durch die Halle zum Informationsschalter ging, fiel ihr noch ein, daß sie vergessen hatte, Gerfrieds Zwillinge einzuladen, sich den Arbeitsplatz des Vaters anzusehen.

»Ja, Ledermacherin«, sagte der Referatsleiter, massierte sich wie üblich den kahlen Schädel und betrachtete besorgt die überhitzte Pfeife, die leise brodelte. Im Gegensatz zu Doris schien er seine Grippe überwunden zu haben. »So leid es mir tut, aus Ihrem Flug nach Frankfurt wird nun nichts mehr. Was hatten Sie denn wirklich gegen Schmöller in der Hand?«

»Vermutungen«, sagte Katharina. »Unterstellungen, wie Schmöller das wohl nennen würde.«

»Sehen Sie«, meinte der Referatsleiter.

»Mit einem hohen Grad von Wahrscheinlichkeit.«

Der Referatsleiter seufzte.

»Zum Beispiel«, sagte Katharina, »glaube ich nicht, daß Henry Lülsdorf die 49 Prozent bezahlt hat, die er angeblich in die Bremer Einkaufs- und Handelsgesellschaft einbrachte. Auch die Bremer sind überzeugt, die hat ihm Schmöller bezahlt.«

»Kein Beweis?«

»Noch nicht.«

»Ja«, sagte der Referatsleiter. »Noch nicht.«

»Lülsdorf ist eine Art Geschäftsführer von Schmöller. Einer mit goldener Krone auf Visitenkarte und Zigarettenetui, der für Schmöller springen muß. Der die unangenehmen Geschäfte für ihn erledigt. Zum Beispiel die Besetzung der Villa Am Sandwerder organisieren. Und den Aufbau der Abtreibungsfirma, die ihm neues Geld bringen sollte.«

»Beweise?«

»Könnte ich sofort haben, wenn wir die beiden einander gegenüberstellen.«

»Ja«, sagte der Referatsleiter. »Wenn.«

»Schmöller wird in der Adam-Nitze-Straße ein Hochhaus bauen.«

»Sehr wahrscheinlich.«

»Die Pläne hat er schon vor drei Jahren vorbereitet. Aber erst vor kurzem hat er einen Posten älterer britischer Armeehandgranaten nach Afrika verkauft. Handgranaten des Typs, den wir in der Villa Am Sandwerder gefunden haben und der zweifellos auch in der Adam-Nitze-Straße gelagert war. Durch seine Anzeige hat Schmöller die Polizei veranlaßt, das Haus zu stürmen. Durch seine Handgranaten hat er es zerstört.«

»Höchst wahrscheinlich, ja.«

»Mein Großvater war Waffenschieber«, sagte Katharina nach einer Pause. »Und sein Wahlspruch war: Beliefere immer beide Seiten, dann verlierst du nie.«

»Hübsch«, meinte der Referatsleiter und zwirbelte seinen Bart. »Dieser Wahlspruch hätte Schmöller gefallen.«

»Aber dann hat mein Großvater doch verloren. Er wurde in Afrika von einem derjenigen, die er beliefert hatte, mit einer von ihm gelieferten Waffe getötet.«

»Ja, das waren noch Zeiten«, sagte der Referatsleiter.

Katharina sah ihn an. »Weshalb haben Sie mich vom Flugplatz geholt, Chef?«

Der Referatsleiter legte die Pfeife aus der Hand. Er strich sich nicht über den Schädel, zwirbelte nicht seinen Bart. Er saß ruhig hinter dem Schreibtisch und blickte über die Akten hinweg aus dem Fenster. »Weil«, sagte er, »wir nicht mehr zuständig sind.«

»Und wer ist jetzt zuständig?«

»Staatsschutz und Wäscherei.«

»Wieso Staatsschutz? Wegen der Handgranaten?«

Der Referatsleiter nickte.

»Ach. Und die Wäscherei? Wegen der Bremer Handelsgesellschaft?«

Der Referatsleiter nickte wieder.

»Ach. Und wer greift sich jetzt Schmöller?«

»Ja, wer.« Der Referatsleiter blickte immer noch aus dem Fenster. »Wo der Herr doch zur Kur ist. In Liechtenstein.«

Julian Rathbone

Grünfinger

Roman. Aus dem Englischen von Hilde Stallmach.
227 Seiten. Serie Piper 5526

Die Blutspur zieht sich bis in die Regenwälder Costa Ricas. Schon glaubt sich der multinationale Lebensmittelkonzern am Ziel. Doch dann bietet ihm eine ebenso schöne wie mutige Frau die Stirn.

»Julian Rathbone hat das Kaliber eines Graham Greene.«
Publishers Weekly

Deutscher Krimi-Preis 1989

Der Katafalk

Roman. Aus dem Englischen von Hilde Stallmach.
205 Seiten. Serie Piper 5515

Die geheimen Tonbänder Juan Pérons sollten für ihren Besitzer eine Lebensversicherung sein. Aber sie entpuppten sich als tödliche Falle.

»Julian Rathbones Geschichten gehören zum Besten, was es gegenwärtig gibt.« The Daily Telegraph

Der Messerwerfer

Roman. Aus dem Englischen von Christine Penitzka.
158 Seiten. Serie Piper 5551

»Julian Rathbone hat die analytische Intelligenz eines Eric Ambler ... In seinen besten Romanen nähert er sich John Le Carré.« Mordslust Magazin 2

Richard Hey

Ein Mord am Lietzensee

Roman. 134 Seiten. Serie Piper 5558

Als in einer Parkanlage am Berliner Lietzensee ein alter Mann erschlagen aufgefunden wird, geht der Verdacht von Kriminalkommissarin Ledermacher zunächst in die gleiche Richtung wie die feste Meinung der anwohnenden Bürger: Als Täter kommen nur die Rocker in Frage, die seit längerem die Gegend terrorisieren. Bei ihren Recherchen jedoch stößt die couragierte Polizistin auf eine ganz andere Spur: Statt der schwarzbelederten »Lieblinge Luzifers« erscheinen ihr nun die Insassen eines Altersheims als besonders verdächtig. Derlei Vermutungen passen natürlich weder der Öffentlichkeit noch ihren Vorgesetzten ins geordnete Weltbild.

»Das Schöne an Heys Roman, der vielleicht der beste deutsche Krimi neueren Datums ist: daß er die Muster des Kriminalromans gleichzeitig erfüllt und unterläuft.«

Frankfurter Allgemeine Zeitung